Gymnasium Baden-Württemberg

Deutschbuch

Arbeitsheft 1

Herausgegeben von
Margret Fingerhut und
Bernd Schurf

Erarbeitet von
Jan Diehm, Cordula Grunow, Armin Fingerhut,
Margret Fingerhut, Christoph Fischer,
Angela Horwitz, Angela Mielke, Kerstin Muth,
Vera Potthast, Irmgard Schick, Sandra Simberger,
Andrea Wagener und Manuela Wölfel

Deine **interaktiven Übungen** findest du hier:

1. Gib den unten stehenden Zugangscode in die Box ein.
2. Hab viel Spaß mit deinen interaktiven Übungen.

Dein Zugangscode auf
go.cornelsen.de
tj5a-4v-xkmu

Die Nutzungsdauer für die Online-Übungen beträgt nach Aktivierung des Zugangscodes zwei Jahre. In dieser Zeit speichern wir deine Lernstandsdaten für dich; nach Ablauf der Nutzungsdauer werden sie gelöscht.

Cornelsen

Inhaltsverzeichnis

Kennzeichnungen in diesem Arbeitsheft:

●●● knifflige Aufgabe oder Aufgabe für die Schnellen

Information – Zusammenfassung des Grundwissens

Tipps und Arbeitshilfen

Richtig lernen – Ordnung halten

Methode **Den Arbeitsbereich einrichten**

Ein gut organisierter Arbeitsplatz erleichtert dir das Lernen und das Erledigen der Hausaufgaben:

- Arbeite an einem festen Platz, an dem du ungestört bist und dich konzentrieren kannst.
- Achte darauf, dass dein Arbeitsplatz hell und gut zu beleuchten ist.
- Sorge dafür, dass dein Arbeitsplatz genug Raum für alle Arbeitsmittel bietet (z. B. Bücher, Hefte ...).
- Räume alle Gegenstände fort, die dich vom Lernen ablenken.

1 **Kreuze in der rechten Spalte die Sätze oder Satzteile an, die in die Lücken gehören.**

So wie ein Läufer seinen Startblock präzise einstellt und alles Hinderliche entfernt, kannst auch du deinen Arbeitsbereich sinnvoll einrichten und eine angenehme Lernumgebung gestalten. Der Schreibtisch steht am besten [1], damit genügend Licht darauffällt und deine Augen sich nicht quälen müssen. Ein Regal [2] ist auch praktisch, da du dort deine [3] griffbereit ablegen kannst. Vielleicht lässt sich die Arbeitsecke auch vom Freizeitbereich abtrennen, damit du nicht auf Dinge schaust, die dich ablenken könnten. [4] Spielzeug, Computerspiele, Musik, zu viel Kälte oder Wärme usw.

[1]
- ☐ in einer dunklen Ecke
- ☐ am Fenster
- ☐ neben dem Kleiderschrank

[2]
- ☐ neben dem Bett
- ☐ neben dem Schreibtisch
- ☐ neben dem Fernseher

[3]
- ☐ Nachschlagewerke, Schulbücher und Arbeitshefte nach Fächern geordnet
- ☐ Comics, Lieblings-CDs und Kartenspiele nach Themen geordnet
- ☐ Pullover, T-Shirts oder Strümpfe nach Farben geordnet

[4]
- ☐ Folgende Dinge solltest du griffbereit in deiner Nähe haben:
- ☐ Folgende Faktoren stellen eine Bereicherung deiner Lernumwelt dar:
- ☐ Folgende Störfaktoren solltest du vermeiden:

2 **Richte deinen Arbeitsbereich ein. Ordne deine Möbelstücke so, dass du ideale Lernbedingungen hast.**

Methode **Die Zeit planen**

Erledige deine Hausaufgaben möglichst zu festen Zeiten. Dein Körper kann sich dann gut darauf einstellen und Hochleistungen erbringen.

Viele Stunden eines Tagesablaufs sind festgelegt, z. B. Frühstück, Schulvormittag, Mittagessen und die Schlafenszeit. Die Hausaufgaben stehen zwar auch fest, aber wie du sie bewältigst, wann, wie schnell und wie erfolgreich du sie machst, hängt von deiner eigenen Zeitplanung ab. So wie eine Sportlerin oder ein Sportler seinen Trainingsplan aufstellt, kannst auch du deine Hausaufgabenzeit selbst planen.
Übrigens: Wenn Hausaufgaben sehr ermüdend sind und trotz aller Anstrengung nichts hängenbleibt, dann hast du vielleicht einen Fehler in der Planung gemacht.
Nach dem Mittagessen braucht der Körper alle Energie für den Magen. Diese Energie fehlt dir dann für Kopfarbeit. Es ist deshalb sinnvoll, nach dem Mittagessen eine kleine Erholungspause einzulegen (z. B. Musik hören, spazieren gehen oder ein Schläfchen machen). Danach haben Körper und Geist wieder genügend Energie für die Hausaufgaben.

1 **Welche Aktivitäten lassen sich in die grün gekennzeichneten Tageszeiten legen?**

13:30 – 15:00 Uhr: ______________________

15:00 – 17:30 Uhr: ______________________

2 **Überlege, wie du den Nachmittag optimal gestalten kannst.**
Lege die für dich günstigste Hausaufgabenzeit fest. Wann machst du Pausen, wann ist Freizeit?
Trage alles mit genauen Zeitangaben in die Skizze ein.

____

____

____

____

3 **Vervollständige die Tipps zur Zeitplanung deiner Hausaufgaben:**

- Lege nach dem Mittagessen eine ______________________ ein.
- Lerne nicht in den ______________________, denn dein Köper stellt sich schon auf das ______________________ ein.
- Mache deine Hausaufgaben zu möglichst ______________________.

Methode **Die Arbeitsphasen und Pausen festlegen**

Eine gute Arbeitsplanung berücksichtigt, dass du Arbeitsphasen in kleinere Portionen einteilst und die Hausaufgaben in der Regel mit den leichten Aufgaben beginnst. Lass auf die leichtere eine schwierigere Aufgabe folgen und lege Pausen zwischen den einzelnen Arbeitsphasen ein.

1 **Setze in die Textlücken die passenden Wendungen ein.**

mit deinem Lieblingsfach	in Portionen einteilen	zum Weiterarbeiten
den leichtesten Aufgaben	wächst dein Selbstvertrauen	

Allzu viel ist ungesund ...

Wenn der Berg von Hausaufgaben dir unüberwindlich erscheint und dich entmutigt, solltest du deine Aufgaben ______________________________, die 30 Minuten nicht überschreiten. Eine lange Lernphase von einer Stunde kannst du in drei Portionen à 20 Minuten einteilen. Wenn du eine „Portion" erfolgreich bewältigt hast, dann spornt dich das ______________________________ ______________________________ an. Am besten beginnst du mit ______________________________ ______________________________, um dich wie ein Sportler „aufzuwärmen". Wenn du dich dann etwas eingearbeitet und die Aufgaben schnell erledigt hast, dann ______________________________ ______________________________. Und mit diesem Selbstvertrauen gehen dir dann auch die schwierigen Aufgaben leichter von der Hand. Sinnvoll ist auch, wenn du ______________________________ beginnst und der Spaß daran dich zu weiteren Aufgaben ermuntert.

2 **Vervollständige die Tipps zur Reihenfolge deiner Hausaufgaben.**

- Teile deine Hausaufgaben in ______________________________ ein.
- Beginne zum „Aufwärmen" mit den ______________________________.
- Der Beginn mit dem ______________________________ ermuntert dich zu weiteren Aufgaben.

3 **Ordne den Empfehlungen die richtigen Begründungen zu.**

Empfehlungen:

1. Wechsle nach einer gewissen Zeit schwierige Aufgaben mit leichteren ab. ☐
2. Lerne nicht verschiedene Sprachen hintereinander. ☐
3. Wechsle zwischen schriftlichen und mündlichen Aufgaben. ☐
4. Lege je nach Schwierigkeitsgrad deiner Hausaufgaben spätestens nach einer halben Stunde eine Pause von ca. fünf Minuten ein, nach zwei Stunden dann eine zwanzigminütige Pause. ☐
5. Öffne zwischendurch das Fenster und lasse frische Luft herein. ☐
6. Vermeide Fernsehen und Computerspiele in den Pausen. ☐

Begründungen:

a) Wenn du die schriftlichen Aufgaben im Block erledigst, bist du schnell erschöpft und vernachlässigst dann die mündlichen Aufgaben.

b) Sportliche Hochleistungen lassen sich nicht lange durchhalten. Das gilt auch für schwierige Hausaufgaben.

c) Wenn man verschiedene Sprachen hintereinander lernt, verwechselt man sie leicht und nichts bleibt richtig hängen.

d) Anstrengende Tätigkeiten in den Pausen, die hohe Aufmerksamkeit erfordern, ermüden leicht und verlängern die Hausaufgaben.

e) Auch für das Gehirn ist frische Luft eine Erholung.

f) So wie Sportler nicht unablässig „auf Hochtouren laufen", damit ihnen nicht die Puste ausgeht, so können auch Hausaufgaben nicht durchgehend ohne Pause erledigt werden.

4 **Bringe die Hausaufgaben in eine sinnvolle Reihenfolge und berücksichtige die Empfehlungen aus Aufgabe 3.**

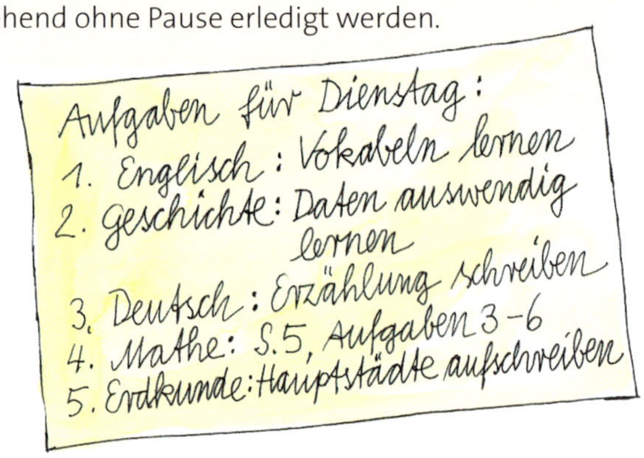

Deine Reihenfolge:

1. ______________________

2. ______________________

3. ______________________

4. ______________________

5. ______________________

5 **Bei diesen beiden Tipps zur Planung deiner Hausaufgaben sind die Inhalte versehentlich vertauscht worden. Formuliere sie richtig.**

Lege anstrengende Tätigkeiten ein, um dich zu erholen.	*Vermeide Pausen, um nicht in den Pausen zu ermüden.*
______________________	______________________
______________________	______________________

Methode **Das Heft übersichtlich gestalten**

Im Unterricht Gelerntes kannst du dir besser einprägen, wenn du sauber und gut lesbar schreibst. Wichtiges muss sofort ins Auge springen.

1 **Arbeite die Checkliste zur sauberen Heftführung aus. Die Wörter rechts helfen dir dabei.**

Absätze Datum Arbeitsblätter Seitenzahl Tafelanschriebe Überschrift Heftrand Lineal Fehler Stift

1. Zu jedem Eintrag notiere ich das ______________ und eine ______________.
2. Überschriften unterstreiche ich mit einem ______________.
3. Bei Hausaufgaben aus einem Schulbuch schreibe ich die ______________ und die Aufgabennummer auf.
4. Ich beginne auf der Seite links zu schreiben, beachte aber auch den ______________.
5. Den Text gliedere ich durch sinnvolle ______________.
6. Wichtige Wörter und Sätze, wie z. B. Regeln, hebe ich mit einem farbigen ______________ hervor.
7. ______________, die im Unterricht verteilt wurden, hefte ich ab.
8. ______________ aus dem Unterricht schreibe ich sauber und fehlerfrei auf.
9. ______________ streiche ich sauber durch und verbessere sie.

2 **Lies die Hausaufgaben von Mareile. Gib ihr Tipps, wie sie sauberer arbeiten kann: Notiere am Rand, welcher Hinweis aus Aufgabe 1 ihr jeweils hilft.**

VORSICHT FEHLER!

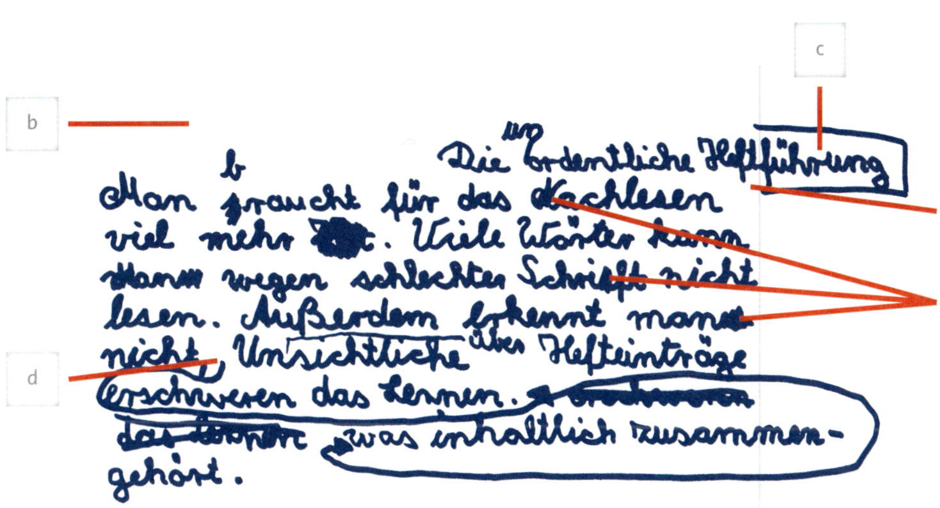

a) 2 ______
b) ______
c) ______
d) ______
e) ______

3 Schreibe den Hefteintrag sauber und übersichtlich ab. Schreibe in dein Heft.

Ein Erlebnis spannend erzählen

Information	Aufbau einer Erzählung
Überschrift:	Die Überschrift sollte **zum Inhalt** der Geschichte **passen** und den Leser **neugierig machen, ohne zu viel zu verraten.**
Einleitung:	Die Einleitung **führt in** das **Geschehen ein, stellt** mindestens eine der **Hauptfiguren vor** und **macht** den **Ort** und die **Zeit deutlich.**
Hauptteil:	Der Hauptteil ist der **Kern der Geschichte** und der längste Teil der Erzählung. Die einzelnen **Handlungsschritte** müssen **verständlich aufeinanderfolgen**, und die **Spannung steigert** sich bis zum **Höhepunkt.**
Schluss:	Der Schlussteil **rundet die Erzählung ab.** Er sollte **kurz** sein. Der Schluss kann z. B. **Denkanstöße** enthalten oder **auf den Anfang der Erzählung zurückgreifen.**

1 **Lies den folgenden Anfang einer Erzählung. Prüfe anschließend, welche Informationen du in der Einleitung zu den folgenden W-Fragen erhältst, und schreibe sie in Stichworten auf.**

Wer kommt vor? (Haupt- und Nebenfiguren): ______________________

Wo findet das Geschehen statt? (Ort): ______________________

Wann ist es passiert? (Zeit): ______________________

Eigentlich war es ein ganz normaler Freitag. Das Wochenende winkte und für die Schule gab es nicht viel zu erledigen. Ich saß gerade in meinem Zimmer und blätterte das *Kicker*-Sonderheft durch, als meine Mutter ihren Kopf zur Türe hereinsteckte und sagte: „Tschüss, Paul, schau nicht zu viel fern. Wir sind spätestens um halb elf zurück." „Okay, Mama", rief ich. „Die Handynummer hängt an der Pinnwand, falls was ist", sagte sie. „Seit ca. 50 Jahren, Mama", sagte ich. „Ich geh ja schon." Sie warf mir noch eine Kusshand zu. Jeden Freitag gingen Mama und Papa in den Tennisverein. Früher war ich auch mitgegangen, aber nach dem Spielen trafen sie sich noch mit Freunden in der Vereinspizzeria, und das konnte dauern. Ich blieb lieber alleine zu Hause. Das machte mir nichts aus, aber heute hätte ich mir gewünscht, doch mitgegangen zu sein. Das kam so:
Ich hatte gerade den Fernseher angeknipst, als ich draußen ein Geräusch hörte. Ich zog den Vorhang vorsichtig zur Seite. Es dämmerte schon. Ich sah, wie sich eine Person an unserem Auto zu schaffen machte. Mama und Papa waren mit den Fahrrädern gefahren und das Auto stand vor der Garage …

2 **Ganz am Anfang von Pauls Einleitung steht das Wort „eigentlich". Beschreibe in einem vollständigen Satz, welche Wirkung durch dieses Wort erzielt wird.**

____

____

Information **Aufbau des Hauptteils**

Der Hauptteil einer Erzählung muss so geplant sein, dass die **Handlungsschritte in einer verständlichen, sinnvollen Reihenfolge** angeordnet sind. Im Hauptteil sollte sich die **Spannung steigern** und **am Ende des Hauptteils** den **Höhepunkt** erreichen.

3 **Paul hat sich für den Hauptteil in Stichworten auf Zettel geschrieben, was er nicht vergessen darf. Ordne die folgenden Textbausteine in einer sinnvollen Reihenfolge. Trage die Buchstaben in die Kästchen in der Spannungskurve unten ein.**

A vom Haus in die Garage gelaufen und mit Abstand hinterhergeradelt

B Polizist gesehen und Dieb gezeigt

C Dieb radelt weg

D auf Mailbox Nachricht hinterlassen

E niemand meldet sich am Telefon

F nicht getraut, Licht anzumachen

G gesehen, wie Dieb das Navigationsgerät klaut

H Handynummer gewählt

I Polizist nimmt Verfolgung auf und schnappt den Dieb

J an der Pinnwand die Telefonnummer abgelesen

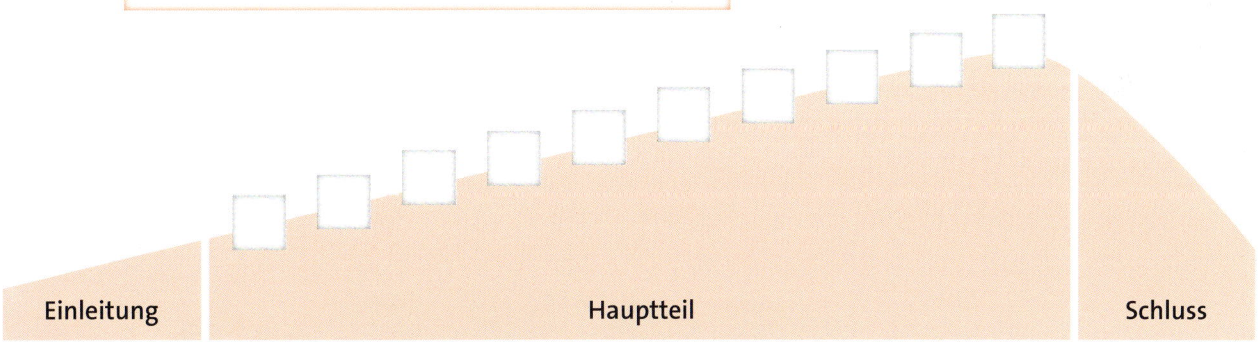

Information **Den Hauptteil spannend und anschaulich erzählen**

- Verwende **abwechslungsreiche Verben,** z. B.: *mein Herz raste, der Regen prasselte* ...
- Finde **anschauliche, genau beschreibende Adjektive** und **Adverbien,** z. B.: *düster, schattig* ...
- Teile **Gefühle** und **Gedanken** einer Figur mit, z. B.: *„Meine Knie zitterten, als der Dieb ..."*
- Setze **wörtliche Rede** ein, auch bei Gedanken, z. B.: *„Was mache ich jetzt nur?"*, dachte ich. *„Die hören bestimmt das Handy nicht, weil sie gerade spielen."*
- Baue **Spannungsmelder** ein, z.B. Ausdrücke wie: *mit einem Mal, plötzlich, aus heiterem Himmel* ...

4 **Fülle die Lücken im folgenden Text mit Wörtern aus dem Wortspeicher unten auf der Seite. Setze dabei die Verben ins Präteritum und passe die Adjektive an.**

Ich beobachtete den ________________ Schatten, der die Autotür mit einem Werkzeug ________________ ________________. Ich ________________ den Vorhang ________________ beiseite.

____,

dachte ich. Der Dieb zwängte sich durch die Autotür und ________________ nach dem ________________ ________________ Navigationsgerät, das an der Windschutzscheibe befestigt war. ________________ ________________ vor lauter Aufregung. ________________ drehte der Dieb sich in Richtung Fenster. Ich ließ den Vorhang los und ________________ mich. Es folgte eine ________________ Stille.

vorsichtig	„Wenn ich jetzt das Licht anmache, sieht er mich"	grau
aufhebeln	nagelneu	plötzlich
schrecklich	schieben	greifen
Mir stockte der Atem	ducken	

5 Suche für folgende Begriffe, die in Pauls Erzählung vorkommen könnten, andere Wörter, Wendungen oder Umschreibungen und trage sie in die Cluster ein.

Abwechslungsreiche Sprache macht eine Erzählung interessanter. Es hilft, wenn man sich einige Augenblicke Zeit nimmt, um den richtigen Ausdruck zu finden, statt den ersten zu verwenden, der einem in den Sinn kommt.

laufen

zitternde Knie

Angst haben

schauen

6 Paul hört im Zimmer, wie der Dieb weggeht. Formuliere drei Sätze darüber, wie er die Verfolgung aufnimmt. Verwende dabei Wörter und Wendungen, die du oben in die Cluster eingetragen hast.

Information **Den Schlussteil planen und schreiben**

- Nachdem der Höhepunkt erzählt ist, sollte der **Schlussteil knapp** gehalten werden, da die Erzählung sonst langweilig wirkt.
- Man kann hier noch einmal **auf den Anfang zurückkommen,** um so die Geschichte abzurunden.
- Nicht alle Fragen müssen am Ende geklärt sein. Manchmal ist es sogar gut, wenn **einige Fragen offenbleiben**. Die **Haupthandlung** sollte aber **abgeschlossen** sein.

7 **Paul hat einen Schluss für seine Erzählung geschrieben, der allerdings zu lang geraten ist. Streiche alle Sätze durch, die nicht notwendig sind.**

War das ein aufregender Tag! Irgendwie war ich furchtbar stolz auf mich, als ich abends im Bett lag. Ich ließ den Tag noch einmal in Gedanken vorbeiziehen. Morgens hatte ich noch eine Mathe-Arbeit in der Schule geschrieben. Das sollte eigentlich der aufregendste Teil des Tages werden. Abends wollte ich entspannen und nicht mit zum Tennis gehen. Wer hätte gedacht, dass ich heute einen Dieb verfolgen würde. Zuerst wollte ich ihn ja gar nicht verfolgen, weil ich Angst hatte. Deswegen habe ich ihn nur beobachtet. Aber als er davonlief, dachte ich, dass ich ihn vielleicht doch aufhalten könnte. Dann habe ich ja den Polizisten getroffen, was ich ja schon erzählt habe. Der hat geholfen und ich bin jetzt stolz auf mich. Manchmal kommt es eben ganz anders, als man sich das vorgestellt hatte. Am besten stelle ich mir für das Fußballspiel morgen nichts vor. Wer weiß, was sonst passieren würde.

8 **Formuliere mit Hilfe deiner Vorbereitungen aus den Aufgaben 3–7 einen vollständigen Hauptteil und einen Schluss für Pauls Geschichte. Gib deiner Erzählung eine passende Überschrift. Schreibe in dein Heft.**

9 ●●● **a** **Um die Spannung zu steigern, hat Paul den Höhepunkt seiner Erzählung im Präsens verfasst. Der Text ist aber noch nicht ganz gelungen. Markiere Stellen, die noch verbessert werden müssen. Streiche Überflüssiges. Kennzeichne, wo noch etwas ergänzt werden sollte. Achte dabei besonders auf:**
- **den Tempusgebrauch,**
- **die Darstellung von Gedanken und Gefühlen,**
- **die Verwendung von Spannungsmeldern.**

b **Schreibe eine verbesserte Fassung des Textausschnittes in dein Heft.**

VORSICHT FEHLER!

Ich radle, so schnell ich kann. Die schwergängigen Pedale quietschen. Dort vorne, an der Ampel, ist das nicht der Dieb? Er fährt gerade über die Kreuzung. Er fuhr sehr schnell. Er ist schon über die Kreuzung. Die Ampel springt auf Rot. Ich rase trotzdem noch hinterher. Ein Mann läuft über den Fußgängerübergang. Ich bremste scharf und streife den Mann, bevor ich in einen Busch neben der Ampel krache. „Na, na, Freundchen!“, rief der Mann. Ich erkenne die grüne Uniformjacke. Es ist ein Polizist. „Da vorne!“, schreie ich und zeige auf das Fahrrad an der nächsten Straßenecke. „Das ist ein Dieb!“ „Du willst wohl ablenken?“, sagte der Polizist. „Nein, wirklich, ein Dieb!“, keuche ich. Der Polizist steigt in einen neuwertigen Dienstwagen und macht ein Zeichen mit der Hand, dass ich auch einsteigen soll. Wir rasen ganz schnell die Straße entlang, biegen quietschend in die Nebenstraße ein. Ich fühle mich wie James Bond. An der nächsten Kreuzung haben wir den Dieb eingeholt.

Nach Bildern erzählen

Information **Eine Erzählung lebendig und anschaulich gestalten**

- Betrachte das Geschehen auf den Bildern genau und erschließe den **roten Faden der Handlung:** **Wo** spielt die Geschichte (Ort), **wann** findet sie statt (Zeit), **welche Figuren** kommen vor? Welches Bild zeigt den **Höhepunkt?**
- Lege den **Erzähler** fest: Aus wessen Sicht willst du erzählen?
- Gestalte die Erzählung sprachlich **lebendig** und **anschaulich** aus: Schildere auch die Mimik (Gesichtsausdruck) und Gestik (Körpersprache) der Figuren. Gib ihnen Namen.

In einer Klassenarbeit kann diese Aufgabe vorkommen:
„Erzähle spannend und anschaulich eine Geschichte zu den folgenden Bildern."

Vogelspinne guckt „dumm aus der Wäsche"

Stuttgart. Eine entlaufene Vogelspinne schaute am Freitag zwei Kindern aus der Waschmaschine entgegen. Die 11-jährige Sophie fackelte nicht lange und ... Später wurde das für den Menschen ungefährliche Tier von der Polizei abgeholt und in den Zoo gebracht.

1 **In der Klassenarbeit lautet die Aufgabe: „Erzähle die Bildergeschichte in der Ich-Form aus Bens Sicht." Welche der folgenden Einleitungen passt zu dieser Aufgabenstellung? Schreibe den Buchstaben auf und begründe deine Wahl.**

Schreibplan: **Einleitung** – Neugier wecken!
Wer? ... Wo? ... Wann? ...

A Ben bekam oft Ärger, wenn er sich beim Spielen allzu schmutzig machte. Als er neulich, es war Freitag, der 13., wieder völlig eingedreckt nach Hause kam, beschloss er darum, seine Jeans schnell in die Waschmaschine zu stecken, bevor die Eltern sie sehen würden.

B Letzten Freitag, es war der 13., spielte ich mit Sophie auf dem Bolzplatz Fußball. Der Boden war regennass, wir rutschten ständig aus, aber das Spiel war klasse! Als wir nach Hause kamen, waren unsere Jeans schwarz vor Dreck. Das gibt oft Ärger mit den Eltern, darum schlug ich vor, die Sachen schnell in die Waschmaschine zu stecken.

2 **Notiere Stichworte für eine eigene Einleitung in dein Heft.**

3 **Schau dir die Bilder zum Hauptteil genau an und mache dir zunächst zu jedem Bild Notizen. Ergänze, was vor den Bildern, was dazwischen und was danach geschieht.**

Schreibe nicht einfach drauflos. Plane den Aufbau deiner Erzählung und lege einen Schreibplan an:
Hauptteil – Was passiert?
1. Erzählschritt: ...
2. ... (ein oder mehrere weitere Erzählschritt/e)
Höhepunkt
...

4 **a** **Umkreise Sätze, mit denen du Bens Panik lebendig wiedergeben könntest.**

Ich war starr vor Schreck.	Ich blieb stehen.	Mein Herz schlug bis zum Hals.
Ich dachte, mein Herz bleibt stehen.	Ich war zur Salzsäule erstarrt.	Da sah ich geradeaus.
Es stellte sich mir ein Problem.	Ich wünschte mich ans andere Ende der Welt!	

b **Bereite den Höhepunkt deiner Geschichte vor: Beschreibe Bens Schrecken bildhaft. Schreibe einige Sätze in dein Heft.**

Während das ekelige Tier mir entgegenkrabbelte, jagte eine Schreckensfantasie nach der anderen durch meinen Kopf ...

5 **Was könnte Sophie zu Ben sagen? Verwende treffende Verben aus dem Wortfeld *sagen*, z. B.: *beruhigen, besänftigen, trösten, ermuntern*. Schreibe auf, was Sophie sagt.**

Wörtliche Rede hilft, den Höhepunkt lebendig zu schildern. Lass die Figuren sprechen. Redebegleitsätze können vor, nach oder innerhalb der wörtlichen Rede stehen. Hinweise zur Zeichensetzung findest du auf Seite 108.

6 **Setze die Verben im folgenden Schluss ins richtige Tempus. Streiche Falsches durch.**

Eine Geschichte wird meist im **Präteritum** (1. Vergangenheit) erzählt, z. B.: *ich kam, ich sah sofort ...*

Am nächsten Tag [titelt/titelte] die Zeitung: „Vogelspinne guckt dumm aus der Wäsche!“ Gut, dass sie nicht [berichtet/berichtete], wie dumm ich erst [dreinblicke/dreinblickte]. Aber etwas Gutes [gibt/gab] es – ich [lerne/lernte] viel über Vogelspinnen!

7 **Das folgende Bild deutet einen anderen Ausgang an als der Zeitungsartikel auf Seite 13. Plane einen eigenen Schlussteil für deine Geschichte. Mache dir dazu Notizen in deinem Heft.**

Löse am **Schluss** die Spannung auf: Erzähle, wie die Handlung ausgeht, oder lasse den Schluss offen.

8 **Überlege eine treffende Überschrift für deine Geschichte. Wähle eine der beiden angebotenen Überschriften aus oder schreibe eine eigene.**

Die **Überschrift** soll die Leser neugierig machen, aber noch nicht zu viel verraten.

Freitag, der 13.! Pfui Spinne!

Sophie – die Heldin des Tages

9 **Verfasse mit Hilfe deiner Vorarbeiten aus den Aufgaben 1–8 eine vollständige Geschichte.**

10 **Wähle aus:**

a **Erzähle die Geschichte aus Sophies Sicht. Wähle dafür die Erzählform Er-/Sie-Erzähler.**

b **Schriftsteller können auch Tiere erzählen lassen. Wähle die Spinne als Ich-Erzählerin. Schreibe ins Heft.**

Ein Märchen fortsetzen

Information **Ein Märchen fortsetzen**

Die Fortsetzung eines Märchens sollte zum Märchenanfang passen und einige der typischen Märchenmerkmale enthalten:

Handlung
- Am Ende **siegt** meist **das Gute über das Böse** oder ein **Wunsch geht in Erfüllung.**
- Oft muss die **Hauptfigur** eine oder mehrere (z. B. drei) **Aufgaben erfüllen.**
- Manchmal gibt es **Gegenstände mit Zauberkraft,** z. B. *einen Ring, ein Zauberkästchen ...*

Figuren
- Helfer oder Gegner der Helden sind oft **Fantasiefiguren,** z. B. *Feen, Hexen, sprechende Tiere ...*
- Es treten **typische Märchenfiguren** auf, die entweder gut oder böse sind, z. B. *Prinz, Zauberer ...*

Erzählweise
- In Märchen findet man oft **Zaubersprüche,** bestimmte **Zahlen,** wie z. B. die Zahl Drei, oder feste Formeln, wie z. B.: ... *Und wenn sie nicht gestorben sind, dann leben sie noch heute.*

Jacob und Wilhelm Grimm

Jorinde und Joringel (Anfang des Märchens)

Es war einmal ein altes Schloss mitten in einem großen dicken Wald, darinnen wohnte eine alte Frau ganz allein, das war eine Zauberin. Am Tage machte sie sich zur Katze oder zur Nachteule, des Abends aber wurde sie wieder ordentlich wie ein Mensch gestaltet. Sie konnte das Wild und die Vögel herbeilocken, und dann schlachtete sie es, kochte und briet es. Wenn jemand auf hundert Schritte dem Schloss nahe kam, so musste er stille stehen und konnte sich nicht von der Stelle bewegen, bis sie ihn lossprach. Wenn aber eine Jungfrau in diesen Kreis kam, so verwandelte sie dieselbe in einen Vogel und sperrte sie dann in einen Korb ein und trug den Korb in eine Kammer des Schlosses. Sie hatte wohl siebentausend solcher Körbe mit so raren Vögeln im Schlosse. Nun war einmal eine Jungfrau, die hieß Jorinde: Sie war schöner als alle andere Mädchen. Die und dann ein gar schöner Jüngling namens Joringel hatten sich zusammen versprochen. Sie waren in den Brauttagen und sie hatten ihr größtes Vergnügen eins am andern. Damit sie nun vertraut miteinander reden könnten, gingen sie in den Wald spazieren. „Hüte dich“, sagte Joringel, „dass du nicht so nahe ans Schloss kommst.“ Es war ein schöner Abend, die Sonne schien zwischen den Stämmen der Bäume hell ins dunkle Grün des Waldes und die Turteltaube sang kläglich auf den alten Maibuchen.

Jorinde weinte zuweilen und klagte; Joringel klagte auch. Sie waren so bestürzt, als wenn sie hätten sterben sollen: Sie sahen sich um und wussten nicht, wohin sie nach Hause gehen sollten. Noch halb stand die Sonne über dem Berg. Joringel sah durchs Gebüsch und sah die alte Mauer des Schlosses nah bei sich; er erschrak und wurde todbang. [...] Joringel sah nach Jorinde. Jorinde war in eine Nachtigall verwandelt, die sang „zicküth, zicküth“. Eine Nachteule mit glühenden Augen flog dreimal um sie herum und schrie dreimal „schu, hu, hu, hu“. Joringel konnte sich nicht regen: Er stand da wie ein Stein, konnte nicht weinen, nicht reden, nicht Hand noch Fuß regen. [...]

1 a Lies folgende Aussagen zum Inhalt des Märchenanfangs und kreuze die richtigen an.

- ☐ Jorinde weint, weil sie in der Ferne das gefährliche Schloss entdeckt.
- ☐ Jorinde und Joringel sind in den Wald gegangen, um alleine miteinander reden zu können.
- ☐ Die Zauberin verwandelt alle Jungfrauen, die sich dem Schloss nähern, in Turteltauben.
- ☐ Joringel weiß nicht, wie gefährlich das Schloss ist.
- ☐ Die Zauberin lockt Rehe und Vögel und andere Tiere an, um sie zu schlachten und zu essen.

b Verbessere die falschen Aussagen in vollständigen Sätzen.

2 Formuliere in einem Satz, worin der Konflikt besteht, um den es in dem Märchen geht.

In Märchen kommt es häufig zu einem **Kampf zwischen Gut und Böse**, wobei diese beiden Seiten durch typische Märchenfiguren verkörpert werden.

3 a In Märchen spielen häufig magische Gegenstände eine Rolle. Schreibe auf, welche magischen Gegenstände du aus anderen Märchen schon kennst.

b Überlege dir für die Fortsetzung des Märchens von Jorinde und Joringel einen magischen Gegenstand, der für die Handlung wichtig ist. Denke dabei daran, dass in alten Märchen keine modernen Gegenstände vorkommen, wie z. B. Handys. Schreibe auch auf, was der Gegenstand bewirken kann.

Mein magischer Gegenstand für die Fortsetzung des Märchens ist

4 Lies noch einmal den letzten Satz des Märchenanfangs auf Seite 16. Überlege dir, wie sich Joringel aus seiner Versteinerung befreien kann. Kommt ihm jemand zu Hilfe (vielleicht ein Tier)?
Schreibe deine Idee in einem Satz auf.

5 Überlege dir, welche Aufgabe Joringel bewältigen muss, um Jorinde zu befreien. Schreibe sie in einem Satz auf.

In Märchen muss der Held oder die Heldin häufig **Aufgaben** bewältigen, um sein Ziel zu erreichen. Am Ende wird er belohnt.

6 Deine Fortsetzung des Märchens sollte einen Spannungsbogen aufweisen.
Übertrage den folgenden Spannungsbogen und die Fragen auf ein quer gelegtes DIN-A4-Blatt.
Notiere unter den Fragen jeweils deine Ideen.

1 Wie befreit sich Joringel? Wie kommt er an einen magischen Gegenstand?

2 Wie gelingt es Joringel, in das Schloss im Wald zu kommen?

3 Welche Aufgabe muss Joringel bewältigen, um Jorinde zu befreien? Wie besiegt er die Hexe?

4 Welche Belohnung erhalten Joringel und Jorinde am Ende?

7 Schreibe mit Hilfe deiner Vorarbeiten aus den Aufgaben 1 bis 6 eine Fortsetzung des Märchens „Jorinde und Joringel" in dein Heft.

Märchen sind meist in einer altertümlichen Sprache verfasst. Achte bei deiner Fortsetzung darauf, keine zu modernen oder zu umgangssprachlichen Formulierungen zu verwenden.

8 ●●● Johann hat den Anfang seiner Fortsetzung formuliert. Allerdings passt die Sprache noch nicht ganz zu dem Märchenanfang.
Schreibe Johanns Text verbessert in dein Heft.

VORSICHT FEHLER!

Joringel war total bewegungsunfähig. „Mist", dachte er, „ich muss Jorinde retten." Die Nachteule hatte sich vor seinen Augen in die Hexe verwandelt und Jorinde als Nachtigall geschnappt. „Es ist mein Job, sie zu befreien", dachte Joringel. Er wusste nicht, was er machen sollte. Da kam ein Eichhörnchen angewetzt. Es sah sich ängstlich um, dann redete es los: „Hey, ich habe alles aus dem Busch da hinten beobachtet und ich kann dir helfen. Dann musst du aber meinen Mann retten. Der ist im Schloss gefangen und die Hexe will ihn sich heute zum Abendessen brutzeln. Du musst ihn befreien. Alles klar? Und jetzt sag ich dir, wie ..."

Einen Schwank nacherzählen

Information **Nacherzählen**

Beim Nacherzählen müssen die **Handlungsschritte** der ursprünglichen Geschichte **in der richtigen Reihenfolge** wiedergegeben werden.

- **Wichtiges** darf man **nicht auslassen** und man sollte **nichts Neues hinzufügen**.
- Die Nacherzählung wird **in eigenen Worten** formuliert, auch wenn die Vorlage in altertümlicher Sprache verfasst ist.
- Die **Zeitform der Vorlage**, meist das Präteritum, sollte man auch in der Nacherzählung **verwenden**.
- Der **Spannungsbogen** der Vorlage wird in der Nacherzählung **beibehalten**.

Eulen und Meerkatzen

Eulenspiegel war erneut auf Wanderschaft. Und wie er so von einer Anhöhe auf ein stilles Städtchen herabsah, dachte er bei sich: „Ach, ich sollte es einmal wieder mit einem anderen Handwerk versuchen." Als er nun eines Abends im Schimmer des letzten Abendrots durch das Stadttor von Braunschweig schritt, da traf er auf einen Bäckermeister mit finsterer Miene. Dem wurde seine Arbeit zur Last, denn sein Geselle war am Vortage in die Ferne gezogen. Beim Gedanken, arbeiten zu müssen, ballte der Bäcker seine Faust in der Tasche und er grollte dem verschwundenen Gesellen. Als der Bäcker Till erblickte, dachte er bei sich: „Ah, ein wackerer Handwerker. Der kommt mir gerade zupass." Und so rief er Till hinterher: „He, du, was für ein Geselle bist du?" „Ich bin ein Bäckerknecht", antwortete Eulenspiegel. Da lachte dem Meister das Herz und er nahm ihn sofort in seinen Dienst. Auch Till war sehr erfreut darüber, so rasch eine neue Anstellung erlangt zu haben, und er ließ sich von dem Bäckermeister in die Backstube führen.

Als er nun zwei Tage im Dienste des Bäckers gestanden hatte, meinte dieser: „Nun, Eulenspiegel, es ist wohl an der Zeit, dass du die Arbeit allein verrichten kannst", und kehrte Till schon den Rücken zu, um die Stube zu verlassen. Eulenspiegel aber hielt ihn auf und fragte: „Ja, was soll ich denn backen?" Über diese einfältige Frage ärgerte sich der Bäcker. Er spottete: „Du bist ein Bäckerknecht und fragst noch, was du backen sollst? Was pflegt man denn zu backen? Eulen und Meerkatzen?" Daraufhin verließ er kopfschüttelnd die Backstube. Kaum war Till allein, da knetete er den Teig und formte daraus nur Eulen und Meerkatzen. Daraufhin feuerte er den Ofen an und buk die seltsamen Backwaren.

Als der Meister am anderen Morgen zurückkam, stand er sprachlos und entsetzt vor Tills Werk. Wo war das Brot, das er ausliefern musste? Wo die Semmeln, die seine Kundschaft jeden Morgen verlangte? Stattdessen lagen fein säuberlich in der ganzen Backstube verteilt Eulen und Meerkatzen, auf dem Ofen, auf dem Tisch, sogar auf Stühlen und auf dem Kaminsims. Da geriet der Meister in heftigste Wut. „Was hast du denn gebacken?" – „Was Ihr mich geheißen[1] habt, Meister: Eulen und Meerkatzen", erwiderte Till. Da packte der Meister ihn, hob ihn in die Höhe, sodass seine Schuhe kaum mehr den mehligen Boden berührten, und schüttelte ihn: „Was soll ich mit dem Narrenkram machen? Dieses Brot nimmt mir doch kein Kunde ab. Bezahle mir meinen Teig!" „Gut", meinte Eulenspiegel. „Ich will den Teig bezahlen, aber dann soll das, was ich gebacken habe, auch mir gehören." „Mir ist es recht", gab der Meister zurück. „Eulen und Meerkatzen machen meinen Laden nur zum Gespött der Leute." Da bezahlte Eulenspiegel dem Bäcker seinen Teig, packte die Eulen und Meerkatzen in einen Korb und verließ das Haus. Er stellte sich mit seinen Eulen und Meerkatzen am Marktplatz auf, wo gerade die Kinder aus der Schule kamen. „Kommt herbei", rief Till, „ihr sollt's nicht bereuen! So lecker und lustig ist euch noch keine Semmel untergekommen." Als die Kinder die Leckereien sahen, da liefen sie nach Hause und quälten ihre Eltern so lange, bis diese ihnen Eulen und Meerkatzen kauften. So war Eulenspiegel im Umsehen[2] die Ware los. „Mich deucht", sagte er zu sich, „ich habe ein gutes Geschäft gemacht." Und er zog wieder los, um etwas Neues zu erleben.

1 heißen: hier: befehlen

2 im Umsehen: in kurzer Zeit

1 **Sind dir beim Lesen der Schelmengeschichte Wörter oder Wendungen aufgefallen, die du nicht verstanden hast? Kläre ihre Bedeutung.**

2 **Fasse den Inhalt der folgenden Sinnabschnitte jeweils in zwei oder drei Sätzen zusammen.**

Z. 1–24: ______________________________

____

____

Z. 25–38: ______________________________

____

____

Z. 39–63: ______________________________

____

____

Z. 63–73: ______________________________

____

____

3 **Wähle aus den folgenden Aussagen zu jedem Sinnabschnitt jeweils die zutreffende aus. Trage die entsprechenden Buchstaben in die Kästchen 1 bis 5 unter der Aufgabe ein. Wie lautet das Lösungswort?**

1 Zeilen 1 bis 24: Till ist ein Bäckergeselle, der bei einem Bäckermeister in Braunschweig eine neue Anstellung findet. A
Till ist ein Schelm und lässt sich als Bäckergeselle in Braunschweig anstellen, obwohl er das Bäckerhandwerk nicht beherrscht. E

2 Zeilen 25 bis 38: Der Bäckermeister ist faul und verlangt, dass Till am dritten Tag die Arbeit allein macht. Deshalb legt Till den Bäcker herein. U
Der Bäcker arbeitet ständig mit Till zusammen und unterstützt ihn. Deshalb wird Till schnell zu einem wahren „Backkünstler". D

3 Zeilen 39 bis 63: Als Rache dafür, dass Till den Auftrag des Bäckers nicht so ausführt, wie der Bäcker es wollte, muss er den verbrauchten Teig bezahlen. L
Als Rache dafür, dass Till den Auftrag des Bäckers nicht so ausführt, wie der Bäcker es wollte, muss Till noch länger in der Backstube arbeiten. F

4 Zeilen 63 bis 73: Till lässt den Bäcker dumm dastehen, indem er der Braunschweiger Bevölkerung von der ungerechten Strafe des Bäckers erzählt. G
Till lässt den Bäcker dumm dastehen, indem er seine Backwaren erfolgreich verkauft und ein gutes Geschäft macht. E

5 Zeilen 71 bis 73: Am Ende ist der Meister der Gewinner, weil Till ihm den entstandenen Schaden ersetzen muss. J

Am Ende ist Till der Gewinner, weil er dem Meister eine Lehre erteilt und zusätzlich ein gutes Geschäft gemacht hat. N

Das Lösungswort lautet: 1 ___ 2 ___ 3 ___ 4 ___ 5 ___

4 a Beim Nacherzählen musst du eine Geschichte in eigenen Worten wiedergeben. Finde für folgende Wendungen aus dem ersten Sinnabschnitt der Geschichte eigene Formulierungen.

Z. 7, 8: im Schimmer des letzten Abendrots: ____________________

____

Z. 10: mit finsterer Miene: ____________________

____

Z. 14, 15: [...] er grollte dem verschwundenen Gesellen: ____________________

____

Z. 16: ein wackerer Handwerker: ____________________

____

Z. 16, 17: Der kommt mir gerade zupass: ____________________

____

Z. 19, 20: Da lachte dem Meister das Herz [...]: ____________________

____

b Suche weitere Wendungen aus den folgenden Sinnabschnitten der Geschichte, die du in deiner Nacherzählung ersetzen musst. Notiere die veränderten Formulierungen in deinem Heft.

5 Verfasse eine komplette Nacherzählung der Schelmengeschichte „Eulen und Meerkatzen". Schreibe in dein Heft.

6 ●●● Tom hat die ersten Sätze seiner Nacherzählung formuliert, aber zufrieden ist er noch nicht damit. Schreibe eine verbesserte Fassung in dein Heft.

Till sagte sich, ich sollte mal wieder was Neues erleben. Till kam nach Braunschweig. Ein Bäcker sprach Till an. Till sagte, ich bin Bäckergeselle. Der Bäcker sagte, das ist gut, dann kannst du gleich mitkommen. Till folgte dem Bäcker in die Stube. Till dachte sich, dem werde ich einen Streich spielen, und am Ende bin ich der Schlauere.

VORSICHT FEHLER!

Ein Tier beschreiben

Information **Suchmeldung – Anschaulich und genau beschreiben**

1 Schreibe einen **Einleitungssatz,** in dem du sagst, worum es geht, z. B.:
Wann ist **welches** Tier **wo** entlaufen?
2 Beschreibe dann das Tier möglichst genau. Achte auf eine **sinnvolle Reihenfolge:**
- Beginne mit dem **Gesamteindruck des Tieres** (z. B. Tierart, Name, ungefähre Größe und Gewicht sowie Alter).
- Beschreibe anschließend die **besonderen Merkmale** (z. B. Farbe und Länge des Fells, Kopfform, Form der Ohren, Augenfarbe ...) vom Kopf bis zu den Beinen.

3 Formuliere zum **Schluss** die Bitte, sich zu melden, wenn jemand das Tier gefunden hat.
Gib eine Adresse oder eine Telefonnummer an, unter der sich der Finder melden kann.

Das Meerschweinchen als Haustier

Hausmeerschweinchen (zoologischer Gattungsname: *Cavia porcellus*) kommen ursprünglich aus Südamerika. Sie können je nach Geschlecht und Art ca. 800 bis 1300 Gramm wiegen und werden zwischen 20 und 35 Zentimeter lang. Meerschweinchen werden in der Regel sechs bis acht Jahre alt und leben gern zu mehreren Tieren. Es gibt viele verschiedene Rassen, wobei man zwischen Kurzhaar- und Langhaar-Meerschweinchen unterscheidet. Das abgebildete Rosetten-Meerschweinchen ist eine Sonderform. Tiere dieser Züchtungsform haben insgesamt acht Rosetten (= Haarwirbel), die sich folgendermaßen verteilen: vier Körperrosetten, zwei Hinterhand- und zwei Hüftrosetten. Meerschweinchen sind Nagetiere, ihre Zähne wachsen ständig nach. Um diese abzureiben, müssen sie ständig nagen (sonst können sie sterben, weil die Vorderzähne zum Fressen zu lang werden), das heißt, sie nehmen täglich 80- bis 90-mal Nahrung auf, darunter Gras, Löwenzahn, Gemüse und etwas Obst. Das Nagen und Fressen von Heu gehört zu ihren wichtigsten Tätigkeiten. Zudem benötigen Meerschweinchen ständig frisches Wasser. Zu den Lieblingstätigkeiten eines jeden Meerschweinchens gehört das Dösen, es kratzt, knabbert und putzt sich auch gern. Meerschweinchen sind tagaktiv, sie können aber durchaus auch nächtliche Aktivitäten entfalten. Dabei helfen ihnen ihre empfindlichen Schnurrhaare, mit denen sie sich im Dunkeln orientieren und vor Hindernissen ausweichen.

1 a **Lies die Informationen über das Meerschweinchen als Haustier.**
b **Stelle über das Meerschweinchen auf dem Foto oben die wichtigen Informationen kurz und in sinnvoller Reihenfolge zusammen. Nutze dazu den folgenden Steckbrief.**

Tiersteckbrief

Rasse: ______________________________

Aussehen – Größe/Gewicht (ungefähr): ______________________________

Farbe/Fell: ______________________________

Körperbau: ______________________________

Lebensweise/Verhalten: ______________________________

____

____

Besondere Merkmale: ______________________________

2 **Bringe die folgenden Abschnitte einer Suchmeldung in die richtige Reihenfolge. Nummeriere.**

A Genaue Informationen über das Tier in sinnvoller Reihenfolge, z. B. von oben nach unten oder von links nach rechts: Fell, Farbe, Größe, Gewicht, wo sinnvoll: Alter und Name

B Name und Adresse oder Telefonnummer des Tierhalters

C Allgemeine Informationen über das Tier (z. B. die Rasse) und wo und wann es entlaufen ist

D Ergänzende Informationen, z. B.: besondere Merkmale oder Verhaltensweisen, Lieblingsfutter

3 **Ilka ließ ihre Meerschweinchen im Gartengehege laufen. Der vorwitzige Paul biss ein kleines Loch in die Einzäunung und lief unbemerkt davon. Ilka schreibt sofort eine Suchmeldung für die Nachbarn. Prüfe die Reihenfolge der Informationen in Ilkas noch nicht so ganz gelungener Suchmeldung. Ordne die Informationen sinnvoll: Trage dazu die Nummern aus Aufgabe 2 links neben Ilkas Sätzen ein. Streiche überflüssige Sätze und Ausdrücke durch.**

Notizen zu Aufgabe 5a (S. 24)

____

____

____

____

____

____

____

____

____

____

Information **Eine Suchmeldung sprachlich gestalten**

- Verwende **passende Adjektive,** die das Tier anschaulich und genau beschreiben, z. B.: *schneeweiß, etwa so groß wie ..., kräftig, schlank.*
- Verwende anstelle der Wörter „ist", „sind" und „hat", „haben" **abwechslungsreiche Verben,** z. B.: *tragen, besitzen, sich befinden, aufweisen, verfügen über, durch ... gekennzeichnet sein.*
- Schreibe im **Präsens** (Gegenwartsform).

4 Versuche, nach Ilkas Beschreibung zu entscheiden: Welches Meerschweinchen ist Paul? Kreuze an.

A ☐

B ☐

C ☐

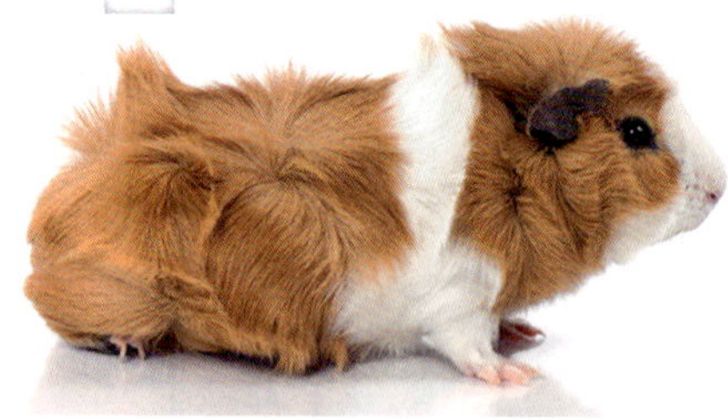

5 Du kannst dich zwischen zweien nicht entscheiden?
Kein Wunder, denn Ilka hat Paul nicht genau genug beschrieben.
Lege fest, welches der beiden Rosetten-Meerschweinchen Paul sein soll: ____

a Notiere rechts neben Ilkas Suchmeldung in Aufgabe 3 (▸ S. 23), welche der Beschreibungen zu ungenau sind.

b Trage Ausdrücke zusammen, die Paul anschaulich und genau beschreiben:

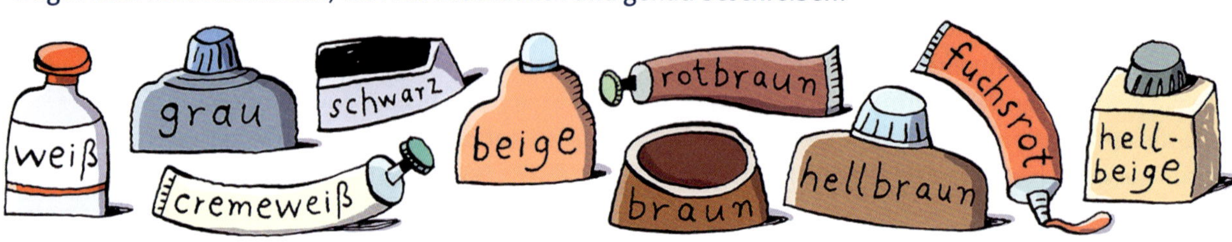

Farbe: ____________________

Fell: flauschig, ____________________

____

____

Besonderheiten: gut sichtbare, etwas ausgefaserte Ohren, ____________________

____

6 Beschreibe Paul nun so genau und anschaulich, dass Ilkas Nachbarn ihn zweifelsfrei erkennen und zurückbringen können. Übernimm, wo sinnvoll, Besonderheiten aus Ilkas Suchmeldung. Achte auf abwechslungsreiche Verben und ergänze den Schluss. Schreibe in dein Heft.

7 ●●● Beschreibe Meerschweinchen B:

a Fertige einen Steckbrief mit wichtigen Informationen über das Meerschweinchen an.
Ergänze dabei Informationen aus Aufgabe 1 (▸ S. 22).

b Verfasse in deinem Heft eine genaue Suchmeldung für das Tier.

Einen Sachtext lesen und verstehen

Methode **Die Fünf-Schritt-Lesemethode**

1. Schritt:	Lies zunächst nur die **Überschrift** und die ersten drei bis fünf Zeilen des Textes. Betrachte dann die **Abbildungen.** Überlege, worum es in dem Text gehen könnte. Rufe dir ins Gedächtnis, was du vielleicht schon über das Thema weißt.
2. Schritt:	**Lies** den **gesamten Text** zügig durch und mache dir klar, was das **Thema** des Textes ist.
3. Schritt:	Lies den Text ein zweites Mal sorgfältig. **Kläre** schwierige oder **unbekannte Wörter** aus dem Textzusammenhang, durch Nachdenken oder indem du in einem Wörterbuch nachschlägst.
4. Schritt:	**Markiere** (mit Bleistift) **Schlüsselwörter.** Schlüsselwörter sind Wörter, die für die Aussage des Textes besonders wichtig sind. Wähle aus den mit Bleistift markierten Wörtern noch einmal die wichtigsten aus. **Gliedere den Text in Sinnabschnitte** und gib jedem Abschnitt eine Überschrift. Ein neuer Sinnabschnitt beginnt, wo ein neues Unterthema angesprochen wird.
5. Schritt:	**Fasse** die wichtigsten **Informationen** des Textes in wenigen Sätzen **zusammen.**

1 a **Lies die Überschrift und die ersten Zeilen des Sachtextes auf S. 25/26 und sieh dir die Abbildungen an.**
b **Notiere in Stichworten, was du vielleicht schon über das Thema weißt.**

____

____

2 Lies den Text „Tödliche Gefahr aus dem Berg" zügig durch.
a **Notiere nach dem ersten Lesen das Thema des Textes. Schreibe in vollständigen Sätzen.**

____

____

____

b **Lies ein zweites Mal sorgfältig und unterstreiche unbekannte Wörter. Schlage sie nach und schreibe sie mit Erklärungen in dein Heft. Tipp: Fachbegriffe zu Vulkanen findest du auch im Internet (z. B. mit der Suchmaschine *www.blinde-kuh.de*).**

Die Bedeutung unbekannter Wörter kannst du meist aus dem Textzusammenhang klären.
Gelingt dies nicht, solltest du **in einem Wörterbuch oder Lexikon nachschlagen.**

3 **Am Textanfang sind einige Schlüsselwörter markiert. Markiere weitere Schlüsselwörter im gesamten Text.**

Tödliche Gefahr aus dem Berg

Am Morgen des 8. Mai 1902 scheint alles ruhig in Saint-Pierre, der Hauptstadt der Karibikinsel Martinique. Die Gewitter der Nacht sind vorbei und die Bürger beginnen den Tag unbesorgt. Um kurz vor acht Uhr erschüttert der Knall dreier Explosionen die Luft. Zwei Minuten später sind nahezu alle 28 000 Einwohner der Stadt tot – nur drei überleben. Als Stunden später die ersten Helfer eintreffen, bietet sich ihnen ein schreckliches Bild. Die Stadt und der Hafen, alle Häuser und Schiffe sind vollständig verbrannt und zerstört. Eine glühend heiße Ascheschicht bedeckt das Gelände. Nur hier und da ragen noch brennende Balken und Mauerreste aus der Glut.

Die Bürger von Saint-Pierre hatten den nahe liegenden Vulkan Montagne Pelée leichtsinnig unterschätzt. Der Berg ließ schon mehrere Wochen vor seinem Ausbruch an diesem Morgen deutliche Anzeichen erkennen, die auf das bevorstehende Naturereignis hindeuteten. Mehrfach hatte Ascheregen aus einer großen Rauchwolke die Insel mit feinem Bimssteinstaub überzogen, kleinere Erdbeben erschütterten den Untergrund. Schließlich strömten gewaltige Schlammlawinen von den Berghängen ins Tal, hunderte giftiger Grubenottern tauchten unvermittelt in den Straßen der Hauptstadt auf, bissen Menschen und Haustiere. Die Schlangen hatten die Gefahr gespürt und waren vom Berg geflohen. Auch die Blitze und Donnerschläge in der Nacht vor dem Ausbruch gehörten nicht zum normalen Wetter, sondern zu einem Eruptionsgewitter, das die kommende Katastrophe ankündigte.

Damals wussten die Einwohner von Martinique noch nicht, dass ihr Vulkan zu dem gefährlichen Typ der Stratovulkane gehört, ebenso wie die Vulkane Vesuv, Ätna und Pinatubo. Bei einem Ausbruch verhalten sich Stratovulkane wie gigantische Sektfla-

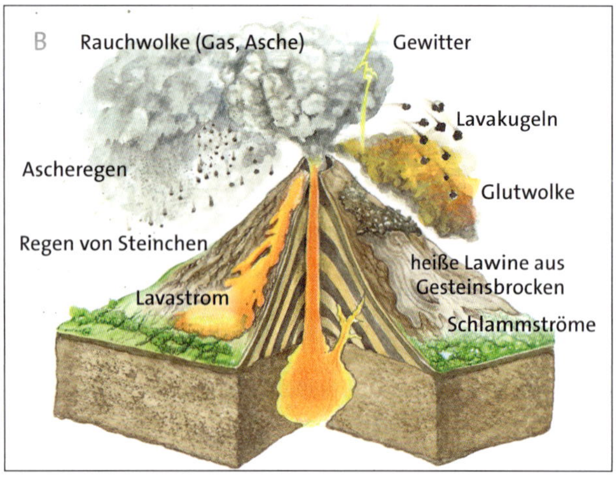

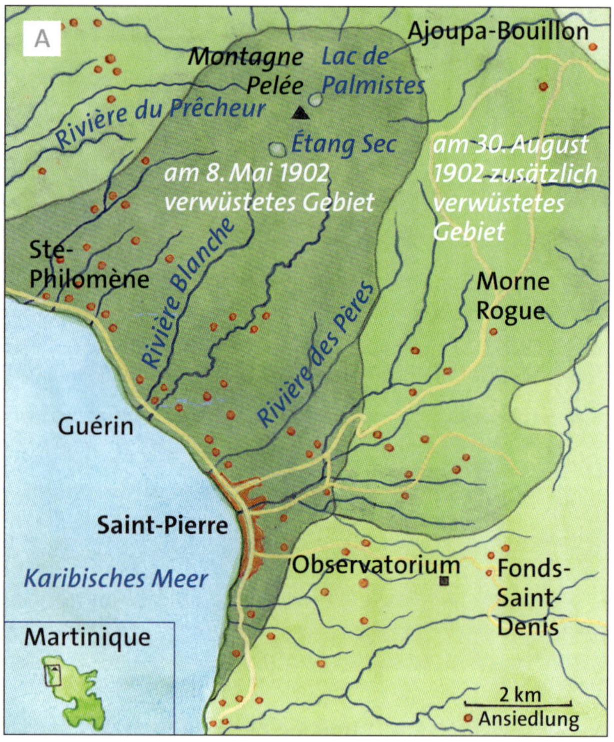

schen, die man plötzlich entkorkt. Das geschmolzene Gestein in diesen Vulkanen enthält nämlich viel Gas, gleichzeitig fließt es besonders zäh. Dieses sogenannte Magma verstopft im Laufe der Zeit oft den Vulkanschlot, wenn es langsam aufsteigt. Dann baut sich in der Kammer darunter ein hoher Druck aus Gasen auf. Schließlich hält der Schlot dem Druck nicht mehr stand und zerbirst in einer ungeheuren Explosion. Dabei mischen sich Magmagase und Vulkanasche zu einer glühend heißen Wolke. Dieser sogenannte pyroklastische Strom ist schwerer als Luft und jagt mit unglaublicher Geschwindigkeit (400 bis 1 000 Stundenkilometer) den Vulkanhang hinab.

Solch eine Glutwolke wurde auch Saint-Pierre zum Verhängnis. Heutzutage haben Vulkanologen Stratovulkane und ihr Verhalten gut erforscht. Dennoch bleiben sie hochgefährlich und bis heute unberechenbar. Als 2010 in Indonesien der Mount Merapi ausbrach, starben mehr als 100 Menschen. Die Opfer hatten die Gefahr falsch eingeschätzt und waren von einem ungeheuren pyroklastischen Strom überrascht worden.

4 **Gliedere den Text in Sinnabschnitte.**
Formuliere mit Hilfe der Schlüsselwörter Zwischenüberschriften für die einzelnen Sinnabschnitte.

Z. *1* – *14*: *1902 in Saint-Pierre: nach Explosionen fast alle Einwohner tot, Stadt zerstört*

Z. *15* – ____: ____________________

Z. ____ – ____: ____________________

Z. ____ – *59*: ____________________

5 **Fasse die Informationen mit eigenen Worten so in deinem Heft zusammen, dass dabei alle wichtigen W-Fragen beantwortet werden. Gehe so vor: Schau dir das nachfolgende Beispiel zum ersten Sinnabschnitt an. Gib zu jeder weiteren Zwischenüberschrift aus Aufgabe 4 die wichtigsten Informationen in gleicher Weise wieder.**

Zwischenüberschrift: 1902 (wann?) in Saint-Pierre (wo genau?): nach Explosionen (wodurch genau?) fast alle Einwohner (wie viele?) tot, Stadt (was genau?) zerstört
Zusammengefasste Informationen: Saint-Pierre, die Hauptstadt der Karibikinsel Martinique, wurde 1902 nach einem Ausbruch des Vulkans Montagne Pelée völlig zerstört. Dabei starben fast alle 28000 Einwohner.

Methode **Grafiken entschlüsseln**

Eine Grafik stellt Zahlen (z. B. Größenverhältnisse, Zeitangaben), Vorgänge (wie etwas funktioniert) oder Orts- bzw. Lageangaben (z. B. die Lage eines Berges) bildlich dar.
Beim Entschlüsseln einer Grafik kannst du so vorgehen:
1. Stelle fest, worum es in der Grafik geht. Hierbei hilft dir die Überschrift, sofern es eine gibt.
2. Untersuche, was in der Grafik dargestellt wird: Erklärt sie einen Vorgang, gibt sie ein Größenverhältnis an oder verdeutlicht sie eine Lage, wie z. B. eine Landkarte?
3. Prüfe, ob die Grafik Farben, Beschriftungen oder Symbole enthält, die erklärt werden.
4. Schreibe auf, worüber die Grafik informiert.

6 **Sieh dir die Grafiken auf Seite 26 genau an.**
Grafik A: Notiere, auf welches Ereignis sich die Grafik bezieht und welche Auswirkungen sie darstellt.

Ereignisse: ____________________

Auswirkungen: ____________________

Grafik B: Die Grafik ergänzt Ereignisse bei Ausbrüchen von Stratovulkanen, die im Text „Tödliche Gefahr aus dem Berg" nicht erwähnt werden.
Welche sind dies? Notiere.

____

____

7 **Notiere, zu welcher Art von Grafik die beiden Abbildungen auf S. 26 jeweils gehören (▸ Informationskasten, Schritt 2).**

A: ____________________ B: ____________________

Einen Erzähltext lesen und verstehen

Information **Einen Erzähltext erschließen**

- Kläre **schwierige Wörter** aus dem Textzusammenhang oder durch Nachschlagen.
- Untersuche den **Aufbau der Geschichte:**
  - **Einleitung:** Was erfährt man über **Ort** und **Zeit** des Geschehens, welche **Figuren** werden eingeführt? Gibt es Vorausdeutungen auf das weitere Geschehen?
  - **Hauptteil:** Welche **Handlungsschritte** gibt es? Hat die Geschichte einen **Höhepunkt?**
  - **Schluss:** Wie wird die Geschichte beendet? Gibt es eine Abrundung oder Denkanstöße?
- Beschreibe die **Figuren und deren Beziehungen:** Welche Eigenschaften und Besonderheiten haben die Figuren und in welchem Verhältnis stehen sie zueinander?
- **Erzähler:** Gibt es einen **Ich-Erzähler,** der selbst in das Geschehen verwickelt ist, oder einen **Er-/Sie-Erzähler,** der nicht am Geschehen teilnimmt?

Christoph Fischer

Die Liebesbriefe

Schule, das war ein Ort, an dem ich mich wohlfühlte. Die alten Mauern und die hohen Klassenzimmer, die dreckigen Gardinen und der zerkratzte Laminatboden – das machte mir nichts aus, es gefiel mir sogar. Auch die Lehrer störten mich wenig. Sie ließen mich meistens in Ruhe. Meine Noten waren zu mittelmäßig, als dass man hätte Sorgen um mich haben müssen.

Auch für meine Mitschüler war ich recht uninteressant. Nie wäre ich auf die Idee gekommen, jemanden zum Schwänzen aufzufordern. Der Ring des Basketballkorbs war mein natürlicher Feind, also wurde ich als Vorletzter in eine Mannschaft gewählt. Nur Sebbi war noch schlechter, bei ihm weigerte sich jeder Ball, in seinen Händen zu bleiben. Trotzdem machte mich der Sportunterricht nicht fertig, da wir einen Sportlehrer hatten, der über die Hälfte der Stunde versuchte, uns die Theorie des Basketballspiels zu erklären.

Ja, alles hätte ruhig und normal ablaufen können, aber ich musste mich ja verlieben.

All die Vorzüge, die eine natürliche Mittelmäßigkeit mit sich brachte, waren in dieser Hinsicht vollkommen wertlos. Ich himmelte Jana an. Jana, braunhaarig mit einer süßen Brille auf der kleinen Nase und mit dem breitesten Grinsen von ganz Ludwigsburg. Sie saß hinter mir, und ich suchte jede Gelegenheit, um mich unauffällig umzudrehen. Ich ließ das Lineal fallen, um sie beim Bücken kurz anzuschauen, ich flüsterte Tobias etwas zu, der schräg hinter ihr saß, ich versuchte, bei Gruppenarbeiten in ihre Gruppe zu kommen, was meistens nicht klappte. Zu Hause schrieb ich ihr Liebesbriefe. Nie hätte ich es gewagt, ihr einen davon zu geben. Trotzdem nahm ich sie in meinem Schulranzen mit, falls doch der ideale Moment kommen sollte. Der kam nicht, aber es kam ein furchtbarer Moment.

Wir stürmten nach der Pause in unser Klassenzimmer, und Dustin hatte die schwachsinnige Idee, meinen Schulranzen als Fußball zu benutzen und ihn kräftig den Mittelgang entlangzukicken. Der Ranzen schlitterte und blieb auf der Höhe der dritten Reihe liegen. Das wäre noch nicht so schlimm gewesen, aber aus meinem Ranzen ergoss sich eine gelb-klebrige Fanta-Lache. Die Plastikflasche im Ranzen war durch den Tritt geplatzt. Panisch schüttete ich den Inhalt des Ranzens auf den Klassenzimmerboden und rettete als Erstes die Bücher. Ich rannte nach vorne, um Papierhandtücher zu holen.

„Was ist denn hier los?“, rief Frau Haupt, die inzwischen das Klassenzimmer betreten hatte. Alle setzten sich auf ihre Plätze. Ich wollte Dustin nicht verpetzen, auch wenn ich wahnsinnig wütend auf ihn war. Aber meistens verstand ich mich ganz gut mit ihm.

„Meine Fantaflasche ist ausgelaufen“, sagte ich, während ich heftig die Bücher abrieb. Was ich nicht bemerkt hatte, war, dass auch zwei meiner Liebesbriefe an Jana aus dem Ranzen gerutscht waren und jetzt in der Fanta-Lache schwammen.

„Tobias, hilf mal aufwischen“, sagte Frau Haupt und reichte ihm ein paar Papierhandtücher. Als ich zu Tobias blickte, sah ich die farbigen Liebesbriefe, die inzwischen mit Feuchtigkeit vollgesogen waren. Und ich sah voller Schrecken, dass sich Sebbi bückte, um sie mit spitzen Fingern aus der Pfütze zu fischen.

„An Jana“, fing Sebbi an zu lesen. Mir stockte der Atem.

„Lass das“, sagte Frau Haupt. Aber Sebbi dachte gar nicht daran, irgendetwas zu lassen. Schließlich war er immer der Letzte, der beim Sport ausgewählt wurde, was ihm schon oft Hohn und Spott eingebracht hatte. Nun sah er wohl die Gelegenheit gekommen, sich am Vorletzten, der gewählt wurde, zu rächen.

„Hallo, Jana.“ Sebbi sprach die Worte genüsslich langsam aus. Weiter kam er aber nicht, denn ich stürmte auf ihn zu, um ihm den Brief zu entreißen. Ich fühlte mich wie in der Zeitlupe eines Actionfilms. Alle starrten auf mich, wie ich auf Sebbi zustürzte. Kurz bevor ich ihn erreichen konnte, rutschte ich allerdings auf meinem Englischklassenarbeitsheft aus, das noch in der Pfütze lag. Mit rudernden Armen schlitterte ich auf Sebbi zu, der mit einem Satz aus meiner Bahn sprang. Ich knallte mit dem Knie gegen die Heizung, Sebbi landete unsanft auf der Tischkante, sodass Janas Tisch kippte und ihre Bücher und Hefte vom Tisch in die Fanta-Lache rutschten. Jana schrie vor Schreck auf, Sebbi verlor das Gleichgewicht und landete mit dem Hosenboden auf Janas Heften.

Wenig später saßen Sebbi und ich im Krankenzimmer der Schule und rieben unsere blauen Flecken. Mir schmerzten Kopf und Knie, Sebbi rieb sich das Steißbein.

In den nächsten Tagen schien Jana mich für alles verantwortlich zu machen. Jedenfalls starrte sie mich anfangs wütend an. Seltsamerweise spotteten die anderen Jungs in der Klasse nicht über mich. Warum das so war, kann ich nicht sagen. Frau Haupt verteilte keinen Eintrag und erwähnte den Vorfall nie wieder. Nach einer Weile war ich mir nicht mal so sicher, ob Jana mich wirklich wütend anschaute oder nur so herüberblickte. Ich traute mich nicht, sie direkt anzuschauen. Aber wenn ich an sie dachte, dann malte ich mir aus, dass sie lächelte.

1 **Formuliere für folgende Abschnitte der Geschichte passende Überschriften:**

Zeilen 1–19: ______

Zeilen 20–37: ______

Zeilen 38–77: ______

Zeilen 77–95: ______

Zeilen 96–106: ______

2 **Kläre den Aufbau der Geschichte, indem du zu den folgenden Begriffen die passenden Zeilenzahlen notierst:**

Einleitung: Z.1- ______ Hauptteil: ______ Höhepunkt: ______ Schluss: ______

3 **Fasse den Inhalt der Schulgeschichte mit wenigen Sätzen in deinem Heft zusammen. Du kannst dabei die folgenden Formulierungen verwenden:**

In der Einleitung der Geschichte erfährt man …
Im Hauptteil wird erzählt, dass …
Im Schlussteil wundert sich der Ich-Erzähler darüber, dass …

Methode **Eine Figurenskizze erstellen**

In einer Figurenskizze kannst du darstellen, welche **Eigenschaften** Figuren haben und in welchen **Beziehungen** sie zu anderen Figuren stehen.

- Trage alle wichtigen Informationen über die Figuren zusammen. Achte auf das, was sie sagen, denken und fühlen, und darauf, wie sie handeln.
- Zeichne für die Figuren jeweils einen Kasten: Trage Namen und Eigenschaften der Figuren ein.
- Verbinde die Kästen durch Pfeile mit den Kästen von anderen Figuren. Notiere neben den Pfeilen, in welcher Beziehung die Figuren zueinander stehen.

4 a **Markiere im Text alle Informationen, die du über den Ich-Erzähler erhältst. Markiere jeweils in einer anderen Farbe auch die Informationen über Sebbi und Jana.**

b **Übertrage die folgende Figurenskizze vergrößert in dein Heft. Verwende dafür ein DIN-A4-Blatt im Querformat.**
Schreibe zunächst die Informationen über die einzelnen Figuren in die entsprechenden Kästen.

c **Ergänze die Beschreibungen der Beziehungen zwischen den Figuren in den Kästen über und unter den Pfeilen.**

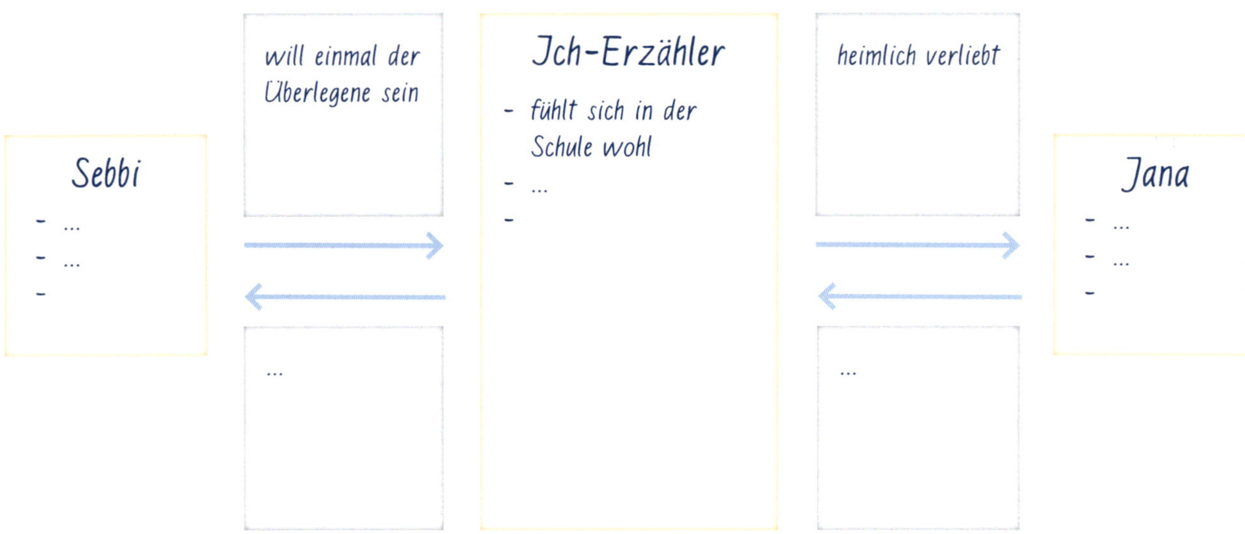

5 **Beschreibe die Figuren anhand deiner Ergebnisse aus Aufgabe 4 in wenigen Sätzen.**
Schreibe in dein Heft.
Du kannst die folgenden Formulierungsbausteine verwenden.

In dieser Schulgeschichte gibt es eine Hauptfigur und mehrere Nebenfiguren: …

Über den Ich-Erzähler erfahren wir gleich am Anfang, dass er …

Am Ende hätte der Ich-Erzähler von den Mitschülern erwartet, dass …, aber im Gegensatz dazu …

6 ●●● **Der Ich-Erzähler weiß am Ende nicht, warum seine Mitschüler ihn nicht verspotten.**

a **Abends schreibt er seine Gedanken über die Ereignisse vom Vormittag in sein Tagebuch.**
Verfasse diesen Eintrag. Schreibe in dein Heft.

b **Lange nach diesem Vorfall fragt der Ich-Erzähler seinen Freund Tobias, warum damals nicht über ihn gespottet wurde. Tobias versucht, es zu erklären.**
Schreibe in dein Heft, was Tobias sagt.

Ein Gedicht gestaltend vortragen

Methode **Einen Gedichtvortrag vorbereiten**

Gedichte kommen besonders gut in einem bewusst gestalteten Vortrag zur Geltung.

- Lies das Gedicht mehrmals leise und auch laut. Versetze dich in die Stimmung des Gedichts und mache dir klar, wovon es handelt.
- Bereite den Vortrag vor, indem du das Gedicht mit Betonungszeichen markierst:
  - **Betonung:** Unterstreiche Wörter, die du betonen willst. Betone sinngemäß, z. B. einen Ausruf, wörtliche Rede: *„Das geht aber nicht." – „Das geht aber nicht!"*
  - **Pausen:** Markiere Textstellen, an denen du eine kurze Pause (|) oder eine längere Pause (||) machen willst, um z. B. Spannung oder Nachdenklichkeit zu erzeugen; z. B.: *Sie stockte. | Was war das?*
  - **Lautstärke:** Setze, wo du lauter werden willst, ein ◄; wo du leiser werden willst, ein ►.
  - **Sprechgeschwindigkeit:** Kennzeichne Textstellen, an denen du dein Sprechtempo erhöhen willst, mit ——►; solche, an denen du langsamer sprechen willst, mit ~~~►.

1 a **Lies das Gedicht von Jutta Richter.**
b **Notiere für jeden Vers ein Wort, das das Verhalten der Katze beschreibt.**
c **Welche Textstellen könnten durch Pausen betont werden? Markiere sie mit einem Pausenzeichen: | .**
d **Übe den Gedichtvortrag. Beachte dabei deine Ergebnisse aus den Aufgaben 1 b und c.**

Jutta Richter

Die Katze

Auf der Mauer sitzt die Katze bewegungslos
auf der Lauer, hebt die Tatze ____________
da im Gras bewegt sich was ____________

Von der Mauer sprang die Katze ____________
ist jetzt sauer, leckt die Tatze wehleidig
da im Gras der Igel saß ____________

2 **Lies das Gedicht von James Krüss.**

James Krüss

Küken-Kindergarten

Das huschelt und kuschelt
Und trippelt und kippelt
Und kribbelt und wibbelt,
Das pickt und das piept,
Das huselt und wuselt.
Man wird ganz beduselt,
Wenn man auf dem Hofe
Die Küken erblickt.

Aufs Picken und Nicken
Der Küken zu blicken
Macht Kinder nicht minder
Wie Große konfus.
Das schlägt sich, verträgt sich,
Das ziept sich, das liebt sich
Und kommt mit Gerenne
Zur Henne am Schluss.

Doch friedlich und niedlich
Hockt schließlich gemütlich
Die flauschige, bauschige,
Lauschige Schar,
Geborgen vor Sorgen,
Im Schutze der Glucke,
Die früher genauso
ein Kükenkind war.

3 **Fasse in je einem Satz zusammen, was der Dichter beschreibt:**

Strophen 1 + 2: ____________

Strophe 3: ____________

Mache dir durch einen **Sprechbogen** deutlich, was als eine Einheit zwischen zwei Pausen gelesen werden soll. Häufig ist das ein Satz oder Teilsatz. Am Ende einer solchen Einheit senkst du die Stimme.

Zwischen ein Uhr und halb zwei | tönt aus dem Garten groß Geschrei.

4 a **Notiere, mit welchem Sprechtempo du den Inhalt der Strophen vom „Küken-Kindergarten“ verdeutlichen kannst.**

Sprechtempo Strophen 1 + 2: ____________________ Sprechtempo Strophe 3: ____________________

b **Unterstreiche im Gedicht von James Krüss (▸ S. 31) Wörter, die sich reimen, in derselben Farbe.**
c **Wie kannst du die Wirkung der Reimwörter verstärken? Probiere es beim lauten Lesen aus.**
d **Markiere die Satzenden. Setze das Zeichen) dort, wo du über das Zeilenende hinweglesen musst.**
e **Lies jeden Satz einzeln in einem Sprechbogen. Achte auf Sprechtempo und Reimwörter.**

5 a **Bereite den Vortrag des Gedichts von Boy Lornsen vor. Markiere die wörtliche Rede durch Anführungszeichen (▸ Vers 6).**
b **Trage das Gedicht jemandem vor und bitte um eine Rückmeldung.**

Boy Lornsen

Nachts im Gemüsegarten

Zwischen ein Uhr
und halb zwei
tönt aus dem Garten
groß Geschrei.

Meint der Spargel:
„Ich bin teuer.“
Und die Zwiebel:
Brenn wie Feuer.

Und was wäre
der Mensch wohl
ohne mich?! ,
knurrt der Kohl.

Uns isst man roh
sowie gesotten ,
plappern fröhlich
die Karotten.

Ich bin würzig! ,
ruft die Bohne.
Und ich auch! ,
schreit der Lauch.

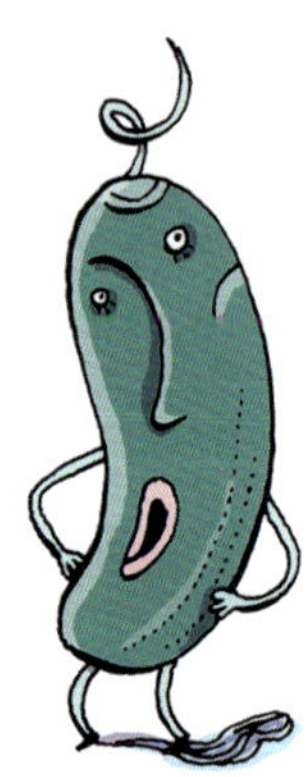

Sagt die Gurke
noch genauer:
Mich genießt man
süß und sauer.

Brummt die Rübe:
Und von mir
nährt sich der Mensch
und auch das Tier!

Piept die Erbse:
Ich schmeck lecker …

Schluss mit dem Gemecker! ,
schreit
das Radieschen
Lieschen
laut:

Ob Schote, Knolle, Kraut,
ob oberirdisch,
unterirdisch,
ob mit, ob ohne Kern –
uns alle hat man gern.

In einem sind wir alle gleich:
Wir sind an Vitaminen reich:
Und darum sind wir
nämlich
auch alle gleich
bekömmlich.

Was kann ich schon? – Grammatik

1 Um welche Wortart handelt es sich? Kreuze an. (9 Punkte)

	Tasche	gewinnen	das	schnell	ein	wir	springen	mir	Sport
Nomen (Hauptwort, Substantiv)	☐	☐	☐	☐	☐	☐	☐	☐	☐
Verb (Tätigkeitswort)	☐	☐	☐	☐	☐	☐	☐	☐	☐
Adjektiv (Eigenschaftswort)	☐	☐	☐	☐	☐	☐	☐	☐	☐
Artikel (Begleiter)	☐	☐	☐	☐	☐	☐	☐	☐	☐
Pronomen (Fürwort)	☐	☐	☐	☐	☐	☐	☐	☐	☐

2 Ergänze zu jedem Wort den richtigen Artikel und trage den Plural (die Mehrzahl) ein. (4 Punkte)

______ Stab – ______________________ ______ Fest – ______________________

______ Stoppuhr – ______________________ ______ Ergebnis – ______________________

3 a Markiere im folgenden Satz die drei Adjektive. Trage sie in der Grundform in die Tabelle ein. (3 Punkte)
b Ergänze in der Tabelle die noch fehlenden Formen. (6 Punkte)

Die interessantere Frage ist, wer in diesem Jahr die berühmte Schulfrisbeescheibe am weitesten wirft.

Positiv (Grundform)	**Komparativ** (1. Steigerungsstufe/ 1. Vergleichsstufe)	**Superlativ** (2. Steigerungsstufe/ 2. Vergleichsstufe)
______________	______________	______________
______________	______________	______________
______________	______________	______________

4 Setze die Verben im Präteritum (in der einfachen Vergangenheit) ein. (8 Punkte)

Beim Sportfest im letzten Jahr ______________ (passieren) die Sache mit Hanna. Sie ______________ (wollen) eigentlich nur einen Hochsprung durchführen. Dafür ______________ (nehmen) sie in einem gekonnten Bogen Anlauf. Frau Freund, die Biologielehrerin, ______________ (schlendern) nichts ahnend über den Platz. Hanna ______________ (rennen) mit vollem Schwung auf sie zu und ______________ (prallen) gegen sie. Sie ______________ (sein) dabei so konzentriert auf den Hochsprung, dass sie nach dem Aufprall plötzlich auf der Schulter der Lehrerin ______________ (sitzen).

5 **Kreuze für jede der Aussagen A bis I an, ob sie in Bezug auf die Sätze 1 bis 6 richtig oder falsch ist. (9 Punkte)**

1. Das Sportfest endet mit der Siegerehrung.
2. Die Schulleiterin überreicht allen Gewinnern ihre Auszeichnungen.
3. Die meisten Medaillen hat Lukas gewonnen.
4. Er freut sich riesig und umarmt seine Freundin Marie.
5. Nach dem Schlussapplaus gehen die Kinder erschöpft nach Hause.
6. Am Montag wird ein ausführlicher Artikel in der Tageszeitung erscheinen.

	richtig	falsch
A Der erste Satz besteht aus vier Satzgliedern.	☐	☐
B Im zweiten Satz steht das Prädikat (die Satzaussage) an der zweiten Satzgliedstelle.	☐	☐
C Der vierte Satz enthält zwei Prädikate.	☐	☐
D Jeder Satz enthält ein Subjekt (einen Satzgegenstand).	☐	☐
E Das Objekt im dritten Satz steht im Akkusativ (Wen-Fall).	☐	☐
F Das fünfte Wort im fünften Satz ist das Prädikat.	☐	☐
G Nur der sechste Satz enthält ein zweiteiliges Prädikat.	☐	☐
H Kein Satz enthält ein Objekt im Dativ (Wem-Fall).	☐	☐
I Nur im ersten und zweiten Satz steht das Subjekt als erstes Satzglied.	☐	☐

6 **a Bestimme die Satzart in der Sprechblase links und trage das richtige Satzzeichen ein. (3 Punkte)**
b Verändere jeden Satz passend zum rechts vorgegebenen Satzzeichen. Schreibe die umformulierten Sätze auf. (3 Punkte)

A Kommst du mit zum Weitsprung ☐ — ______________________ !

B Ich weiß nicht, wo meine Sporttasche ist ☐ — ______________________ ?

C Mach die Flasche sofort wieder zu ☐ — ______________________ .

7 **a Überprüfe deine Lösungen mit Hilfe des Lösungsheftes.**
b Trage ein, wie du die Aufgaben bewältigt hast: ✔ = das Meiste richtig ? = noch etwas unsicher

Aufgabe	1 ☐	2 ☐	3 ☐	4 ☐	5 ☐	6 ☐
Weitere Übungen	Seiten 35–45	Seiten 35–37	Seite 42	Seiten 50–51	Seiten 54–67	Seite 69

Wortarten

Nomen

Information **Das Nomen** (Plural: die Nomen)

Die meisten Wörter unserer Sprache sind Nomen (auch: Hauptwörter, Substantive). **Nomen** bezeichnen
- Lebewesen, z. B.: *Wetterfrosch, Baum, Blume,*
- Gegenstände, z. B.: *Wetterkarte, Thermometer, Windmesser,*
- Begriffe (Gedanken, Gefühle, Zustände ...), z. B.: *Frühlingsgefühl, Ferienwetter.*

Nomen werden **großgeschrieben** (▶ S. 102–104). Sie werden im Satz oft von **Wörtern begleitet,** z. B. von:
- einem **bestimmten Artikel,** z. B.: *der Wetterfrosch, die Wetterkarte, das Thermometer* oder
- einem **unbestimmten Artikel,** z. B.: *ein Wetterfrosch, eine Wetterkarte, ein Thermometer* oder
- einem **Adjektiv** (▶ S. 43), z. B.: *grüner Wetterfrosch, neue Wetterkarte, kaputtes Thermometer.*

1 **Rund ums Wetter: Finde senkrecht ↓ und waagerecht → insgesamt weitere 11 Nomen und markiere sie.**

R	E	G	E	N	S	C	H	I	R	M	O	H	I	T	Z	E	F	W	S
S	W	I	N	D	H	O	S	E	A	U	F	W	A	R	M	N	O	I	C
T	Ä	I	M	M	E	R	T	H	E	R	M	O	M	E	T	E	R	N	H
U	R	B	U	N	T	S	C	H	N	E	L	L	B	E	I	B	S	T	N
R	M	G	E	W	I	T	T	E	R	W	U	K	E	I	N	E	C	E	E
M	E	D	U	R	E	G	E	N	B	O	G	E	N	N	B	L	H	R	E

2 **Ergänze die bestimmten Artikel.**

die ____ Schneeflocke ________ Hagel ________ Unwetter

________ Frost ________ Kälte ________ Gewitter

Wende die **Artikelprobe** an: Wenn du beim Schreiben in Gedanken einen Artikel davorsetzen kannst, ist das Wort ein Nomen.

3 **Unterstreiche im folgenden Text alle Nomen. Führe, wo nötig, die Artikelprobe durch.**

Von Wettermachern und Wetterforschern

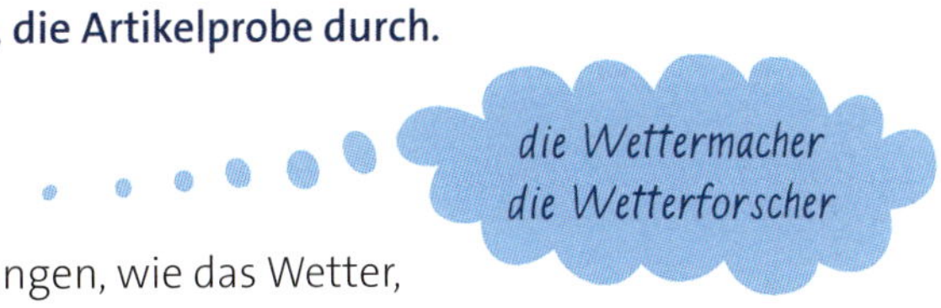

Schon immer wollten sich die Menschen natürliche Erscheinungen, wie das Wetter, erklären können. Was wir nicht verstehen, macht uns oft Angst. Deshalb ordneten früher viele Völker natürlichen Gegebenheiten wie der Sonne, dem Mond, dem Donner oder auch dem Blitz Götter zu. Die Griechen glaubten in der Antike, dass das Wetter von den Göttern im Olymp bestimmt wurde. Für Gewitter war der Göttervater Zeus zuständig. Er schleuderte Blitze auf die Erde und ließ es mächtig donnern.

4 **a** **Trenne in der Fortsetzung des Textes die einzelnen Wörter mit Schrägstrichen ab.**
b **Unterstreiche alle Nomen. Verwende die Artikelprobe.**

JEMEHRDIEMENSCHENSICHFÜRNATURWISSENSCHAFTLICHEFORSCHUNGENINTERESSIERTEN, DESTO MEHRVERÄNDERTENSICHERKLÄRUNGENUNDWISSENINDERWETTERKUNDE,GENANNTMETEOROLOGIE.

Information Nomen: **Das Genus** (das grammatische Geschlecht, Plural: die Genera)

Jedes Nomen hat ein Genus (ein grammatisches Geschlecht), das man an seinem Artikel erkennen kann.
Es gibt in unserer Sprache **drei verschiedene Genera** (grammatische Geschlechter):

- ein **Maskulinum** (männliches Nomen), z. B.: *der Hund, der Tiger, der Ball, der Mann,*
- ein **Femininum** (weibliches Nomen), z. B.: *die Katze, die Maus, die Tür, die Frau,*
- ein **Neutrum** (sächliches Nomen), z. B.: *das Pferd, das Huhn, das Heft, das Kind.*

Das grammatische Geschlecht weicht manchmal vom natürlichen (biologischen) Geschlecht ab, z. B.: *das Mädchen* (grammatisches Geschlecht: Neutrum, natürliches Geschlecht: weiblich).
Tipp: Bei zusammengesetzten Nomen richtet sich das Genus nach dem letzten Nomen, z. B.: *die Haustür = das Haus + die Tür*, also: *die Haustür.*

5 Unterstreiche Nomen mit männlichem Geschlecht (Maskulinum) blau, unterschlängle Nomen mit weiblichem Geschlecht (Femininum) grün und umrahme sächliche Nomen (Neutrum) gelb.

Oskar Stock

Übers Wetter

Könnt' der Mensch das Wetter machen,
gäbe es nicht viel zu lachen,
denn es herrschte Streiterei,
was das beste Wetter sei.

Der eine schwärmte von der Sonne
und deren Strahlen voller Wonne,
weil er sich darin könnte aalen
und hier mit seinem Körper prahlen.

Der andere pochte auf den Regen
und auf den Schnee auch, meinetwegen,
weil die Natur nach Nässe schreit
und sonst nichts wachse mit der Zeit.

Drum ist's vom Wetter gut und recht,
dass es so ist, wie's grade möcht',
und schimpft der eine gar am Ende,
der andre reibt sich froh die Hände.

6 Welches Genus hat das jeweilige Nomen?
Kreuze in der Tabelle die richtige Spalte an.

Nomen	Maskulinum	Femininum	Neutrum	Nomen	Maskulinum	Femininum	Neutrum
Wetter				Wetterleuchten			
Wetterfahne				Wetterbericht			
Wetterhahn				Wettervorhersage			
Wetterkarte				Wetterfrosch			
Wetterwechsel				Sauwetter			
Wetterstation				Wetterwarte			

7 Streiche die Nomen durch, bei denen Genus und natürliches Geschlecht nicht übereinstimmen.

der Mann — die Frau — das Mädchen — der Junge — der Vater — die Mutter
die Tante — das Kind — der Großvater — die Oma — der Onkel — das Männchen
das Huhn — das Ferkel — das Reh — die Kuh — der Bulle — der Hahn

Information Nomen: **Der Numerus** (die Zahl, Plural: die Numeri)

Nomen haben einen Numerus, d. h. eine grammatische Zahl. Sie stehen entweder im
- **Singular** (Einzahl), z. B.: *der Sturm, die Wolke, das Nebelfeld,* oder im
- **Plural** (Mehrzahl), z. B.: *die Stürme, die Wolken, die Nebelfelder.*

8 **Unterstreiche im Gedicht alle Nomen im Singular grün und umkreise alle Nomen im Plural blau.**

Josef Guggenmos

Das Gewitter

Hinter dem Schlossberg kroch es herauf:
Wolken – Wolken!
Wie graue Mäuse,
ein ganzes Gewusel.

Zuhauf
jagten die Wolken gegen die Stadt.
Und wurden groß
und glichen Riesen
und Elefanten
und dicken finsteren Ungeheuern,
wie sie noch niemand gesehen hat.

„Gleich geht es los!“,
sagten im Kaufhaus Dronten
drei Tanten
und rannten heim,
so schnell sie
konnten.

Da fuhr ein Blitz
mit helllichtem Schein,
zickzack,
blitzschnell
in einen Alleebaum hinein.
Und ein Donner schmetterte hinterdrein,
als würden dreißig Drachen
auf Kommando lachen,
um die Welt zu erschrecken.

Alle Katzen der Stadt
verkrochen sich
in den allerhintersten Stubenecken.
Doch jetzt ging ein Platzregen nieder!
Die Stadt war überall
nur noch ein einziger Wasserfall.
Wildbäche waren die Gassen.

Plötzlich war alles vorüber,
die Sonne kam wieder
und blickte vergnügt
auf die Dächer, die nassen.

9 ●●● **Bilde den Plural zu den folgenden Nomen.**

der Sturm *die Stürme* ______ die Regentonne ______

der Regenschauer ______ der Blitz ______

das Unwetter ______ die Pfütze ______

der Wasserstand ______ der Tropfen ______

b **Was stellst du in Bezug auf den Artikel im Plural fest? Notiere deine Beobachtung.**

______

______

Information Nomen: **Der Kasus** (der Fall, Plural: die Kasus)

In Sätzen erscheinen Nomen immer in einem bestimmten Kasus (grammatischer Fall). Im Deutschen gibt es vier Kasus. Nach dem Kasus richten sich die Form des Artikels und die Endung des Nomens. Man kann den Kasus eines Nomens **durch Fragen ermitteln:**

Kasus	Kasusfrage	Beispiele
1. Fall: **Nominativ**	Wer ...? oder Was ...?	*Die kleine Hexe köchelt den Wettertrank.*
2. Fall: **Genitiv**	Wessen ...?	*Der Rabe der kleinen Hexe heißt Abraxas.*
3. Fall: **Dativ**	Wem ...?	*Die kleine Hexe vertraut ihrem Raben sehr.*
4. Fall: **Akkusativ**	Wen ...? oder Was ...?	*Er warnt die kleine Hexe vor Übermut.*

10 ●●● **a** **Erfrage für jede fett gedruckte Wortgruppe den Kasus: Kreuze ihn an.**
b **Trage ganz rechts das Wort ein, das zur angekreuzten Zahl gehört: Diese Wörter findest du unter der Tabelle. Wenn du alles richtig gemacht hast, ergibt sich, von oben nach unten gelesen, ein Lösungssatz.**

	Die kleine Hexe übt Regenmachen	Kasusfrage	Nominativ	Genitiv	Dativ	Akkusativ	Lösungswörter:
A	Etwa sechs Stunden am Tag verbringt **die kleine Hexe** damit, das Hexen zu üben.	Wer?	12 (angekreuzt)	8	11	2	Trotz
B	Der Rabe Abraxas leistet **der kleinen Hexe** dabei Gesellschaft.	______	4	7	2	9	______
C	Die kleine Hexe hält große Stücke auf ihn, weil er ihr immer **seine Meinung** sagt.	______	13	1	5	14	______
D	Heute übt sie gerade **das Regenmachen.**	______	6	10	15	3	______
E	**Abraxas** ist sehr unzufrieden mit ihr.	______	5	9	13	1	______
F	Statt nämlich Regen zu machen, lässt die kleine Hexe es erst **Frösche** regnen, dann Regenwürmer und schließlich Buttermilch.	______	14	3	8	7	______
G	„Wenn du dich nicht sofort besser konzentrierst, werde ich mich **deines Zauberstabes** bemächtigen. Das ist ja zum Mäusemelken!", krächzt der Rabe.	______	4	10	15	13	______
H	Die kleine Hexe kann **dem Raben** nicht wirklich widersprechen. Sie ist heute einfach nicht bei der Sache.	______	1	11	9	15	______
I	Heute ist nämlich **Walpurgisnacht.** Aber die kleine Hexe darf noch nicht am Hexentanz teilnehmen: Sie ist mit ihren einhundertsiebenundzwanzig Jahren noch zu jung!	______	15	13	4	8	______

Hier findest du die Lösungswörter:

1 Rabe
2 Abraxas'
3 will
4 große
5 die
6 zaubern
7 kleine
8 Zauberstab
9 zum Blocksberg
10 Hexe
11 eine
12 ~~Trotz~~
13 Regen
14 Ermahnungen
15 reiten

Pronomen

Information **Das Personalpronomen** (persönliches Fürwort; Plural: die Personalpronomen)

Es gibt verschiedene Arten von Pronomen.

- Mit dem **Personalpronomen** *(ich, du, er, sie, es, wir, ihr, sie)* kann man **Nomen ersetzen,**
  z. B.: *Der Lehrer für Zaubertränke ist sehr streng, er duldet keinen Widerspruch.*
  Astor hat seinen Kessel mit den falschen Zutaten gefüllt. Deshalb hält der Lehrer ihm eine Strafpredigt.
- Personalpronomen werden wie die Nomen **dekliniert** (gebeugt):

	Singular			**Plural**		
Kasus	**1. Person**	**2. Person**	**3. Person**	**1. Person**	**2. Person**	**3. Person**
1. Fall: **Nominativ**	*ich*	*du*	*er/sie/es*	*wir*	*ihr*	*sie*
2. Fall: **Genitiv**	*meiner*	*deiner*	*seiner/ihrer/seiner*	*unser*	*euer*	*ihrer*
3. Fall: **Dativ**	*mir*	*dir*	*ihm/ihr/ihm*	*uns*	*euch*	*ihnen*
4. Fall: **Akkusativ**	*mich*	*dich*	*ihn/sie/es*	*uns*	*euch*	*sie*

1 **Prüfe, welches der unterstrichenen Personalpronomen richtig ist.**
Streiche die falschen Personalpronomen durch.

Zaubertrankkunde bei Professor Taranis

Professor Taranis unterrichtet Zaubertrankkunde. Er/Sie/Es ist ein strenger Lehrer. Heute sollen die Schüler einen Gewittertrank herstellen. „Er/Es/Ich ermahne euch/ihnen/uns nur einmal, es/ihr/wir müsst zunächst gründlich eure Kessel reinigen, bevor du/sie/ihr anfangen könnt." Luna schrubbt ihren Kessel voller Hingabe mit einer Bürste, er/sie/es hat vor lauter Anstrengung schon Schweißperlen auf der Stirn. „Ich/Er/Du musst noch gründlicher sein!", ermahnt Mr Taranis es/sie/ihn streng.

2 **Setze in jede Lücke ein Personalpronomen im richtigen Kasus.**
Tipp: Im Informationskasten findest du eine Übersicht der Pronomen.

Endlich sind alle Schüler fertig. Nun sollen sie die Zutaten richtig abmessen. „__________ benötigt drei Tropfen Krötenschleim, vier Esslöffel Schlangenzähne, fünf Fliegenpilze und eine Prise Spinnenbein. __________ erwarte, dass keine Zutaten verschwendet werden, __________ sind sehr kostbar." Anschließend verkündet Mr Taranis: „Nun wollen __________ den richtigen Zauberspruch üben, sprecht __________ nach: Krötenschleim und Schlangenzahn, es gebe Stürme und Orkan, Fliegenpilz und Spinnenbein, schwarz soll jetzt der Himmel sein!"

3 ●●● **a** **Schreibe den Text ab und setze in jede Lücke ein Personalpronomen im richtigen Kasus.**
b **Unterstreiche das Bezugswort und prüfe noch einmal, ob das Pronomen wirklich passt.**

Leider hat Astor Mr Taranis' Anweisungen nicht befolgt. Statt der Spinnenbeine hat ? Rattenfüße in den Trank gemischt. Das Gebräu hat den Kessel zur Explosion gebracht. Nun kann man ? zu nichts mehr gebrauchen. Die Zutaten von Astors Trank haben sich im ganzen Klassenraum verteilt, ? kleben teilweise sogar unter der Decke. Ein Fliegenpilzhut ist direkt auf dem Kopf von Mr Taranis gelandet. „ ? steht ? wirklich gut!", flüstert Luna ihrer Nachbarin ins Ohr. Astor muss zur Strafe ein Stundenprotokoll schreiben.

Information **Das Possessivpronomen** (besitzanzeigendes Fürwort; Plural: die Possessivpronomen)

Possessivpronomen (*mein/meine – dein/deine – sein/seine, ihr/ihre – unser/unsere – euer/eure – ihr/ihre*) geben an, (zu) wem etwas gehört. **Possessivpronomen begleiten** meist **Nomen** und stehen dann im gleichen Kasus (Fall) wie das dazugehörige Nomen, z. B.: *Ich packe meine Kleidung in meinen Koffer.*

4 **a** **Fülle die Lücken mit den passenden Possessivpronomen. Achte auf den richtigen Kasus.**
b **Unterstreiche alle Personalpronomen im Text grün.**

Wieder steht „Gewittermachen" auf dem Plan. Vor der Stunde bahnt sich in den hinteren Bänken ein Streit an: „Das ist ____________ Zauberstab, gib ihn zurück!", flüstert Leila. „Da hast du ____________ blöden Zauberstab!", zischt Luna. „Dann gibst du mir aber auch ____________ Zauberbuch wieder." „Ruhe dahinten!", donnert Mr Taranis. „Wir wiederholen heute den Gewitterzauber. ____________ kläglichen Versuche in der letzten Stunde haben mich noch nicht überzeugt." Aber o Schreck: Luna hat für ____________ Trank zu viel Fliegenpilz verwendet, sodass aus ____________ Kessel ununterbrochen ein übel riechendes Gebräu schäumt. Pollux hat ____________ Trank statt der Schlangenzähne Mäusedreck hinzugefügt, mit dem Erfolg, dass der ganze Klassenraum von Mäusen nur so wimmelt. Erst Mr Taranis kann mit Hilfe ____________ Zauberkunst das Chaos beenden. Was für ein Trubel!

5 **In Astors Protokoll gibt es viele Wiederholungen. Hilf ihm, seinen Text zu überarbeiten, bevor er ihn abgibt.**
a **Markiere alle Nomen, die du durch Personal- oder Possessivpronomen ersetzen kannst, z. B.:**

Die Schüler stellen sich an den Tischen auf. Anschließend sollen die Schüler die Kessel der Schüler säubern.

Das Stundenprotokoll

Mr Taranis zeigte den Schülern in der letzten Stunde, wie Schüler ein Gewitter machen können. Zunächst musste jeder Schüler den Kessel des Schülers gründlich säubern. Nachdem Mr Taranis mit dem Ergebnis zufrieden war, erklärte Mr Taranis den Schülern, dass die Schüler die Zauberbücher der Schüler aufschlagen sollten. Die Zutaten für den Gewittertrank standen im Buch, die Zutaten mussten jetzt nur noch richtig abgemessen und in den Kessel gefüllt werden. Mr Taranis forderte anschließend die Klasse auf, Mr Taranis den passenden Zauberspruch nachzusprechen.
Leider hatte ein Schüler das Rezept nicht genau genug gelesen: Der Schüler verwechselte Spinnenbeine mit Rattenfüßen, daher explodierte unglücklicherweise der Kessel des Schülers. Mr Taranis war über diesen Schüler so wütend, dass Mr Taranis dem Schüler auftrug, ein Stundenprotokoll zu verfassen, welches der Protokollant hiermit vorlegt.

b **Schreibe den Text in dein Heft: Ersetze jetzt die markierten Nomen durch passende Pronomen. Beispiel:**

Die Schüler stellen sich an den Tischen auf. Anschließend sollen die Schüler die Kessel der Schüler säubern.

Die Schüler stellen sich an den Tischen auf. Anschließend sollen sie ihre Kessel säubern.

Adjektive

Information **Das Adjektiv** (das Eigenschaftswort; Plural: die Adjektive)

- Ein Adjektiv drückt aus, **wie** etwas ist. Mit Adjektiven können **Eigenschaften** von Lebewesen, Dingen, Gefühlen oder Vorgängen genauer beschrieben werden, z. B.: *der starke Wind, der schwache Wind.*
- Adjektive werden **kleingeschrieben.** Adjektive, die vor dem Nomen stehen, stehen in demselben Kasus, Numerus und Genus wie das Nomen, z. B.: *ein kalter Winter, ein heftiges Unwetter, die frischen Böen.*

1 **Markiere alle Adjektive im folgenden Text.**

Der Wetterfrosch

Ist ein kleiner, grüner Laubfrosch in der Lage, gutes oder schlechtes Wetter vorauszusagen? Hier ist die Antwort: In alten Zeiten wurden Frösche oft in durchsichtigen Glasbehältern gehalten, in denen eine kleine Leiter stand. Bei schönem Wetter stiegen die Frösche dann auf der schmalen Leiter nach oben. Auch in der freien Natur könnt ihr beobachten, dass Laubfrösche an herrlichen Sonnentagen an Pflanzen hochklettern. Die richtige Erklärung dafür ist aber nicht das freundliche Wetter an sich, sondern es sind die Beuteinsekten, die sich bei gutem Wetter weiter oben im Pflanzenbestand aufhalten. Die Frösche klettern also nach oben, um die leckeren Insekten zu verspeisen. Also sind eigentlich die Insekten die wahren Wetterfrösche! Für die Wettervorhersage gibt es heute bessere Methoden, sodass wir keine armen Frösche mehr in enge Einmachgläser sperren müssen. Außerdem stehen die süßen, kleinen Laubfrösche unter Naturschutz.

2 **Setze das angegebene Adjektiv und das Nomen im richtigen Kasus ein, z. B.:**

Immerhin kann man *den winzigen Zwerg* (winzig, Zwerg) noch mit bloßem Auge erkennen.

A In Peru haben Wissenschaftler ______________________ (neu, Froschart) entdeckt.

B ______________________ (bräunlich, Winzling) passt bequem auf eine Fingerkuppe.

C Man kam ______________________ (zwergenhaft, Tier) durch sein Quaken auf die Spur.

D Die „Größe“ ______________________ (winzig, Frosch) beträgt gerade einmal elf Millimeter.

3 ●●● **Schau dir die unterstrichenen Wörter genau an. Kreuze an, wenn es sich um ein Adjektiv handelt.**

Der Laubfrosch

Ein Laubfrosch ist etwa ☐ 3 bis 4,5 cm groß, er wiegt selten mehr als 4 g. Damit gehört er zu den eher ☐ kleinen ☐ Fröschen in Deutschland. Der Laubfrosch hat eine glatte ☐, grasgrüne ☐ Haut, einen weißen ☐ Bauch und an den ☐ Seiten befindet sich jeweils ein dunkler ☐ Streifen. Die Laubfrösche sind gute ☐ Kletterer. Sie leben an einheimischen ☐ Waldrändern, in feuchten ☐ Wiesen oder an pflanzenreichen ☐ Teichen und ernähren sich von Insekten. In der freien ☐ Natur werden die Tiere kaum ☐ mehr als fünf Jahre alt.

Information **Die Steigerung der Adjektive**

Die meisten Adjektive kann man steigern, z. B.: *kalt – kälter – am kältesten*. So lassen sich z. B. Dinge und Lebewesen miteinander vergleichen. Es gibt **drei Steigerungsstufen** (Vergleichsstufen):

Positiv (Grundform)	**Komparativ** (1. Steigerungsstufe)	**Superlativ** (2. Steigerungsstufe)
Der Waldfrosch ist groß.	*Der Teichfrosch ist größer.*	*Der Grasfrosch ist am größten.*

Vergleiche mit dem Positiv werden mit *wie* gebildet, z. B.: *Der Springfrosch ist genauso groß wie der Waldfrosch.*
Vergleiche mit dem Komparativ werden mit *als* gebildet, z. B.: *Der Seefrosch ist größer als der Teichfrosch.*
Manche Adjektive lassen sich nicht steigern, z. B.: *leer, tot.*

4 **Vergleiche die Angaben: Wer ist größer, wer schneller, wer wird älter? Schreibe zu jedem Paar einen Satz in dein Heft: Entscheide, ob du wie oder als verwenden musst.**

A Goliathfrosch: Größe 40 cm | Ochsenfrosch: bis zu 20 cm

A Der Goliathfrosch ist größer als der Ochsenfrosch.

B Laubfrosch: ca. 4 g | Blauer Pfeilgiftfrosch: ca. 4 g

C Krallenfrosch: ca. 30 Jahre | Laubfrosch: ca. 4–5 Jahre

D Blauer Pfeilgiftfrosch: 4 g | Goliathfrosch: bis zu 4 kg

E Flugfrosch: Sprungweite 10 m | Ochsenfrosch: etwa 2 m

F Wasserfrosch: ca. 4–5 Jahre | Laubfrosch: ca. 4–5 Jahre

5 **Formuliere mit Hilfe des Superlativs: Welcher Frosch von Aufgabe 4 steht jeweils auf Platz 1?**

Sprungweite: *Der Flugfrosch kann am weitesten springen.*

Alter: ____________________

Größe: ____________________

Gewicht: ____________________

6 **Schreibe den folgenden Text in dein Heft und setze die Adjektive klein, groß oder stark passend ein.**

●●●

Der Frosch und der Ochse – eine Fabel

Ein Frosch sah auf einer Wiese einen Ochsen stehen. „Warum bin ich nicht wenigstens so ? wie der Ochse? Ich will von allen am ? sein", dachte der ? Frosch. „Aber wenn ich mich ordentlich aufblase, kann ich wohl so ? werden wie der Ochse!" Gesagt, getan, der ? Frosch begann, sich aufzublähen, so ? er nur konnte. Dann rief er den anderen Fröschen zu: „Nun, bin ich jetzt so ? wie der Ochse?" „Nein, noch lange nicht, du bist noch viel, viel ?." Da blies er sich weiter auf und fragte wieder: „Und jetzt?" Die anderen Frösche lachten nur. „Euch werd ich es zeigen", schrie der Frosch erbost, mit aller Kraft blähte er sich noch ? auf, bis er schließlich platzte.

Präpositionen

Information **Die Präposition** (das Verhältniswort, Plural: die Präpositionen)

- Präpositionen wie *in, auf, über* drücken Verhältnisse und Beziehungen zwischen Gegenständen und Personen aus. Oft geben sie ein **örtliches Verhältnis** *(unter dem Tisch)* oder ein **zeitliches Verhältnis** *(nach dem Unterricht)* an. Sie können aber auch einen **Grund** anführen *(wegen der Bauchschmerzen)* oder die **Art und Weise** *(ohne viel Aufwand)* bezeichnen.
- Präpositionen sind **nicht flektierbar** (nicht veränderbar). Die Präposition steht in der Regel vor einem Nomen (mit oder ohne Begleiter) oder einem Pronomen. Sie bestimmt den Kasus des folgenden Wortes oder der folgenden Wortgruppe, z. B.: *auf dem Dach, mit ihm, wegen des schlechten Wetters.*
- Manchmal verschmilzt die Präposition mit dem Artikel, z. B.: *beim Regen (= bei dem).*

1 **Beschreibe mit Hilfe von passenden Präpositionen und Nomen, wo sich die genannten Tiere befinden.**

Eine Katze liegt unter einem Baumstamm.

Eine Maus sitzt ______________________.

Die Füchse lagern ______________________.

Eine Eule hockt ______________________.

Eine Spinne krabbelt ______________________.

Ein Salamander ruht ______________________.

2 **Lies das Gedicht und streiche bei den unterstrichenen Präpositionen jeweils die beiden falschen durch.**

Wilhelm Busch

Fink und Frosch

~~An~~, ~~In~~, Auf leichten Schwingen frei und flink
Zum, Zur, Im Lindenwipfel flog der Fink
Und sang an, am, in dieser hohen Stelle
Sein Morgenlied so glockenhelle.

Ein Frosch, ein dicker, der in, am, im Grase
Auf, Am, Über Boden hockt, erhob die Nase,
Strich selbstgefällig seinen Bauch
Und denkt: Die Künste kann ich auch.

Alsbald ohne, mit, am rauen Stamm der Linde
Begann er, wenn auch nicht geschwinde,
Doch mit, auf, über Erfolg emporzusteigen,
Bis er zuletzt von Zweig zu Zweigen,
Wobei er freilich etwas keucht,
Den höchsten Wipfelpunkt erreicht
Und hier sein allerschönstes Quaken
Ertönen lässt in, an, aus vollen Backen.

Der Fink, dem dieser Wettgesang
Nicht recht gefällt, entfloh und schwang
Sich an, in, auf das steile Kirchendach.

Wart', rief der Frosch, ich komme nach.
Und richtig ist er fortgeflogen,
Das heißt, nach unten hin im Bogen,
Sodass er schnell und ohne, mit, am Säumen,
Mit, auf, über mehr als zwanzig Purzelbäumen,
Zur, an, über Erde kam mit lautem Quak,
Nicht ohne großes Unbehagen.

Er fiel in, zum Glück mit, auf seinen Magen,
Den dicken, weichen Futtersack,
Sonst hätt' er sicher sich verletzt.

Heil ihm! Er hat es durchgesetzt.

Verben

Information **Das Verb** (Tätigkeitswort, Plural: die Verben)

Mit Verben gibt man an, **was ist, was geschieht** oder **was jemand tut,** z. B.: *sein, regnen, laufen.*

- Der **Infinitiv** (die Grundform) eines Verbs endet auf *-en* oder *-n*, z. B.: *bleib-en, forder-n.*
- Wenn man ein Verb im Satz verwendet, bildet man eine **Personalform des Verbs.** Das nennt man **konjugieren** (beugen). Die Personalform wird aus dem Infinitiv gebildet. An den Stamm des Verbs wird die passende Endung angehängt:
  - **Singular:** 1. Person: *ich schreib-e,* 2. Person: *du schreib-st,* 3. Person: *er/sie/es schreib-t*
  - **Plural:** 1. Person: *wir schreib-en,* 2. Person: *ihr schreib-t,* 3. Person: *sie schreib-en*
- Von einem **Partikelverb** spricht man, wenn eine Verbpartikel, z. B. *ab,* in einem **einfachen Satz** mit dem Verb, z. B. *fahren,* eine **Verbklammer** bildet, z. B.: *Der Schlumpf fährt mit dem Bus um 12:00 Uhr ab.* Im **Unterschied** dazu stehen **im Nebensatz Partikel und Verb zusammen,** z. B.: ..., *weil der Bus um 12:00 Uhr abfährt.* Bei Partikelverben erkennt man daran, dass die Partikel betont wird, z. B.: *umfahren.*

1 **a** **Unterstreiche in jedem Satz das Wort oder die Wortgruppe, nach der sich die Personalform richtet.**
b **Setze die Infinitive in den Klammern in die richtige Personalform und schreibe sie in die Lücken.**

Die Schlümpfe und die Wettermaschine (1)

Sicher kennt (kennen) ihr alle das lustige Volk der Schlümpfe! Eines Tages in ihrem Dorf: Missmutig ________ der Bastelschlumpf nach dem Aufstehen ________ (feststellen), dass es draußen schon wieder wie aus Eimern ________ (schütten). Auch die anderen Schlümpfe ________ (haben) schlechte Laune wegen des Wetters: „Verschlumpft, es schlumpft schon wieder." Der Bastelschlumpf ________ (denken) bei sich: „Jeder ________ (schlumpfen) über das Wetter, aber keiner schlumpft etwas dagegen. Jetzt ________ (schlumpfen) ich eine Maschine dagegen!" Gesagt, getan, gleich ________ (machen) sich der Bastelschlumpf an die Arbeit. Nachdem er alle Materialien gesammelt ________ (haben), ________ er die Teile ________ (zusammensetzen), und nach vielen Stunden ermüdender Arbeit ist das Werk vollendet: „Jetzt ________ (können) ich die Maschine in Betrieb schlumpfen." Kurz darauf ________ (hören) man einen Jubelschrei im Dorf: „Hurra, sie schlumpft!" Aufgeregt ________ (eilen) die anderen Schlümpfe herbei und ________ (lassen) sich die neue Maschine vorführen. Alle sind ganz beeindruckt. Der große Schlumpf ordnet gleich an: „Zur Einweihung ________ (schlumpfen) du die Maschine auf ‚Schönwetter' und wir ________ (schlumpfen) ein Fest!"

Information **Der Imperativ** (Aufforderungsform des Verbs, Plural: die Imperative)

Die Befehls- oder Aufforderungsform eines Verbs nennt man Imperativ. Man kann eine Aufforderung an eine Person oder an mehrere Personen richten. Dementsprechend gibt es den Imperativ Singular *(Komm jetzt! – Lauf weg!)* und den Imperativ Plural *(Kommt jetzt! – Lauft weg!)*.

- Der **Imperativ Singular** besteht aus dem Stamm des Verbs *(laufen → lauf!)*, manchmal wird auch ein *-e* an den Stamm gehängt *(reden → rede!)* oder es ändert sich der Stammvokal von *e* zu *i* *(geben → gib!)*.
- Der **Imperativ Plural** wird gebildet, indem man an den Stamm des Verbs ein *-t* anfügt *(laufen → lauft!)*.

2 **Bilde Imperative zu den folgenden Verben im Singular und im Plural.**

schreiben: schreib(e)! ______________________ essen: ______________________

sprechen: ______________________ bleiben: ______________________

3 **Schlümpfe bevorzugen das Verb schlumpfen. Übersetze ihre Sprache in unsere Sprache: Wähle passende Verben aus und trage sie in der richtigen Personalform oder im Imperativ in den folgenden Text ein.**

halten	machen	brauchen	wünschen	laufen	schauen	stellen	~~packen~~
schreiben	bewegen	verschwinden	gehen	vergessen			

Die Schlümpfe und die Wettermaschine (2)

Der Große Schlumpf befiehlt: „*Schlumpft* (Packt) die Picknickkörbe und *verschlumpft* (______________________) die Sonnenschirme nicht!“ Der Gärtner- und der Dichterschlumpf bleiben im Dorf zurück: „Ich *schlumpfe* (______________________) ein Gedicht über die Sonne.“ Der Gärtnerschlumpf sorgt sich um seinen vertrocknenden Salat. Die Lösung ist schnell gefunden: „Ich *schlumpfe* (______________________) die Maschine einfach auf Regen.“ Gesagt, getan: Es regnet. Der Dichterschlumpf tobt und stellt die Maschine jetzt auf ‚pralle Sonne‘! Erbost eilt der Gärtnerschlumpf herbei, ein Riesenstreit entbrennt: „Was *schlumpfst* (______________________) du denn hier? *Verschlumpfe* (______________________)! Mein Salat *schlumpft* (______________________) Wasser!“ „*Schlumpf* (______________________) den Mund. Ich *schlumpfe* (______________________) mir Sonne, *schlumpf* (______________________) ja nicht den Hebel!“ Beide Schlümpfe reißen an den Hebeln: Blitzschnell wechseln Hagel, Schnee, Sturm und sengende Hitze einander ab. Auch auf dem Fest wird es recht ungemütlich, der Große Schlumpf befiehlt: „*Schlumpft* (______________________) jetzt sofort ins Dorf zurück und *schlumpft* (______________________), was da vor sich *schlumpft* (______________________)!“ Die Wettermaschine wird zerstört. Und die Moral von der Geschicht’: „Man muss das Wetter nehmen, wie es ist!“

Teste dich!

Wortarten

1 **In jedem Vers ist ein Wort fett hervorgehoben. Kreuze an, um welche Wortart es sich handelt. (8 Punkte)**

Oskar Stock

Der Regenschirm

		Nomen	Verb	Adjektiv	Präposition	Artikel	Pronomen
Erst neu gekauft, **in** Anthrazit,	A	☐	☐	☐	☐	☐	☐
nahm ich **ihn** zum Spaziergang mit,	B	☐	☐	☐	☐	☐	☐
aus gutem Tuch, mit **festem** Knauf	C	☐	☐	☐	☐	☐	☐
und einer **Spitze** obenauf.	D	☐	☐	☐	☐	☐	☐
So trug ich fest ihn in **der** Hand	E	☐	☐	☐	☐	☐	☐
und **schwenkte** ihn nach vorn galant,	F	☐	☐	☐	☐	☐	☐
ich spürte angenehm **sein** Holz	G	☐	☐	☐	☐	☐	☐
und war, so glaubt mir, **auf** ihn stolz.	H	☐	☐	☐	☐	☐	☐

2 **Personalpronomen oder Possessivpronomen? Trage die unterstrichenen Wörter richtig ein. (4 Punkte)**

Da zogen plötzlich Wolken auf,
das Schicksal nahm nun seinen Lauf;
denn es gab ein Funktionsproblem,
was mir fürwahr nicht angenehm.

Es hilft kein Schütteln und kein Schlag,
wenn alle Technik jäh versagt;
so ließ er schmählich mich im Stich:
Wir wurden nass, mein Schirm und ich.

Personalpronomen ______________________ Possessivpronomen ______________________

3 **Kreuze an, um welche Verbform es sich handelt. (2 Punkte)**

A einen Frosch im Hals haben — Imperativ Singular ☐ Infinitiv ☐ Imperativ Plural ☐

B Sei kein Frosch! — Imperativ Singular ☐ Infinitiv ☐ Imperativ Plural ☐

4 **Bei den folgenden Satzpaaren wurde im zweiten Satz *eine* Veränderung vorgenommen. (2 Punkte)**
Finde heraus, ob diese Veränderung das Genus, den Numerus oder den Kasus betrifft.
Kreuze das entsprechende Kästchen an.

A Ein Blitz schlägt in die alte Eiche ein.
Ein Blitz schlägt in der alten Eiche ein. — Genus ☐ Numerus ☐ Kasus ☐

B Vor lauter Schreck verschluckt Antonia ein Bonbon.
Vor lauter Schreck verschluckt Antonia einen Bonbon. — Genus ☐ Numerus ☐ Kasus ☐

Vergleiche deine Ergebnisse mit dem Lösungsheft. Für jede richtige Antwort bekommst du einen Punkt.

☺ 16–14 Punkte	😐 13–9 Punkte	☹ 8–0 Punkte
Gut gemacht!	Gar nicht schlecht, aber lies dir die Merkkästen auf den Seiten 35 bis 45 noch einmal genau durch.	Arbeite die Seiten 35 bis 45 noch einmal genau durch.

Die Tempora (Zeitformen) des Verbs

Das Präsens

Information **Die Zeitform Präsens** (die Gegenwartsform)

Verben kann man in verschiedenen Zeitformen (Tempora; Singular: das Tempus) verwenden, z. B. im Präsens, im Präteritum oder im Futur. Die Tempora der Verben sagen uns, wann etwas passiert, z. B. in der Gegenwart, in der Vergangenheit oder in der Zukunft.

1 Das **Präsens** wird verwendet, wenn etwas in der **Gegenwart** (in diesem Augenblick) geschieht, z. B.: *Er schaut gerade in den Himmel.*
2 Im Präsens stehen auch **Aussagen, die immer gelten,** z. B.: *Die Planeten umkreisen die Sonne.*
3 Man kann das Präsens auch verwenden, um etwas **Zukünftiges** auszudrücken. Meist verwendet man dann eine Zeitangabe, die auf die Zukunft verweist, z. B.: *Morgen gehe ich zur Sternwarte.*

Das Präsens wird gebildet durch den Stamm des Verbs + Personalendung, z. B.: *ich schau-e, du schau-st ...*

1 **a Einige der unterstrichenen Verben im folgenden Text stehen im Präsens. Unterstreiche sie.**
b Verbinde die Sterne in der Abbildung rechts unten zu einem Sternbild. Folge dazu den Ziffern neben den Verben im Präsens jeweils von der kleineren zur höheren Zahl.

Wer hat die Sternbilder erfunden?

Vor ungefähr 5000 Jahren begannen 1 die Menschen an verschiedenen Orten der Erde mit der Beobachtung der Sterne. Wenn man nachts den Himmel betrachtet 2, verbinden 3 sich bestimmte Sterne vor dem eigenen Auge zu Mustern. Das sahen 4 schon damals Menschen in Südamerika, in Asien und in Nordafrika. Bestimmten Sternverbindungen gaben 5 sie Namen. Die ältesten Sternbilder, die wir heute noch verwenden 6, haben die Babylonier vor ungefähr 3500 Jahren festgelegt 7. Sie erfanden 8 zwölf Sternbilder, die sie den „Tierkreis" nannten 9, obwohl nicht nur Tierbilder dazugehören 10. Es sind 11 die Sternzeichen wie Steinbock, Zwilling oder Wassermann, in die wir bis heute das Jahr einteilen 12. Du kennst 13 dein Sternzeichen sicher auch. Viele andere Sternbilder haben wir von den Griechen übernommen 14. Vor ungefähr 100 Jahren einigten 15 sich Gelehrte weltweit auf eine Liste von 88 gültigen Sternbildern.

2 **Trage die Verben in der Zeitform Präsens ein.**

nehmen	müssen	aufgehen	sein

Im Osten ______________ die Sonne ____________,
im Süden ______________________ sie ihren Lauf,
im Westen _____________________ sie untergehen,
im Norden _____________________ sie nie zu sehen.

Das Futur

Information **Die Zeitform Futur** (die Zukunftsform)

Man unterscheidet zwei Formen des Futurs:

- Das **Futur I** wird verwendet, um ein zukünftiges Geschehen auszudrücken, z. B.:
  Die Menschen werden auf dem Mond leben.
  Die Zeitform Futur I besteht aus zwei Teilen. Sie wird gebildet mit einer **Personalform von *werden* im Präsens + Infinitiv des Verbs,** z. B.: *Ich werde leben, du wirst leben ...*
- Das **Futur II** wird nur selten gebraucht. Mit ihm drückt man aus, dass etwas zu einem bestimmten Zeitpunkt in der Zukunft abgeschlossen sein wird, z. B.:
  In drei Jahren werde ich meine Mondexpedition beendet haben.
  Das Futur II wird gebildet mit einer **Personalform von *werden* im Präsens + Partizip II des Verbs** (▶ S. 49) **+ Verb *haben* oder *sein*,** z. B.: *Ich werde beendet haben, du wirst geflogen sein ...*

Im Jahre 2340 lebt ein großer Teil der Menschheit schon seit Generationen auf dem Mond. Reisen zur alten Heimat der Menschen, zur Erde, stellen eine besondere Attraktion dar. Ein Erdreisender freut sich auf den Start und überlegt, was auf ihn zukommen wird.

1 a **Prüfe für jeden Satz, ob die Zeitform Futur enthalten ist. Folge dem Pfeil mit der richtigen Antwort.**
b **Markiere in den Sätzen, in denen das Futur vorhanden ist, die vollständige Zeitform.**
c **In einem der Sätze wird anstatt des Futur I das Futur II verwendet. Schreibe den Satz in dein Heft.**

Ob die Erde wirklich so schön ist?	Ja	**START** Seit einem Jahr freue ich mich auf diese Reise.	Nein	Ich werde zum ersten Mal die Erde betreten.	Nein	Vielleicht kann ich unsere Mondstadt von der Erde aus sehen?
Nein	Nein	Ja	Ja	Nein	Ja	Nein
Auf der Erde gibt es riesige Weltmeere.	Ja	Man zündet jetzt gerade die Rakete.	Ja	Das Datum meiner Rückkehr zum Mond steht bereits fest.	Nein	Meine Kinder werden mich dann drei Wochen nicht gesehen haben.
Nein	Ja		Nein	Ja	Ja	Ja
In einem der Ozeane werde ich baden.	Ja	Ich habe meinem Sohn versprochen, dass ich einen Seestern mitbringen werde.	Ja	Wird der Himmel wirklich blau aussehen, wie es in den Büchern steht?	Nein	**ZIEL** 

2 ●●● a **Lies die folgenden Sätze: Was erzählt der Erdreisende nach seiner Rückkehr?**
b **Seine Tochter will nun auch zum Blauen Planeten reisen und all das anschauen, was der Vater gesehen hat. Formuliere ihre Pläne im Heft. Verwende das Futur I.**
Wenn ich zur Erde reise, werde ich auch ...

Im farbigen Licht des Sonnenuntergangs habe ich am Strand gesessen.
Ich bin in türkisblauem Wasser geschwommen und das Meer hat meterhohe Wellen geschlagen.
Nachts hat der helle Schein unseres Mondes auf der Wasseroberfläche gefunkelt.

Das Perfekt

Information **Die Zeitform Perfekt**

Wenn man **mündlich** von etwas Vergangenem erzählt oder berichtet, verwendet man häufig das **Perfekt,** z. B.: *Ich habe schlecht geschlafen. Der Mond ist aufgegangen.*

- Das Perfekt ist eine **zusammengesetzte Vergangenheitsform,** weil es mit einer **Form von *haben* oder *sein* im Präsens** (z. B.: *hast, sind)* **+ Partizip II** des Verbs (z. B.: *gesehen, aufgebrochen)* gebildet wird.
- Das Partizip II beginnt meist mit *ge-*, z. B.: *fallen → gefallen; staunen → gestaunt.* Wenn das Verb schon eine Vorsilbe hat *(ge-, be-* oder *ver-)*, bekommt das Partizip II keine mehr, z. B.: *gestehen → gestanden; beschützen → beschützt; verraten → verraten.*

1 **Die Bilder zeigen ein Erlebnis von Johannes. Er erzählt es seinen Eltern, die ihn nachts im Gebüsch finden. Bringe Johannes' Erlebnisse in die richtige Reihenfolge, indem du sie nummerierst.**

2 **Schreibe das Erlebnis in wörtlicher Rede auf. Verwende die angebotenen Wörter und Wortgruppen und achte auf die richtige Zeitform. Schreibe in dein Heft. Beginne so:**

Johannes erzählt: „Ich habe lange in meinem Bett wach gelegen, weil …

~~wach liegen~~ | um Hilfe rufen | Mondkrater genau erkennen | Gleichgewicht verlieren | am Schlafanzug packen | versuchen zurückzuziehen | auf Fensterbrett klettern | erschrecken | aus Fenster schauen | ins Gebüsch fallen | aufstehen | besser sehen | Vollmond | Hund nicht bemerken | Fernglas holen

3 ●●● **Wenn man das Perfekt verwendet, stehen zwischen der Personalform des Verbs und dem Partizip II oft noch mehrere andere Satzbausteine (▶ Satzklammer, S. 54, 58). Ergänze den folgenden Satz durch weitere Satzbausteine.**

Ich bin nachts ______________________________ geklettert.

Das Präteritum

Information **Die Zeitform Präteritum**

Das **Präteritum** ist eine einfache **Zeitform der Vergangenheit.** Diese Zeitform wird vor allem in schriftlichen Erzählungen und Berichten verwendet, z. B.: *Als es dunkel wurde, funkelten die Sterne am Himmel. Lea trat ins Freie und stellte ihr Teleskop auf.* Das Präteritum wird unterschiedlich gebildet. Man unterscheidet:
- **regelmäßige** (schwache) **Verben:** Bei den regelmäßigen Verben ändert sich der Vokal *(a, e, i, o, u)* im Verbstamm im Präteritum nicht, z. B.: *ich lande* (Präsens) → *ich landete* (Präteritum);
- **unregelmäßige** (starke) **Verben:** Bei den unregelmäßigen Verben ändert sich im Präteritum der Vokal im Verbstamm, z. B.: *ich fliege* (Präsens) → *ich flog* (Präteritum); *ich laufe* (Präsens) → *ich lief* (Präteritum).

1 **Ergänze die fehlenden Verbformen.**

Infinitiv	Präsens	Präteritum
reisen	ich reise	ich reiste
	du nimmst	
aufgehen	er/sie/es	
	wir begreifen	
	ihr	ihr beobachtetet
	sie schweigen	

2 **Setze für die Verben in Klammern die Verbformen im Präteritum ein.**

Die erste Mondlandung

Als erster Mensch ______________ (betreten) am 20. Juli 1969 der amerikanische Astronaut Neil Armstrong den Mond und ______________ (sagen) beim Betreten der Mondoberfläche den berühmten Satz: „Das ist ein kleiner Schritt für einen Menschen, aber ein großer für die Menschheit." Am 16. Juli 1969 ______________ (starten) die Rakete der Mission „Apollo" 11 von Cape Canaveral in Florida und ______________ (benötigen) drei Tage, um die Mondumlaufbahn zu erreichen. Der Flug ______________ (verlaufen) ohne Probleme. Die Astronauten ______________ (wechseln) in eine kleinere Mondlandefähre, die den Namen „Eagle" (englisch für „Adler") ______________ (tragen). Am 20. Juli 1969 um 20:17:58 Uhr ______________ (melden) Neil Armstrong per Funkspruch: „The Eagle has landed!"

3 **Hier sind die Beschreibungen von vier Sternbildern durcheinandergeraten. Die Sätze stehen in vier verschiedenen Zeitformen: Präsens, Futur I, Perfekt und Präteritum.**

a Wähle vier Farben und unterstreiche alle Sätze, in denen dieselbe Zeitform steht, mit derselben Farbe.

Wirrwarr am Sternenhimmel?

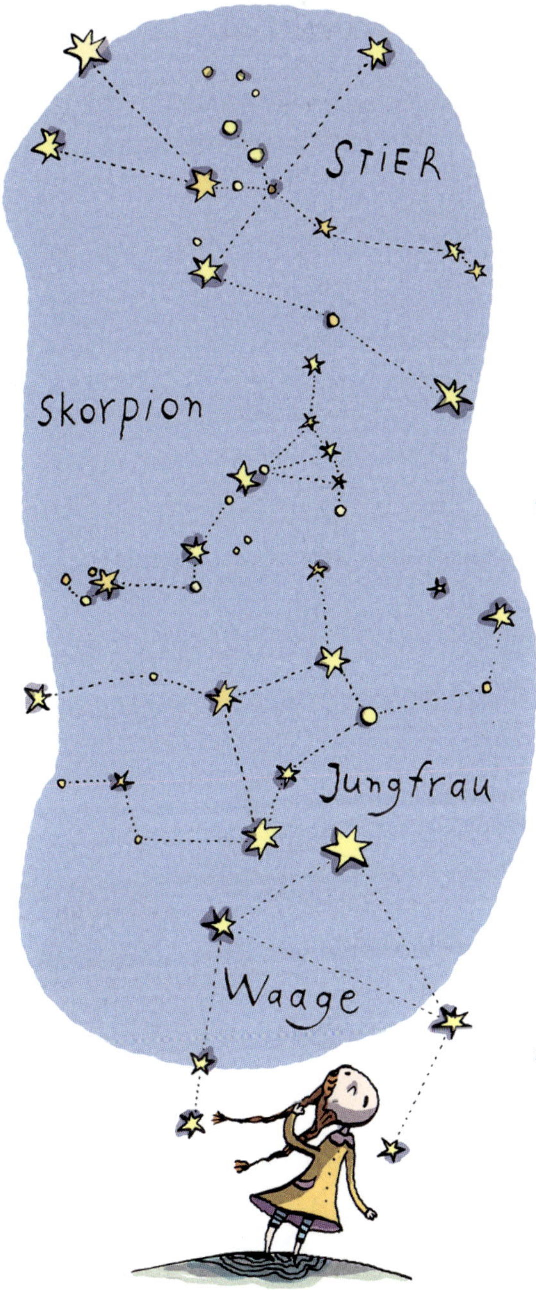

Das Sternbild Skorpion erkennt man an seinen zwei Scheren und dem lang gezogenen Schwanz. Lea mochte als Kind ihr Sternzeichen nicht besonders. Die himmlischen Tiere gefielen ihr besser. Die Jungfrau am Himmel hat die Menschen immer fasziniert. Ihr Sternbild war nicht im Gleichgewicht. Der hellste Stern in diesem Tierkreiszeichen heißt Antares und ist 600 Lichtjahre von uns entfernt. Am Winterhimmel wird man das Sternbild Stier entdecken. Sie haben ihren hellsten Stern Spica, das heißt Kornähre, genannt. Das Licht dieses Sterns leuchtet rötlich. Im Sternbild Stier wird die gut sichtbare Sternengruppe der Plejaden erscheinen. Sie wird wie eine kleine Silberwolke, aufgespießt auf einem Horn des Stieres, aussehen. Das Sternbild hat zum Zeitpunkt der Ernte am Himmel geleuchtet. In der einen Waagschale lagen zwei, in der anderen dagegen lag ein Stern. Der hellste Stern im Stier, der Aldebaran, wird nicht zu übersehen sein. Zudem gehören noch 17 weitere Sterne zu diesem Sternbild. Früher wanderte die Sonne vom 24. September bis zum 23. Oktober durch das Sternbild der Waage. Das Kornmädchen hat seinen Platz zwischen dem Löwen und der Waage gefunden. Sogar einen Stachel besitzt das astronomische Krabbeltier. Wenn er einmal erloschen sein wird, dann werden wir sein Licht noch 68 Jahre sehen. Das weibliche Sternzeichen haben auch Jungen erhalten, die zwischen dem 24. August und dem 23. September zur Welt gekommen sind.

b Nun kannst du erkennen: Die Sätze einer Zeitform beschreiben jeweils ein Sternbild im Tierkreis. Notiere zu jedem Sternbild das Tempus, in dem es beschrieben wird.

Skorpion: ____________________ Stier: ____________________

Jungfrau: ____________________ Waage: ____________________

●●● **c Hast du den Durchblick im himmlischen Wirrwarr? Welches Sternzeichen hat Lea? Notiere.**

Leas Sternzeichen ist ____________________.

Das Plusquamperfekt

Information **Die Zeitform Plusquamperfekt**

- Wenn etwas vor dem passiert, wovon im Präteritum oder im Perfekt erzählt wird, verwendet man das Plusquamperfekt. Das Plusquamperfekt wird deshalb auch **Vorvergangenheit** genannt, z. B.: *Nachdem sie das Gestein untersucht hatten, schätzten sie das Alter des Gebirges ein.*
  (zuerst geschehen) (danach geschehen)
- Das Plusquamperfekt ist wie das Perfekt (▶ S. 49) eine **zusammengesetzte Vergangenheitsform,** weil es mit **einer Form von *haben* oder *sein* im Präteritum** (z. B.: *hatte, war*) **+ Partizip II des Verbs** (z. B.: *gesehen, erloschen)* gebildet wird.

Tipp: Die Konjunktion *nachdem* leitet oft einen Satz im Plusquamperfekt ein.

1 **Schreibe den folgenden Text in dein Heft. Setze jedes Verb in der richtigen Zeitform ein.**

Nachdem ein winziger Punkt im Nirgendwo *begonnen hatte* (beginnen), sich plötzlich auszudehnen, (entstehen) das Universum. Bevor dann aber die ersten Sterne als verdichtete Gase (leuchten), (kochen) das Universum wie eine heiße Suppe vor sich hin. Nachdem diese ersten Sterne (ausbrennen), (schleudern) sie kleinere Teile ins Weltall. Aus diesen Sternresten (bilden) sich stabilere Sterne. So (entstehen) auch unsere Sonne.

2 **Stell dir vor, ein Mensch im Jahr 2500 schreibt über die Entwicklung der Welt nach 2000.**
●●●
a **Welche zwei der folgenden Sätze gehören jeweils zusammen? Gib ihnen denselben Buchstaben.**
b **Was war zuerst, was schließt an? Verbinde die beiden Sätze jeweils so, dass die zeitliche Reihenfolge deutlich wird. Schreibe sie ins Heft und verwende die Konjunktion nachdem für das, was zuerst geschah.**

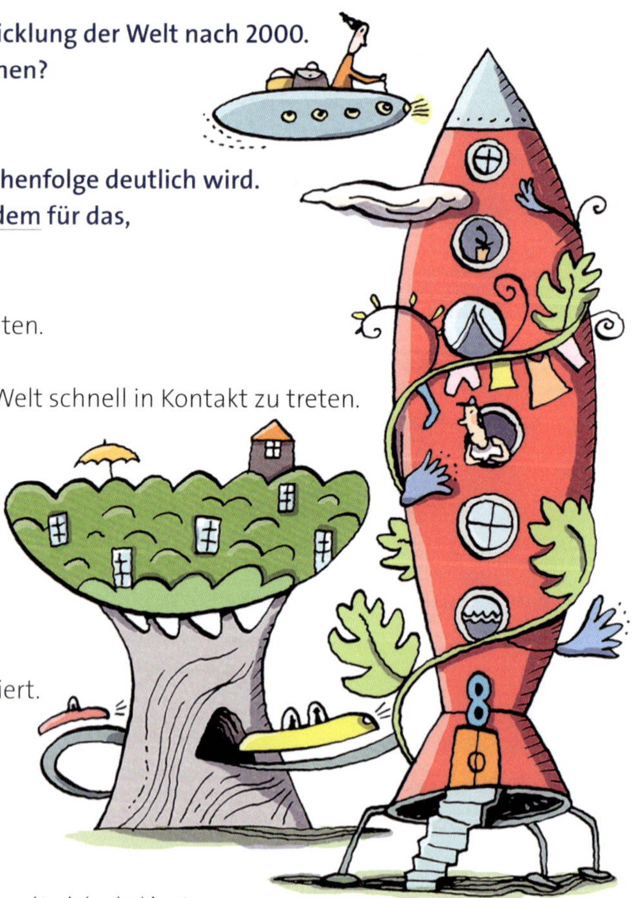

	Die Menschen ließen sich von Navigationssystemen leiten.
A	Es gab die Möglichkeit, mit Menschen auf der ganzen Welt schnell in Kontakt zu treten.
	Viele Tierarten waren bereits ausgestorben.
	Es wurden ausreichend Satelliten ins All geschickt.
A	Weltweit wurde das Internet eingeführt.
	Kirchen wurden teilweise zu Kletterhallen umfunktioniert.
	Es wurden Regelungen zum Artenschutz entwickelt.
	Viele Europäer traten aus der Kirche aus.

A Nachdem das Internet weltweit eingeführt worden war, gab es die Möglichkeit, mit Menschen auf der ganzen Welt schnell in Kontakt zu treten.

Teste dich!

Die Tempora (Zeitformen) der Verben

1 **Im folgenden Text sind einige Verbformen fett gedruckt.
Bestimme das Tempus und trage es ein. (11 Punkte)**

Mars – der Rote Planet

Lange Zeit **nahmen** die Menschen **an** (____________), dass auf dem Mars hochentwickelte Bewohner **existieren** (____________). Noch bis vor Kurzem **glaubte** (____________) man, auf seiner Oberfläche eine riesige Skulptur, das „Marsgesicht", zu erkennen. Seit 2001 **wissen** (____________) wir durch Aufnahmen der Marssonde „Mars Global Surveyor", dass nur ein Berg die Fantasien **beflügelt hat** (____________). Die Erforschung unseres Nachbarplaneten **hat** interessante Einzelheiten **erbracht** (____________): Auch auf dem Mars **gibt** (____________) es Jahreszeiten. Das **wussten** (____________) Astronomen bereits, weil sie dort vereiste Polkappen **beobachtet hatten** (____________), die im Mars-Sommer fast **wegtauen** (____________). Der Rote Planet ist in Wahrheit ein „rostiger Planet", denn ihn **bedeckt** (____________) rötlicher Eisenoxid-Staub.

2 **Der abgedruckte Witz enthält vier falsche Tempusformen.
Streiche sie durch und schreibe die richtige Form des Verbs über die Zeile. (8 Punkte)**

Drei Astronauten, ein Russe, ein Amerikaner und ein Deutscher, streiten, welches die größte Weltraumnation sei. Der Russe gibt an: „Wir sind die Besten! Wir seiten die Ersten im Weltall überhaupt!" Der Amerikaner entgegnet: „Nein! Wir sind die Besten. Wir waren die Ersten, die Menschen zum Mond bringten!" Der Deutsche widerspricht: „Nein, meine Herren! Wir werden die Besten sein. Wir sind die Ersten gewesen, die zur Sonne fliegen!" Die anderen: „Aber ..., aber das geht nicht! Die Sonne ist zu heiß!" Der Deutsche: „Das hatten wir berücksichtigt. Wir werden nachts fliegen ..."

Vergleiche deine Ergebnisse mit dem Lösungsheft. Für jede richtige Antwort bekommst du einen Punkt.

☺ 19–15 Punkte	😐 14–10 Punkte	☹ 9–0 Punkte
Gut gemacht!	Gar nicht schlecht, aber lies dir die Merkkästen auf den Seiten 47 bis 52 noch einmal genau durch.	Arbeite die Seiten 47 bis 52 noch einmal genau durch.

Satzglieder

Der Aufbau von Sätzen – Felder, Satzklammer, Satzglieder

Information **Die Grundstruktur des Satzes – Das Feldermodell**

Der Aufbau eines Satzes wird im Deutschen durch das Verb bestimmt: Es bildet das **Prädikat** (▶ S. 58). In einem Aussagesatz steht die **Personalform des Verbs** (der gebeugte Teil) an zweiter Stelle. Aussagesätze werden daher auch als **Verbzweitsätze** bezeichnet. Oft ist das Prädikat zweiteilig und bildet eine **Satzklammer** (▶ S. 58).

Vorfeld	linke Satzklammer	Mittelfeld	rechte Satzklammer	Nachfeld
Das internationale Kinderhilfswerk der Vereinten Nationen	*hat*	*Not leidenden Kindern in mehr Ländern*	*geholfen*	*als jede andere Hilfsorganisation.*

Satzglieder nennt man die Wörter oder Wortgruppen, die beim Umstellen des Satzes zusammenbleiben (▶ S. 56). Durch die Satzklammer ergeben sich **drei Felder**, in denen die Satzglieder stehen können:

- Im **Vorfeld** steht im Aussagesatz nur ein Satzglied. Häufig ist es das Subjekt (▶ S. 59).
- Im **Mittelfeld** (nach dem flektierten Verb) können mehrere Satzglieder stehen.
- Im **Nachfeld** steht in der Regel nicht mehr als ein Satzglied.

Vorfeld und linke Satzklammer müssen in selbstständigen Sätzen immer besetzt sein. Die anderen Felder können auch frei bleiben.

Steht die **Personalform des Verbs an erster Stelle**, spricht man vom **Verberstsatz**, z. B. in einem Fragesatz (▶ S. 69): ***Kannst** du die Organisation unterstützen?* Man spricht von einem **Verbletztsatz**, wenn das **Verb an letzter Stelle** steht, z. B. im Nebensatz (▶ S. 71): *Er ist glücklich, weil er helfen **kann**.*

1 **Spiele die möglichen Stellungen der Satzglieder des folgenden Satzes durch, indem du das Vorfeld unterschiedlich besetzt. Trage den Satz jeweils in die Tabelle ein.**

Die Vereinten Nationen haben im Jahr 1946 das internationale Kinderhilfswerk UNICEF gegründet in einer Welt voller Krieg und Not.

Vorfeld	linke Satzklammer	Mittelfeld	rechte Satzklammer	Nachfeld
Die Vereinten Nationen	*haben*		*gegründet*	*in einer Welt voller*
				Krieg und Not.
Im Jahr 1946	*haben*			

2 **Gliedere die Sätze des folgenden Textes nach dem Feldermodell.
Trage dazu die Sätze in die Tabelle ein.
Tipp: Außer in der Überschrift sind bei jedem Satz alle Felder besetzt.**

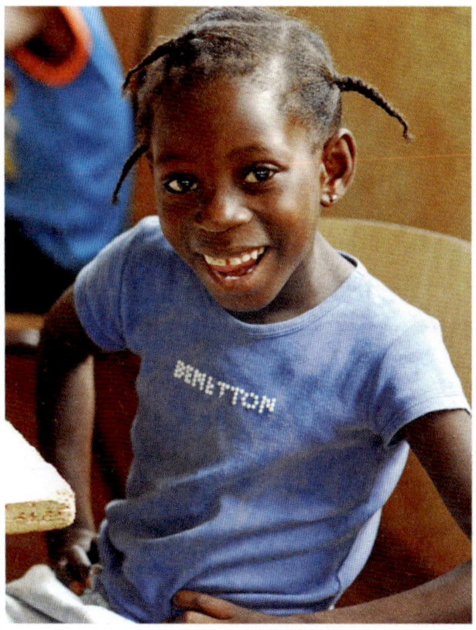

Die Welt soll ein besserer Ort für Kinder werden!

Kinder geraten schnell in eine ausweglose Situation hinein durch widrige Umstände wie Armut, Krieg oder dem Alltag im Elend. Millionen von ihnen werden weltweit missbraucht als billige Arbeitskräfte oder sogar als Kindersoldaten. Mädchen machen häufig besonders viel durch unter diesen Umständen. Das internationale Kinderhilfswerk der Vereinten Nationen setzt sich durch Hilfsprogramme in den Bereichen Ernährung, Gesundheit und Bildung weltweit ein für eine Verbesserung der Lebensbedingungen von Kindern.

Vorfeld	linke Satz-klammer	Mittelfeld	rechte Satz-klammer	Nachfeld
Die Welt	*soll*	*ein besserer Ort für Kinder*	*werden!*	
Kinder				

3 **Überarbeite den folgenden Text, indem du die Stellung der Satzglieder abwechslungsreicher gestaltest.**

●●●

- **a Unterstreiche zunächst in jedem Satz die Satzklammer.**
- **b Welche Teile des Satzes kannst du jeweils ins Vorfeld verschieben? Übertrage eine Tabelle wie in Aufgabe 2 in dein Heft und trage mögliche Varianten in sie ein.**
- **c Wähle von jedem Satz eine Variante aus und schreibe den verbesserten Text in dein Heft.**

UNICEF-Paten können durch Spenden Kindern helfen bei der Bewältigung ihres von Armut und Gewalt geprägten Alltags. Sie setzen sich für ihre Schützlinge ein bis zu deren Erwachsenenalter. UNICEF-Paten bringen für die Kinder monatlich eine Spende von zehn, zwanzig oder mehr Euro auf. Sie machen sich auch für die Familien ihrer Patenkinder stark.

Satzglieder erkennen – Die Umstellprobe

Information Satzglieder

- **Ein Satz besteht aus verschiedenen Satzgliedern.** Diese Satzglieder können aus einem einzelnen Wort oder aus mehreren Wörtern (einer Wortgruppe) bestehen.
- Mit der **Umstellprobe** kannst du feststellen, wie viele Satzglieder ein Satz hat. Wörter und Wortgruppen, die beim Umstellen immer zusammenbleiben und die im Vorfeld des Satzes stehen können, bilden ein Satzglied, z. B.:

Vorfeld	linke Satzklammer	Mittelfeld	rechte Satzklammer	Nachfeld
Die Kinder	*reisen*	*morgen Mittag aus vielen Ländern*	*an.*	
Morgen Mittag	*reisen*	*die Kinder aus vielen Ländern*	*an.*	
Aus vielen Ländern	*reisen*	*die Kinder morgen Mittag*	*an.*	

1 Der Computer hat in den folgenden Sätzen die Wörter einfach nach ihrer Länge sortiert.

a Ordne die Wörter so, dass ein sinnvoller Aussagesatz entsteht.

b Finde mehrere Möglichkeiten, wie man den Satz umstellen kann, ohne dass er seinen Sinn verändert. Schreibe sie auf.
Tipp: Bilde keinen Fragesatz.

c Umkreise die einzelnen Satzglieder mit unterschiedlichen Farben.

1. Satz: zu – Fest – viele – einem – Kinder – reisen – internationalen

2. Satz: sie – dort – von – ihren – erzählen – Ländern – begeistert

1. Satz: ____________________

____

____

2. Satz: ____________________

____

____

2 ●●● **a** Welche Satzglieder dürfen in den beiden Sätzen auf keinen Fall fehlen, damit ein grammatisch vollständiger Satz erhalten bleibt? Schreibe sie auf.

1. Satz: viele Kinder, ____________________

2. Satz: ____________________

b Bestimme diese Satzglieder. Notiere.

____________________.

3 **Welcher Satz gehört in welche Reihe? In jeden Kasten gehört ein Satzglied. Schreibe die Sätze in die passende Reihe. Die Anzahl der Satzglieder findest du mit Hilfe der Umstellprobe heraus.**

A Ahmed kommt aus Ägypten.

B Dieses Kind wohnt seit seiner Geburt am Nil.

C Seit Langem begeistert der Nil Ahmed besonders.

Mit Hilfe der Umstellprobe kannst du deine **Satzanfänge abwechslungsreich** gestalten.
- Achte darauf, dass die Informationen, die du hervorheben möchtest, im Vorfeld stehen.
- Lies den Satz am Schluss noch einmal: Er muss verständlich sein.

4 a **Überarbeite Ahmeds Text mit Hilfe der Umstellprobe so, dass die Satzanfänge abwechslungsreicher sind. Beachte: Nicht alle Sätze müssen umgestellt werden, um Abwechslung zu erzeugen.**

Der Nil ist unser größter Schatz. (Hebe hier den „Schatz" hervor.)

____

Er ist der längste Fluss der Welt.

____

Der Nil macht aus der Wüste fruchtbaren Boden.

____

Er durchzieht das Land wie ein grünes Band.

____

Fast alle Menschen leben in der Nähe dieses großartigen Flusses.

____

Der Nil hat früher auch die Arbeit der Bauern bestimmt.

____

Die Bauern konnten während der Überschwemmungen durch den Nil nicht arbeiten.

____

b **Lies deine überarbeiteten Sätze noch einmal im Zusammenhang: Sind die Satzanfänge abwechslungsreich und ist der Text verständlich?**

Das Prädikat

Information **Satzglieder: Das Prädikat** (Plural: die Prädikate)

Der **Kern des Satzes** ist das Prädikat (Satzaussage). Prädikate werden durch **Verben** gebildet.
Die **Personalform des Verbs** (der gebeugte Teil) steht in einem Aussagesatz immer **an zweiter Satzgliedstelle,** z. B.: *Elefanten vertilgen täglich bis zu 400 Kilogramm Pflanzennahrung.*
Fast zwei Jahre dauert eine Elefantenschwangerschaft.

1 **Für Aziza aus Kenia steht fest, dass der wunderbarste Schatz ihrer Heimat die Elefanten sind.**
a Umrahme in den folgenden Sätzen die Satzglieder.
b Markiere die Prädikate rot.

Elefanten atmen durch den Rüssel. Zum Trinken saugen sie Wasser in den Rüssel. Dann spritzen die Tiere das Wasser in ihr Maul. Kein Elefant trinkt durch seinen Rüssel. Das auffällige Körperteil dient auch zum Riechen und Tasten. Nun weißt du einiges über die besondere Elefantennase.

Ein Prädikat kann aus mehreren Teilen bestehen. **Mehrteilige Prädikate** bilden eine **Satzklammer** (▸ S. 54), z. B.:
- bei mehrteiligen Verben, z. B.: *abgeben* → *Über die Ohren geben Elefanten Wärme ab.*
- bei zusammengesetzten Zeitformen, z. B. beim Perfekt: *Bisher hat der Afrikanische Elefant überlebt.*

2 **Aziza hat Stichworte für einen Vortrag notiert.**
a Formuliere aus den folgenden Notizen einen zusammenhängenden Text und vervollständige dazu die Sätze. Schreibe den Text in dein Heft.
b Unterstreiche in deinem Text die Prädikate rot: Mache Satzklammern mit einer Klammer deutlich.

Afrikanischer Elefant
- *kein größeres lebendes Landsäugetier als Afrikanischer Elefant bekannt*
- *durch Wilderei und Zerstörung des Lebensraumes aus großen Teilen Afrikas verschwunden*
- *vor 30 Jahren das Aussterben der Art für 2010 vorhergesagt*
- *dank Einrichtung von Nationalparks Elefantenbestand erfreulich zugenommen*
- *in der Nähe von Nairobi sogar Elefanten-Waisenhaus vorhanden*
- *Elefantenkälber dort auf das Leben in der Wildnis vorbereitet*

Das Subjekt

Information **Satzglieder: Das Subjekt** (Plural: die Subjekte)

Frageprobe: Um die Satzglieder in einem Satz zu bestimmen, stellst du vom Prädikat aus Fragen.
Das Satzglied, das in einem Satz angibt, wer oder was etwas tut, veranlasst, handelt, heißt Subjekt (Satzgegenstand), z. B.: *Auf einem internationalen Fest erzählen Kinder von heimatlichen Schätzen.*
Du kannst das **Subjekt** mit der **Frage *Wer…?*** oder ***Was…?*** ermitteln, z. B.:
Kinder erzählen von den Schätzen ihrer Heimat. → Wer oder was erzählt von Schätzen?

- Das Subjekt eines Satzes kann aus einem oder aus mehreren Wörtern bestehen, z. B.: *Das zweitägige Fest lockt eine Menge Gäste an.* → Wer oder was lockt eine Menge Gäste an?
- Das **Subjekt** eines Satzes **steht immer im Nominativ** (1. Fall, ▸ S. 38).
- Subjekt und Prädikat sind eng miteinander verbunden. Sie stimmen in Person und Numerus überein.

1 **Die Subjekte in diesen Sätzen sind durcheinandergeraten. Ordne sie richtig zu: Frage nach dem Subjekt und schreibe die richtige Antwort in Stichworten auf.**

Felsbecken mit Wasser erzählen den Kindern vom heiligen Berg Uluru.

Wer oder was erzählt den Kindern vom heiligen Berg Uluru? ? *Julia und John aus Australien*

Um den Uluru ranken sich Touristen.

______ ? ______

In diesen Geschichten werden die Ureinwohner erklärt.

______ ? ______

Zu den heiligen Plätzen am Uluru zählen Julia und John aus Australien. ✔

______ ? ______

Viele Geschichten dürfen die heiligen Orte nicht sehen.

______ ? ______

Aussehen und Entstehung des Berges erlauben den Besuchern den Aufstieg zum Gipfel.

______ ? ______

2 **Unterstreiche in den folgenden Sätzen das Subjekt grün und umrahme das Prädikat rot. Bestimme und notiere Person und Numerus: Prüfe, ob sie übereinstimmen.**

Felsenzeichnungen in den Höhlen des Uluru zeigen Riesenkängurus. ______

Im Laufe von Jahrtausenden verblasste die Farbe. ______

Heute bewahren wir die Bilder mit Hilfe von Computertechnik auf. ______

Das Akkusativ- und das Dativobjekt

Information **Satzglieder: Das Akkusativ- und das Dativobjekt**

Ein Satz (z. B.: *Der Vater kocht)* kann durch weitere Satzglieder, z. B. durch Objekte, erweitert werden.

- **Akkusativobjekt** heißt das Objekt, das im Akkusativ steht. Du ermittelst es mit der **Frage:** ***Wen...?*** oder ***Was ...?***, z. B.: *Der Vater kocht ein Mittagessen.* → Wen oder was kocht der Vater?
- **Dativobjekt** heißt das Objekt, das im Dativ steht. Du ermittelst es mit der **Frage:** ***Wem...?***, z. B.: *Der Vater kocht den Kindern ein Mittagessen.* → Wem kocht der Vater ein Mittagessen?

Objekte können aus einem oder aus mehreren Wörtern bestehen.

1 a **Erfrage für jeden Satz das Dativobjekt und das Akkusativobjekt. Notiere die Frage und das Objekt.**
b **Unterschlängle im Satz das Dativobjekt blau und unterstreiche das Akkusativobjekt gelb.**

Guo Shuang erzählt den anderen Kindern eine spannende Geschichte.

Wem erzählt Guo Shuang etwas? ____________

____

____

In China baute ein Lehrer den Fischerkindern am Hongze-See ein Schulschiff.

____

____

____

2 **Die eingerahmten Wörter müssen einmal als Dativobjekt und einmal als Akkusativobjekt eingesetzt werden. Kennzeichne den Pfeil jeweils durch D für Dativobjekt oder A für Akkusativobjekt. Beachte, dass sich die Artikel und die Endungen der Nomen nach dem Kasus richten.**

die Familien	D	Ein Lehrer baut den Familien ____________ aus einem alten Schiff eine Schule.
		Er lädt ____________ in die neue Schule ein.
die Schüler		Fischerboote bringen ____________ zum Schulschiff.
		Ein Vater liefert ____________ mit seinem Ruderboot das Mittagessen.
die Kinder		Das leichte Schaukeln gefällt ____________.
		Beim Schreiben stört es ____________ allerdings ein bisschen.
der Lehrer		Die Schüler sind ____________ dankbar für ihre Schiffsschule.
		Aber sie fürchten ____________ auch, weil er sehr streng ist.

Das Prädikativ (Prädikatsnomen)

Information **Satzglieder: Das Prädikativ** (Prädikatsnomen)

- **Das Verb *sein*** verlangt neben dem Subjekt ein weiteres Satzglied, das Prädikativ. Das Prädikativ kann ein Adjektiv sein, ein Nomen oder eine Wortgruppe, deren Kern ein Nomen ist, z. B.: *Juanita ist Peruanerin. Sie ist elf Jahre alt. Pedro und Juanita sind gute Freunde.*
- **Das Prädikativ ergänzt das Prädikat und bezieht sich zugleich auf das Subjekt des Satzes.** Weitere Verben, die häufig ein Prädikativ verlangen, sind: *bleiben, werden, heißen*, z. B.: *Juanita will Ärztin werden. Ob das wohl ein Traum bleibt oder Wirklichkeit wird?*
- Wird das **Prädikativ mit *sein, werden* oder *bleiben*** verbunden, spricht man von einem **Kopula- oder Verbindungsverb**, z. B.: *Juanita ist ein Mädchen.*

1 **Unterstreiche im folgenden Text die Prädikate rot. Umrahme die Prädikative schwarz und unterschlängle die Subjekte, auf die sie sich beziehen, grün.**

Juanita erzählt: Ich heiße Juanita: Mein Heimatland ist Peru. Peru ist das drittgrößte südamerikanische Land. Es erstreckt sich von der Küste am Pazifischen Ozean bis in den Urwald des Amazonas. Dazwischen liegen die Berge der Anden. Sie sind oft über 4000 Meter hoch. Es gibt auch Seen. Der größte heißt Titicaca-See. Weil das Land so unterschiedliche Landschaften hat, gibt es auch viele unterschiedliche Tiere. Am Meer leben Robben und Pinguine, die Berge sind der Lebensraum der Lamas und im Urwald kann man Papageien, Alligatoren und Flamingos finden.

2 **Bearbeite die folgende Fortsetzung von Juanitas Text wie in Aufgabe 1.**

Juanita fährt fort: In Peru gibt es Menschen ganz unterschiedlicher Abstammung, z. B. Nachfahren verschiedener indianischer Völker, Nachkommen der spanischen Eroberer sowie Menschen anderer europäischer oder afrikanischer Abstammung. Die Lebensverhältnisse sind sehr verschieden. Die Armut bleibt ein großes Problem, vor allem in den Städten. Die Hauptstadt Perus heißt Lima. Dort leben die Armen in Hütten und Blechbaracken am Rande der Stadt, oft ohne Strom und Wasser. In den sehr armen Familien sind die Kinder oft schlecht ernährt; wenn sie krank sind, können die Eltern keine ärztliche Behandlung bezahlen. Die Jugendlichen werden manchmal kriminell, weil sie keine Aussichten auf ein besseres Leben haben.

Genaue Angaben machen – Adverbiale Bestimmungen

Information **Satzglieder: Adverbiale Bestimmungen** (auch: Adverbialien)

- Adverbiale Bestimmungen (Umstandsbestimmungen) sind Satzglieder, die man mit den Fragen ***Wann…?, Wo…?, Warum…?, Wie…?*** ermittelt.
- Sie liefern **zusätzliche Informationen** über den Ort, die Zeit, den Grund oder die Art und Weise.
- Adverbiale Bestimmungen können aus einem oder aus mehreren Wörtern bestehen.

Frageprobe	Satzglied	Beispiel
Wann? Wie lange? Seit wann?	**adverbiale Bestimmung der Zeit**	*Wann erzählt Esta von den Schätzen ihres Landes?* *Esta erzählt während eines internationalen Treffens von den Schätzen.*
Wo? Wohin? Woher?	**adverbiale Bestimmung des Ortes**	*Wo liegt Kenia?* *Kenia liegt im Osten Afrikas.*
Warum? Weshalb?	**adverbiale Bestimmung des Grundes**	*Warum erzählt Esta von den Tieren ihres Landes?* *Wegen ihrer Begeisterung erzählt sie von ihnen.*
Wie? Womit? Auf welche Weise?	**adverbiale Bestimmung der Art und Weise**	*Wie erfahren die Kinder von den Tieren Kenias?* *Durch Estas Erzählung erfahren sie von den Tieren.*

1 **Bestimme die unterstrichenen adverbialen Bestimmungen:**
Wende die Frageprobe an und schreibe die Frage mit der entsprechenden Nummer passend in die Tabelle.

Esta kommt aus Kenia 1. Sie erzählt: „Für mich sind die Tiere der größte Schatz in meinem Land. All die Tiere, die in den meisten Ländern nur im Zoo 2 zu sehen sind, leben bei uns frei in der Wildnis. Besonders beeindruckend finde ich die Elefanten. Mein Vater ist Pfleger in einem Waisenhaus für Elefantenbabys, die ihre Mutter aus verschiedensten Gründen 3 verloren haben. Die kleinen Elefanten leben hier gut behütet 4, bekommen Milchbrei und wollen spielen wie kleine Kinder 5. In der Nacht 6 brauchen sie besonders viel Körperkontakt. Deshalb schläft bei jedem Elefantenjungen ein Pfleger. Nach einiger Zeit 7 werden die Elefanten wieder zurück in die Savanne 8 gebracht. Als Jugendliche können sie wieder mit den anderen wilden Elefanten leben. Ihre Pfleger erkennen sie aber auf Grund ihres guten Gedächtnisses 9 auch in der Savanne noch wieder."

Adverbiale Bestimmung	Frageprobe
adverbiale Bestimmung der Zeit	
adverbiale Bestimmung des Ortes	1 Woher kommt Esta?
adverbiale Bestimmung des Grundes	
adverbiale Bestimmung der Art und Weise	

2 ●●● **Bestimme die nummerierten adverbialen Bestimmungen im nachfolgenden Text. Wähle die richtige Farbe aus und male den linken Flügel entsprechend aus. Gestalte den rechten Flügel seitengleich.**

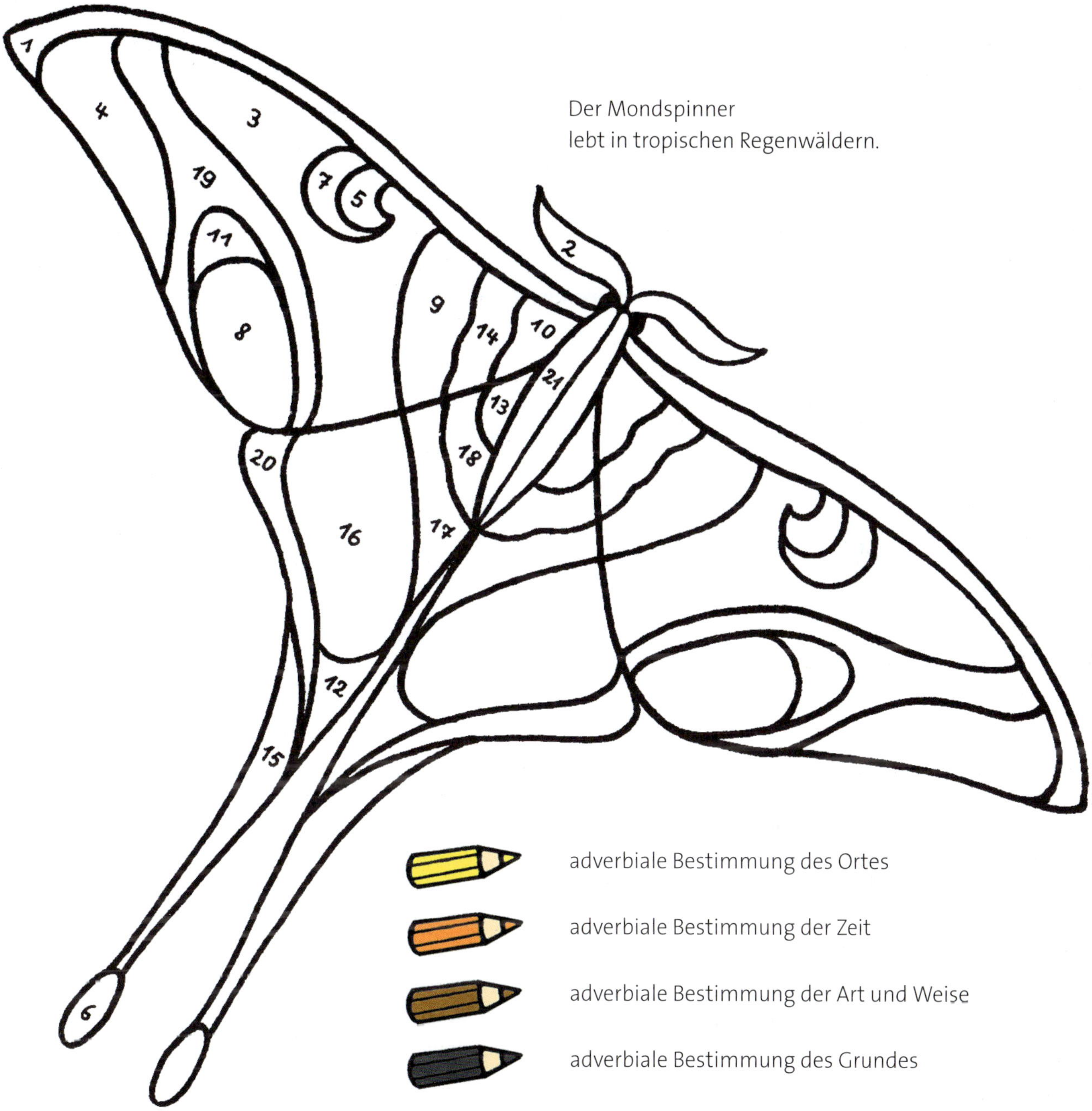

Der Mondspinner
lebt in tropischen Regenwäldern.

adverbiale Bestimmung des Ortes

adverbiale Bestimmung der Zeit

adverbiale Bestimmung der Art und Weise

adverbiale Bestimmung des Grundes

Mit klopfendem Herzen (1) steht Susilo **vor den vielen Kindern aus aller Welt** (2). Susilos Familie lebt **auf der Insel Sumatra** (3). Die überwältigenden Regenwälder Sumatras sind **in der ganzen Welt** (4) berühmt.

Susilo berichtet: „**Wegen seines Reichtums an Tieren und Pflanzen** (5) ist der Regenwald eine Schatztruhe der Natur. **In den Wäldern Sumatras** (6) könnt ihr den Nashornvogel, Schabrackentapire, Tiger und Orang-Utans entdecken. **Mit Glück** (7) sichtet ihr außergewöhnliche Schmetterlinge wie den Mondspinner oder die Pflanze mit dem größten Blütenstand der Welt, den Titanenwurz.

In einem unberührten Regenwald (8) stehen Bäume und Pflanzen **so dicht** (9), dass kaum Licht **bis auf den Boden** (10) kommt. **Auf Grund der dichten Baumkronen** (11) sieht der Wald von oben aus wie ein riesiges grünes Meer. **Das ganze Jahr über** (12) tragen die Laubbäume ihre Blätter. **In diesem Baumkronendach** (13) halten sich die Orang-Utans, meine Lieblingstiere, **die meiste Zeit** (14) auf. **Wegen ihrer langen Arme** (15) können sie sich **auf dem Boden** (16) **nur unbeholfen** (17) fortbewegen. **Jetzt** (18) versteht ihr, warum diese „Waldmenschen" **besonders stark** (19) auf einen Regenwald mit dichtem Baumbestand angewiesen sind. Deshalb müssen wir uns **mit aller Kraft** (20) für den Erhalt des Regenwaldes einsetzen!"

Am Ende von Susilos Vortrag (21) reagieren die Kinder mit großem Applaus.

Wortgruppen unterscheiden

Information | **Wortgruppen – Nominal-, Adjektiv-, Präpositional-, Adjunktorgruppe**

Satzglieder bestehen oft nicht nur aus einzelnen Wörtern, sondern aus Wortgruppen. Häufig sind diese vier Wortgruppen:

- Von einer **Nominalgruppe** spricht man, wenn ein **Nomen den Kern einer Wortgruppe** bildet, z. B.: *Québec ist eine spannende **Region** im Osten Kanadas.*
- Bei einer **Adjektivgruppe** spielen **ein oder mehrere Adjektive die Hauptrolle,** z. B.: *Man spricht dort Englisch und ein Französisch, das für Außenstehende **auffällig** und **interessant** klingt.*
- Eine **Präpositionalgruppe hängt von einer Präposition ab,** z. B.: ***Am** Ufer des majestätischen Sankt-Lorenz-Stroms liegen die größten Städte Québecs.*
- Eine **Adjunktorgruppe** besteht aus einer **Adjunktion *(als, wie, je, pro)* und weiteren Wörtern,** z. B.: *In der Nähe seiner Mündung wirkt dieser breite Fluss **wie** ein endloses, blaues Meer.*

1 **Unterstreiche im Text alle Nominalgruppen und unterschlängle alle Adjektivgruppen.**

Die mit Abstand längste Jahreszeit ist in Québec der Winter. Strahlend weiß und pulvrig liegt der Schnee auf allem. Das Räumen der oft meterhohen Schneemassen ist eine richtig große Aufgabe. Eiskalt und oftmals windig sind die Wintermonate natürlich auch. Deshalb liegt das größte Einkaufszentrum der Großstadt Montréal auch unterirdisch und somit gut geschützt und warm beheizt. Auf dem Land haben viele ein Schneemobil. Wenn die Straßen verschneit oder vereist sind, kommen sie damit schnell und sicher ins nächste Dorf. Die inoffizielle Nationalhymne von Québec ist passenderweise ein Lied mit dem Titel „Mein Land, das ist der Winter“ (Mon pays, c'est l'hiver).

Sankt-Lorenz-Strom mit dem alten Glockenturm von Montréal

2 ●●● **a** **Bilde je ein bis zwei eigene Sätze mit einer Nominal- und einer Adjektivgruppe. Schreibe z. B. zu dem Ort, an dem du lebst, oder zu einem deiner Traumziele.**
b **Unterstreiche in deinen Sätzen die Nominalgruppen und umkringle die Adjektivgruppen.**

3 **Vervollständige in den Sätzen mit Hilfe der in Klammern gesetzten Wörter die Präpositionalgruppen. Achte darauf, den richtigen Kasus zu verwenden.**

Ahornsirupernte in Québec

Wenn die Temperaturen in Québec wieder über ______________________ *(der Gefrierpunkt)* klettern, dann erwachen auch die Ahornbäume aus ______________________ *(ihr Winterschlaf)* und die Ahornsirupernte beginnt. Dies feiern viele mit ______________________ *(ein Besuch)* in ______________________ *(eine Zuckerhütte)*, französisch „Cabane à sucre". Das sind einfache Lokale, wo bei ______________________ *(deftiges Essen)* wie in Ahornsirup gekochtem Schinken mit Speckbohnen gefeiert wird. Am Ende des Essens geht man trotz ______________________ *(die Kälte)* hinaus, gießt Ahornsirup auf ______________________ *(der Schnee)* und rollt ihn mit ______________________ *(ein Holzstiel)* auf, sodass man ihn lutschen kann. Nach ______________________ *(das Essen)* werden noch Spiele gespielt, zum Beispiel „Cable", wo man zu zweit auf ______________________ *(ein Baumstamm)* balanciert und an ______________________ *(ein Seil)* zieht. Wer als Erste oder als Erster von ______________________ *(der Stamm)* fällt oder das Seil loslässt, hat verloren. Am Ende wird zu ______________________ *(laute Musik)* bis Mitternacht getanzt. Viele junge Leute aus Québec können sich einen Winter ohne ______________________ *(der Besuch)* einer „Cabane à sucre" nicht vorstellen.

4 **In den Adjunktorgruppen im Text fehlt etwas. Setze die in Klammern gesetzten Wortgruppen im passenden Kasus in die Lücken ein.**
Tipp: Die Adjunktorgruppe steht im selben Kasus wie ihr Bezugswort.

Québec ist ein wenig wie ______________________ *(das gallische Dorf)* von Asterix und Obelix. Warum sehen viele die Asterix-Comics als ______________________ *(ein passender Vergleich)* an? Nun, während ganz Gallien von Cäsar besetzt ist, hat sich Asterix' Dorf die Unabhängigkeit bewahrt. Und während auf dem gesamten nordamerikanischen Kontinent Englisch gesprochen wird, wirkt Québec wie ______________________ *(eine Insel)*, auf der noch das Französische fortbesteht. Dabei bewundern viele Québec als ______________________ *(ein glücklicher Sonderfall)*, der zeigt, wie gut Menschen verschiedener Muttersprache zusammenleben können, denn auch viele Englischsprachige leben heute dort.

Texte überarbeiten mit Hilfe von Proben

Information **Texte überarbeiten**

Um einen Text so zu überarbeiten, dass er besser zu verstehen ist, sind vier Proben hilfreich:

1 Umstellprobe: Satzanfänge abwechslungsreich gestalten
Mit Hilfe der Umstellprobe kannst du deine Texte abwechslungsreicher gestalten.
Stelle z. B. die Satzglieder so um, dass die Satzanfänge nicht immer gleich sind:
Sie müssen ihre Vorträge überarbeiten. Sie treffen sich dafür am Nachmittag noch einmal. →
Sie müssen ihre Vorträge überarbeiten. Dafür treffen sie sich am Nachmittag noch einmal.

2 Ersatzprobe: Wortwiederholungen vermeiden
Mit der Ersatzprobe kannst du Satzglieder, die sich häufig wiederholen, durch andere Wörter ersetzen, z. B.: *Die Erzählungen der Kinder sollen in einem Buch zusammengefasst werden. So können auch andere Kinder von ~~den Erzählungen der Kinder~~ (ihren Erlebnissen) erfahren. ~~Die Erzählungen der Kinder~~ (Sie) interessieren viele.*

3 Weglassprobe: Texte straffen, Wiederholungen vermeiden
Mit der Weglassprobe kannst du prüfen, welche Wörter gestrichen werden sollten, weil sie überflüssig sind oder umständlich klingen, z. B.: *Alle Kinder ~~zusammen~~ sprachen ~~gemeinsam~~ über ihre Länder.*

4 Erweiterungsprobe: Genau und anschaulich schreiben
Mit der Erweiterungsprobe kannst du prüfen, ob eine Aussage genau genug oder anschaulich genug ist oder ob du noch etwas ergänzen solltest, z. B.: *Filipa aus Brasilien will ihren Bericht überarbeiten.* → *Filipa aus Brasilien will ihren Bericht am PC überarbeiten.*

1 **Überarbeite Filipas Bericht, indem du die Ersatzprobe oder die Weglassprobe anwendest:**
a Markiere im Text Wiederholungen.
b Streiche die Wiederholungen durch, die du einfach weglassen kannst.
c Schreibe den verbesserten Text in dein Heft. Ersetze dabei markierte Wörter, die du nicht durchgestrichen hast, durch andere Wörter.

VORSICHT FEHLER!

Gummi – ein Schatz Brasiliens

Dort

In Brasilien gibt es viele Schätze. ~~In Brasilien~~ gibt es auch den Kautschukbaum. Ohne den Kautschukbaum gäbe es keine Autoreifen. Kautschuk ist ein anderes Wort für Gummi. Es kommt aus dem Indianischen und bedeutet übersetzt „Baumtränen". Die Kautschukbauern ritzen mit einem Messer die Rinde an und fangen die weiße Flüssigkeit mit einem Schälchen auf. Damit aus der weißen Flüssigkeit das Gummi herauskommt, muss man ein wenig Säure in die weiße Flüssigkeit geben. Dadurch gerinnt die Flüssigkeit und das Gummi kann in Brocken herausgenommen werden. Die Brocken werden dann zu dünnen Lappen ausgewalzt oder zu dicken Blöcken gepresst. Die Lappen werden getrocknet und die Blöcke werden getrocknet. So ist der Kautschuk zwar schon dehnbar und stabil, aber noch nicht sehr haltbar. Deshalb wird der Kautschuk vulkanisiert, das heißt, der Kautschuk wird mit Schwefel erhitzt. Obwohl es heutzutage viele künstliche Materialien gibt, die auch dehnbar und doch stabil sind, wird das Gummi aus den Bäumen immer noch gebraucht.

2 **In vielen Texten wird das Wort dann zu oft wiederholt.**
●●● **Sammle möglichst viele Varianten, mit denen man es ersetzen kann.**

anschließend,

3 **Überarbeite die Sätze mit Hilfe der Umstellprobe, sodass der eintönige Satzbau abwechslungsreicher wird.**

Paula ist vor einem Jahr von Stuttgart nach Köln umgezogen.

____

Sie kommt jetzt auf ihrem Schulweg täglich am Kölner Dom vorbei.

____

Paula weiß inzwischen viele interessante Einzelheiten über den Dom.

____

4 **Der folgende Text über den Kölner Dom ist leider nicht sehr informativ. Überarbeite den Text mit Hilfe der Erweiterungsprobe. Nutze die Angaben aus dem Cluster, um die Informationslücken des Textes zu schließen. Schreibe die verbesserte Fassung in dein Heft.**

Der Dom

Wenn du einmal den Dom (wo?) besuchst, triffst du vielleicht auf einen Domschweizer. Diese Männer fallen auf (weswegen?), sie beobachten das Geschehen im Dom (wie?). Sie geben den vielen Touristen (wo?) Hinweise und Tipps zum Dombesuch und achten auf ein dem Ort angemessenes Verhalten. Fragen beantworten die Domschweizer (auf welche Weise?).
Wenn du den Dom besuchst, solltest du den Dreikönigenschrein anschauen (wo?). Diese goldene Truhe ist verziert (wie?), sie fällt jedem Besucher auf. Beachte besonders die Figuren (welche?) auf der Vorderseite. Der Schrein wurde zwischen 1190 und 1220 hergestellt (wozu?). Er glänzt herrlich (warum?).

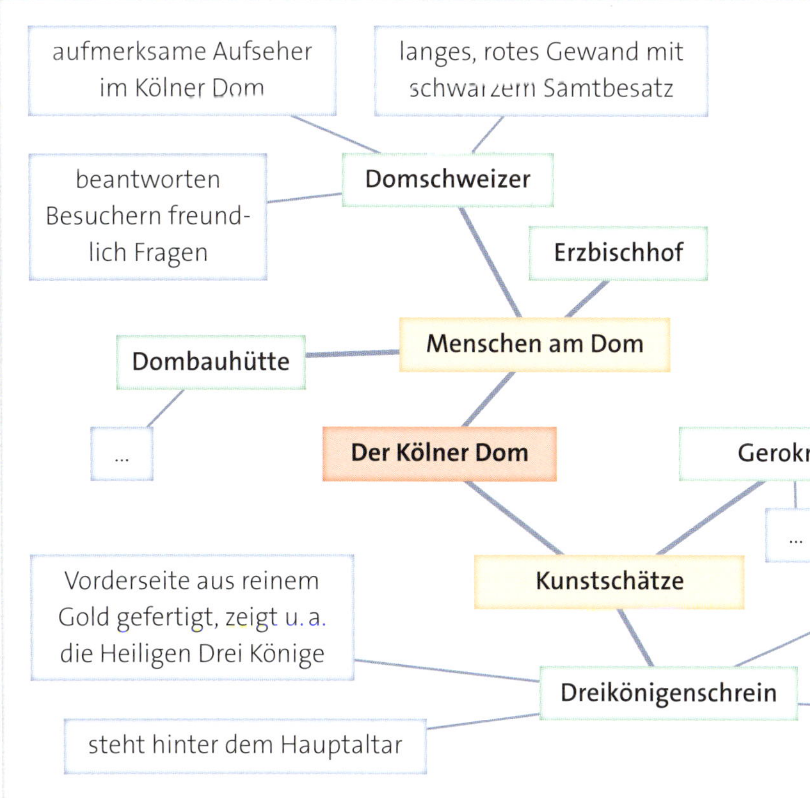

Teste dich!

Satzglieder

1 **Schreibe in die mittlere Spalte, welches Satzglied im Satz links unterstrichen ist, und gib die entsprechenden Fragewörter an. Unterstreiche dann im Satz rechts dasselbe Satzglied. (17 Punkte)**

	Satzglied	
Auch Oscar nennt einen Schatz seines Landes.	Subjekt Frage: ______	In Costa Rica ernten die Bauern diese Köstlichkeit.
Wegen der großen Hitze machen sich die Bauern frühmorgens auf den Weg zu den Plantagen.	______ Frage: ______	Die Früchte fangen auf Grund der tropischen Hitze schnell an zu gären.
Nur die kleinen Bohnen werden gebraucht.	______ Frage: ______	Die Bauern verpacken die getrockneten Bohnen in Säcke.
Ungefähr 250 000 Tonnen dieser Bohnen werden nach Deutschland verschickt.	______ Frage: ______	Erst in der Rösterei entwickelt der Schatz seinen typischen Geschmack.
Den meisten Menschen schmeckt die gemahlene Bohne am besten mit Milch und Zucker vermengt.	______ Frage: ______	Zu einer bestimmten Jahreszeit wird die Köstlichkeit als Hase verkauft.
Oscar spricht von einem echten Schatz!	______ Frage: ______	Die Kakaobohne ist einer der Schätze Costa Ricas.

2 **Richtig oder falsch? Kreuze an. (6 Punkte)**

	richtig	falsch
A Jeder Satz braucht ein Dativobjekt.	☐	☐
B Das Subjekt steht immer an erster Stelle im Satz.	☐	☐
C Die Teile des Prädikats können im Satz getrennt sein.	☐	☐
D Das Akkusativobjekt steht immer im Akkusativ.	☐	☐
E Das Prädikat gibt immer an, wer etwas tut.	☐	☐
F Nach der adverbialen Bestimmung des Grundes fragt man mit „Warum ...?", „Weshalb ...?".	☐	☐

Vergleiche deine Ergebnisse mit dem Lösungsheft. Für jede richtige Antwort bekommst du einen Punkt.

☺ 23–20 Punkte	😐 19–12 Punkte	☹ 11–0 Punkte
Gut gemacht!	Gar nicht schlecht, aber lies dir die Merkkästen auf den Seiten 54 bis 63 noch einmal genau durch.	Arbeite die Seiten 54 bis 63 noch einmal genau durch.

Satzarten unterscheiden

Information **Aussagesatz, Fragesatz, Aufforderungssatz**

Wenn wir etwas aussagen, fragen oder jemanden zu einer Handlung auffordern wollen, verwenden wir unterschiedliche Arten von Sätzen. Die verschiedenen Satzarten erkennt man an dem jeweiligen **Satzschlusszeichen:**

- Ein **Aussagesatz** endet mit einem Punkt: *Jonas ist ein schlauer Kopf.*
- Ein **Fragesatz** schließt mit einem Fragezeichen: *Kannst du gut kopfrechnen?*
- In **Aufforderungs-** und **Ausrufesätzen** steht am Schluss ein Ausrufezeichen: *„Denk mal nach!", „Kopf hoch!"*

In **Aussagesätzen** und in **Ergänzungsfragen** (W-Fragen, z. B.: *Wer hat Kopfschmerzen?*) steht die Personalform des Verbs (das gebeugte Verb) immer an zweiter Satzgliedstelle nach dem Vorfeld. Man bezeichnet sie daher auch als **Verbzweitsätze**. In **Entscheidungsfragen** (Ja-/Nein-Fragen, z. B.: *Hast du Kopfschmerzen?*) und in **Aufforderungssätzen** steht die Personalform des Verbs hingegen an erster Stelle, da in ihnen das Vorfeld leer bleibt. Man nennt sie darum **Verberstsätze**.

1 **a** **Markiere in den folgenden Sätzen die Verben.**
b **Sprich die Sätze in Gedanken und prüfe, um welche Satzart es sich handelt. Trage die richtigen Satzschlusszeichen ein.**

Der Kopf ist ein Körperteil ☐

Rede dich nicht um Kopf und Kragen ☐

Im Kopf sitzt der Verstand ☐

Leidest du unter Kopfschmerzen ☐

Benutze mal deinen Kopf ☐

Warum hast du nichts als Unsinn im Kopf ☐

Ich spiele gern Kopfball ☐

In der **gesprochenen Sprache** erkennst du die Satzart auch an der **Stimmführung:**

Bei einem Aussagesatz senkt sich am Schluss die Stimme: *Jonas ist ein schlauer Kopf.*

Bei einer Frage hebt sich die Stimme zum Ende des Satzes: *Kannst du gut kopfrechnen?*

In einem Ausrufesatz wird etwas gefühlsbetont und kurz geäußert. Dabei wird die Stimme oft lauter, z. B.: *„Kopf hoch!"*

2 **Das folgende Gedicht besteht aus Redewendungen, hat aber keinerlei Satzschlusszeichen.**
a **Lies das Gedicht zuerst genau.**
b **Bilde aus den einzelnen Versen jeweils zwei verschiedene Satzarten (= insgesamt 18 Sätze). Beachte die entsprechenden Satzschlusszeichen. Schreibe ins Heft. Beispiel zu Vers 1:**

Willst du mal wieder mit dem Kopf durch die Wand? (Fragesatz)
Jmmer musst du mit dem Kopf durch die Wand! (Ausrufesatz)

Winfried Ulrich

Köpfe Köpfe

mit dem **Kopf** durch die Wand wollen
sich etwas in den **Kopf** setzen
den **Kopf** hängen lassen
jemandem den **Kopf** verdrehen
sich den **Kopf** zerbrechen

Hals über **Kopf** davonlaufen
sich etwas aus dem **Kopf** schlagen
jemandem den **Kopf** waschen
ein Brett vor dem **Kopf** haben
nicht auf den **Kopf** gefallen sein

Die Satzreihe – Hauptsätze verknüpfen

Information **Die Satzreihe** (Hauptsatz + Hauptsatz)

- Ein **Hauptsatz** ist ein selbstständiger Satz. Er enthält mindestens zwei Satzglieder, nämlich Subjekt und Prädikat, z. B.: *Ernährungswissenschaftler forschen.*
- Die **Personalform des Verbs** (das gebeugte Verb) steht im Hauptsatz **an zweiter Satzgliedstelle** (Verbzweitsatz), z. B.: *Ernährungswissenschaftler erforschen das Essverhalten.*
- Ein **Satz,** der **aus zwei oder mehr Hauptsätzen** besteht, wird **Satzreihe** genannt. Die einzelnen Hauptsätze einer Satzreihe werden durch ein **Komma** voneinander getrennt, z. B.:

Ernährungswissenschaftler haben viele Aufgaben, sie beschäftigen sich auch mit Lebensmitteln.

——— Hauptsatz (Hs) ———, ——— Hauptsatz (Hs) ———.
Komma

- Häufig werden Hauptsätze durch die **nebenordnenden Konjunktionen** (Bindewörter) *und, oder, aber, sondern, denn, doch* verbunden. Nur vor *und* bzw. *oder* darf das Komma entfallen, z. B.:

Ernährungswissenschaftler führen Umfragen durch (,) und daraus ziehen sie Schlüsse.

——— Hauptsatz (Hs) ——— (,) und —— Hauptsatz (Hs) ——.
(Komma) Konjunktion

Leerer Magen studiert nicht gern

1

Verbinde jeweils zwei Hauptsätze zu einer inhaltlich sinnvollen Satzreihe. Verwende passende nebenordnende Konjunktionen und schreibe ins Heft.

Ein schlauer Kopf benötigt auch ein gutes Frühstück.

Sie sind auch weniger nervös und reizbar.

Kein Kind sollte mit leerem Magen zur Schule gehen.

Mit leerem Magen kann keiner gut lernen.

Mit einem Frühstück sind Kinder im Schulalltag konzentrierter.

Einer Umfrage des Issgut-Instituts zufolge geht jedes siebte Kind ohne Frühstück aus dem Haus.

2 **Füge passende Konjunktionen ein und setze Kommas.**

VORSICHT FEHLER!

Es gibt viele Gründe für ein fehlendes Frühstück __________ am häufigsten werden Appetitlosigkeit und Zeitmangel genannt. Man kann niemanden zum Essen zwingen __________ jeder sollte sich wohl zu einem Glas Milch oder Fruchtsaft bewegen lassen. In den Schulpausen essen manche vor lauter Heißhunger Schokoriegel __________ diese Süßigkeiten sind schnell verfügbar __________ man hat schon bald erneut Hunger.

3 ●●● **Schreibe in dein Heft, was du morgens und in den Pausen frühstückst. Erkläre, warum du welche Nahrungsmittel bevorzugst. Formuliere ausschließlich Satzreihen mit mindestens zwei Hauptsätzen.**

Das Satzgefüge – Hauptsatz und Nebensatz verbinden

Information **Das Satzgefüge** (Hauptsatz + Nebensatz)

Einen **Satz,** der aus mindestens einem **Hauptsatz** und mindestens einem **Nebensatz** besteht, nennt man Satzgefüge. Zwischen Hauptsatz und Nebensatz muss **immer ein Komma** stehen.

Nebensätze haben folgende Kennzeichen:
- Ein Nebensatz kann **nicht ohne** einen **Hauptsatz** stehen.
- Der Nebensatz ist dem Hauptsatz untergeordnet und wird durch eine **unterordnende Konjunktion** (z. B.: *weil, dass, als, nachdem, wenn)* oder ein **Relativpronomen** (z. B.: *der, die das, welcher)* eingeleitet.
- Die **Personalform des Verbs** steht im Nebensatz immer **an letzter Satzgliedstelle** (Verbletztsatz).
- Ein Nebensatz kann **vorangestellt, eingeschoben** oder **nachgestellt** werden, z. B.:

vorangestellt: *Wenn wir morgens aufwachen, erinnern wir uns manchmal an herrliche Träume.*
Konj. — Nebensatz (Ns) —, — Hauptsatz (Hs) —.

eingeschoben: *Menschen, die morgens schweißgebadet aufwachen, hatten häufig Albträume.*
— Hs —, Relativpron. — Ns —, — Hs —.

nachgestellt: *Im Traum können wir uns etwas vorstellen, das uns Angst macht.*
— Hs —, Relativpron. — Ns —.

1 **Kennzeichne im folgenden Text Hauptsatz und Nebensatz, indem du**
a die Personalform des Verbs im Hauptsatz gelb unterstreichst und im Nebensatz blau unterschlängelst,
b einen senkrechten Strich | zwischen Haupt- und Nebensatz ziehst,
c das Wort, das den Nebensatz einleitet, umkreist.

Menschen haben Träume, | die wie ein Kino im Kopf wirken.

Ein Professor bat seine Zuhörerinnen und Zuhörer, dass sie die Augen schließen und sich Tiere vorstellen sollten. Als der Saal sozusagen voller Tiere war, öffnete das Publikum die Augen wieder. Das Publikum erkannte erstaunt, dass man auch am Tag träumen kann. Wie Tagträume auch beim Lernen helfen, das erklärte der Professor auch. Manchmal schweift das Gehirn in Tagträume ab, während es neue Eindrücke ordnet.

2 **In den folgenden Satzgefügen fehlen die Kommas.**
Setze sie an der richtigen Stelle ein.

VORSICHT FEHLER!

Träume wirken häufig sehr wirklich weil sie in Bildern ablaufen.

Traumbilder zeigen unterschiedliche Orte und Zeiten die oft völlig wirr durcheinanderlaufen.

In Traumszenen spielt der Träumende der vielleicht plötzlich etwas ganz Tolles kann die Hauptrolle.

3 **Zeichne zu den Sätzen aus Aufgabe 2 Satzbaupläne in dein Heft.**
●●● Tipp: Orientiere dich an den Mustern im Merkkasten.

4 **Untersuche die folgenden Satzgefüge:
Ist der Nebensatz V vorangestellt, N nachgestellt oder E eingeschoben?
Trage den richtigen Buchstaben ins Kästchen ein.**

A Wenn ich meinen Traumberuf ausüben kann, werde ich sehr glücklich sein. ☐

B Meine Trauminsel, auf der ich gern Urlaub machen würde, ist Rügen. ☐

C Erst um 10 Uhr fängt meine Traumschule, die direkt am Meer liegt, an. ☐

D Ich träume davon, dass ich später einmal auf einem Leuchtturm wohnen kann. ☐

5 **Schau dir die Sätze von Aufgabe 4 genau an: Wo steht die Personalform des Verbs?
Unterstreiche sie und ergänze die Regel.**

Im Nebensatz steht die Personalform des Verbs immer ______________________.

6 **a Lies den folgenden Text über Leuchttürme.
Er besteht nur aus Hauptsätzen. Das wirkt etwas abgehackt.**
**b Formuliere die folgenden Sätze zu Satzgefügen um:
Verwende die angegebenen Konjunktionen bzw. Relativpronomen.
Beachte die Kommasetzung.**

Verbindet man Hauptsätze zu Satzgefügen, **wirkt der Text flüssiger**, z. B.:
Da der Text nur aus Hauptsätzen besteht, wirkt er etwas abgehackt.

Als *Leuchtturm* wird in der Seefahrt ein etwa 15 bis 40 Meter hoher Turm bezeichnet. Der Turm dient an wichtigen oder gefährlichen Punkten der Schifffahrt als weithin sichtbares Seezeichen. (der)

____

____

Durch seine Lichtsignale weist er Schiffen den Weg. Die Lichtsignale nennt man auch Leuchtfeuer. (die)

____

Sie ermöglichen das Umfahren gefährlicher Stellen. Leuchttürme sind wahre Lebensretter. (sodass)

____

Viele Leuchttürme sind beeindruckende Bauwerke. Sie bilden ein beliebtes Fotomotiv für Urlauber. (weil)

____

Leuchttürme spenden nachts Licht und ermöglichen die Heimkehr. Sie sind ein ermutigendes Symbol. (da)

____

____

7 ●●● **Erkläre mit eigenen Worten, für wen und warum Leuchttürme wichtig sind. Formuliere ein Satzgefüge.**

____

____

Teste dich!

Satzreihe und Satzgefüge

1 Vervollständige das Merkwissen und beantworte die Fragen: (3 Punkte)

A Ein Satzgefüge besteht aus ______________________________.

B An welche Stelle im Satzgefüge muss immer ein Komma gesetzt werden?

____

C An welcher Stelle steht im Nebensatz die Personalform des Verbs?

____

2 Kannst du Sätze untersuchen? Prüfe dein Wissen.

A Unser Wortschatz beinhaltet viele Redewendungen.
B Diese sind nicht wörtlich zu nehmen, darin liegt gerade ihr Witz.
C Die Redewendungen stammen aus zahlreichen Bereichen des Lebens, zu nennen sind z. B. die Landwirtschaft, das Handwerk, die Jagd, die Küche oder fremde Kulturen.

Was bedeutet die Redewendung: „Manchmal verliert man den Faden"?
D Wenn jemand beim Spinnen oder Weben den Faden verliert, kann er erst einmal nicht weiterarbeiten.
E Jemand weiß beim Reden den Gedanken nicht mehr, den er ausdrücken wollte.

Und woher stammt die Redewendung: „Etwas hängt am seidenen Faden"?
F Dahinter steckt die Vorstellung vom Lebensfaden, den die griechischen Schicksalsgöttinnen spinnen.
G Falls der Lebensfaden zu dünn ist, könnte er reißen.

a Kreuze an. (1 Punkt)

Satz A ist ☐ ein Hauptsatz ☐ eine Satzreihe ☐ ein Satzgefüge

b Schreibe die Buchstaben der Satzreihen auf. (2 Punkte)

____

c Erkläre stichwortartig die Kommasetzung (alle Kommas) in Satz B und Satz C. (3 Punkte)

____

d Unterstreiche in allen Satzgefügen die Nebensätze mit Gelb. (8 Punkte)
Markiere die einleitenden Konjunktionen bzw. Relativpronomen.

e Zeichne einen Satzbauplan zu Satz G in dein Heft. (1 Punkt)

Vergleiche deine Ergebnisse mit dem Lösungsheft. Für jede richtige Antwort bekommst du einen Punkt.

☺ 18–13 Punkte	😐 12–9 Punkte	☹ 8–0 Punkte
Gut gemacht!	Gar nicht schlecht, aber lies dir die Merkkästen auf den Seiten 69 bis 72 noch einmal genau durch.	Arbeite die Seiten 69 bis 72 noch einmal genau durch.

Was kann ich schon? – Rechtschreibung

1 **In jedem dieser Wörter stecken zwei Wörter. Zerlege: Trage einen Strich | zwischen den Wörtern ein. (4 Punkte)**

Picknick | korb   Zwetschgenkuchen   Sonnenaufgang   Mineralwasser   Bienenhonig

2 **Umkreise die Wörter, die falsch getrennt sind. Schreibe diese Wörter mit der richtigen Trennung ins Heft. (3 Punkte)**

VORSICHT FEHLER!

Apfel-schim-mel   Dur-stlö-scher   Ves-per-do-se   Dus-che   Schwimm-bec-ken

3 **Welche dieser Wörter werden mit ä bzw. äu geschrieben? Prüfe durch Ableiten (verwandte Wörter bilden) und kreuze an. Trage in die Klammer das Wort ein, von dem du die Schreibweise ableiten kannst. (5 Punkte)**

☐ Häu ser (Haus ______)   ☐ H____te (______)   ☐ Pl____tzchen (______)

☐ Geb____de (______)   ☐ ____ngstlich (______)   ☐ S____getier (______)

4 **Auf welchen Buchstaben endet das Wort? Finde jeweils eine Verlängerung, die dir bei der Entscheidung hilft. (8 Punkte)**

Geld		Gelder	Urlau____		______	lusti____		______
San____	d/t?	______	Tra____	b/p?	______	Win____	g/k?	______
Zel____		______	hal____		______	Spu____		______

5 **Muss an den markierten Stellen der Konsonant verdoppelt werden? Prüfe und trage ein. (16 Punkte)**

Im Som____er ist einf____ach al____es viel____ bes____er: Man____ braucht kein____en Pul____over und mus____ sich nicht im____ Zim____er langweil____en. Man kan____ Fußbal____ spiel____en und schwim____en gehen.

6 **Ergänze ein h, wo es notwendig ist. (20 Punkte)**

Stra____ßenba____nen fa____ren mit Stro____m, den sie durch den Stro____mabne____mer aus der Ober-lei____tung bekommen. I____re Elektromoto____ren ge____ben keine Abga____se ab. Stra____ßenba____nen sind ein se____r beque____mes Verke____rsmittel. Man kann wä____rend der Fa____rt frü____stücken oder le____sen.

7 **Wie heißen diese Tiere? Notiere und achte auf i und ie. (8 Punkte)**

____

____

8 **Trage die Wörter richtig in die Tabelle ein und ergänze dabei den entsprechenden s-Laut. (8 Punkte)**

mü ? en   Schlu ?   drau ? en   intere ? ant   schie ? en   Stra ? e   Wi ? en   au ? erdem

Wörter mit ß	Wörter mit ss

9 **Groß oder klein? Kreuze bei jedem Satz an, ob er einen Fehler enthält oder nicht. (6 Punkte)**

	ein Fehler	kein Fehler
A In der Garage steht ein neues Auto.		
B In der Garage steht ein Neues Auto.		
C Unsere vier Fahrräder haben jetzt keinen platz mehr.		
D Unsere Vier Fahrräder haben jetzt keinen Platz mehr.		
E Unsere vier Fahrräder haben jetzt keinen Platz mehr.		
F Sie sind in den Keller verbannt worden.		

10 **In diesem Text müssen 12 Wörter großgeschrieben werden. Unterstreiche sie. (12 Punkte)**

Der kindersitz gibt kleineren kindern im auto mehr sicherheit. Sie sitzen geschützter, sind angeschnallt und haben auch seitlich einen guten halt. Das ist wichtig, wenn ein kind einschläft. Für größere genügt der junior-autositz. Ein kind darf erst ohne kindersitz mitfahren, wenn es mindestens 12 jahre alt oder 1,50 meter groß ist.

11 **Setze die fehlenden Kommas. (3 Punkte)**

VORSICHT FEHLER!

Die meisten Kinder fahren gern Fahrrad lieben Ballspiele und schauen fern.
Manche sitzen zu lange vor dem Fernseher sowie dem Computer und treiben zu wenig Sport.
Meist sind Kinder am liebsten draußen im Garten auf dem Bolzplatz oder auf der Straße.

12 **Setze die fehlenden Anführungszeichen bei der wörtlichen Rede an den richtigen Stellen ein. (5 Punkte)**

Eigentlich wollte ich heute draußen spielen , seufzt Clemens.
Und warum , fragt sein Bruder, machst du es nicht?
Dumme Frage! , antwortet Clemens. Es regnet und meine Gummistiefel haben ein Loch.

13 **a Überprüfe deine Lösungen mit Hilfe des Lösungsheftes.**
b Trage ein, wie du die Aufgaben bewältigt hast:
✔ = das Meiste richtig   ? = noch etwas unsicher

Aufgabe	1	2	3	4	5	6	7	8	9	10	11	12
Weitere Übungen	Seite 78	Seite 77	Seite 80	Seite 81	Seiten 85–87	Seiten 88–90	Seite 92	Seiten 94–97	Seiten 102–104	Seiten 102–104	Seite 107	Seite 108

Fehler vermeiden – Tipps zum Rechtschreiben

Tipp 1: Lesbar schreiben, richtig abschreiben

Methode **Lesbar schreiben, fehlerfrei abschreiben**

Um beim Schreiben Fehler zu vermeiden, ist **Konzentration** besonders wichtig.
Konzentration bedeutet: Du richtest alle deine Gedanken nur auf den Text, den du gerade schreibst.
Durch Abschreiben trainierst du deine Konzentration und gleichzeitig die Rechtschreibung. Gehe so vor:

1. Schritt: Lies eine Zeile, schau dir die Wörter an und präge sie dir ein.
2. Schritt: Decke die Zeile mit einem Blatt Papier ab und schreibe sie aus dem Gedächtnis auf. Schreibe in deiner besten Schrift.
3. Schritt: Vergleiche Wort für Wort, Buchstabe für Buchstabe mit der Vorlage: Hast du alles richtig geschrieben?
4. Schritt: Streiche falsch geschriebene Wörter mit einem Lineal durch und schreibe sie verbessert auf.

1 **Schreibe diese Wörter ab, trage sie in den Text ein: Wende die vier Schritte aus dem Methodenkasten an.**

Erinnerungsbuch | Freundschaftsbeweis | besinnlichen | Poesiealbumsprüche | Vergissmeinnicht | Jahrhunderten | Freundschaftsbücher | präsentiert

Vom Poesiealbum zum Freundschaftsbuch

Ein Poesiealbum ist eine Art ______________________________.

Es gilt als ______________________________, sich mit einem lustigen oder ______________________________ Spruch oder Gedicht verewigen zu dürfen. Viele ______________________________ beinhalten einen Treueschwur oder ein „______________________________“. Poesiealben gibt es seit mehreren ______________________________. Heute sind ______________________________ beliebt, in denen man sich mit seinen Lebensdaten, Vorlieben, Hobbys und einem Foto ______________________________.

2 ●●● **Schreibe diese Poesiealbumsprüche ab.**
Tipp: Du kannst auf schönes Papier schreiben, ein Bild dazu zeichnen und das Blatt verschenken.

A
Löwen, Tiger, Katzen,
alle sollen sie dich kratzen,
wenn du je vergisst,
wer dein Schulfreund ist.

B
Wenn das Rhinozeros,
das schlimme,
dich kriegen will
in seinem Grimme,
dann steig auf einen
Baum beizeiten,
sonst hast du
Unannehmlichkeiten.

C
Freundlich blüht an stiller Quelle
in des Mondes Silberlicht
eine Blume, zart und helle,
und die heißt Vergissmeinnicht.

Tipp 2: Wörter deutlich sprechen und gliedern

Methode **Wörter in Silben gliedern – Silbentrennung am Zeilenende**

Sprich Wörter in Gedanken rhythmisch und in Silben. Das hilft, richtig zu schreiben.
Passt ein Wort nicht mehr ganz in eine Schreibzeile, dann prüfe, ob du es trennen kannst:
Regel 1: Mehrsilbige Wörter trennt man **nach Sprechsilben,** z. B.: *Kin-der-zim-mer, Lam-pen-schirm.*
Regel 2: Einsilbige Wörter darf man **nicht trennen,** z. B.: *Bild, Stuhl, hart, bunt.*
Regel 3: Ein **einzelner Vokal** wird **nicht abgetrennt,** z. B.: *Abend, üben, öde.*
Tipps für Zweifelsfälle:
A In die neue Zeile kommt nur ein Konsonant, z. B.: *Tep-pich, klop-fen, schmut-zig, Pos-ter, knusp-rig.*
B Buchstabenverbindungen, die für einen Laut stehen, trennt man nicht, z. B.: *ki-chern, zwi-schen, We-cker.*
C Zusammengesetzte Wörter und Wörter mit Vorsilben und Endungen trennt man zwischen den einzelnen Wortbausteinen, z. B.: *Bett-tuch, Vor-hang, berg-auf, über-sicht-lich.*

1 **Welche Gegenstände siehst du auf dem Bild?**
a Sprich die Wörter rhythmisch und achte auf die Sprechsilben.
b Schreibe jedes Wort mit Artikel und Trennstrichen ins Heft, z. B.: *der Schreib-tisch, …*
Achtung: Zwei Wörter werden nicht getrennt.

2 **a Hier ist falsch getrennt worden! Schreibe hinter jede markierte falsche Trennung, gegen welche Regel oder welchen Tipp verstoßen wurde. Benutze dazu die Nummerierung im Merkkasten. Notiere das Wort richtig getrennt in der rechten Spalte.**
b Schreibe die unterstrichenen Wörter mit allen Trennmöglichkeiten in dein Heft.

VORSICHT FEHLER!

	Verstoß gegen Regel/Tipp	richtige Trennung des Wortes
Lieber Besucher!		
Wenn Sie dieses Zimmer betreten, beachten Sie bi-	____	____
tte diese Regeln: Machen Sie Ihre Schuhe vorher etwas drec-	____	____
kig und behalten Sie sie unbedingt an. Wundern Sie sich nicht ü-	____	____
ber die Unordnung – helfen Sie lieber, diese zu erhalten. Schmu-	____	____
tz ist hier ein willkommener Gast. Wischen Sie ruhig Ihre Fettfing-	____	____
er an der Tischdecke ab. Wir mögen es, wenn Sie etwas umsch-	____	____
meißen oder zertrümmern oder wenn Sie ölige, matschige oder kle-	____	____
brige Essensreste auf dem Teppichboden verstreuen und festtreten.	____	____

Methode **Wörter in Sinneinheiten und Wortbausteine zerlegen**

Wörter zu zerlegen hilft dir, besonders lange Wörter und Wörter mit Vorsilben richtig zu schreiben.
Durch das Zerlegen erkennst du
- **Sinneinheiten,** lange Wörter werden übersichtlicher, z. B.: *Auto|bahn|bau|stellen|zufahrt;*
- den **Wortstamm,** er wird in verwandten Wörtern gleich oder ähnlich geschrieben, z. B.: *Zu|fahrt – fahren;*
- **Vorsilben,** z. B.: *ver-*, die mit **v** geschrieben werden: *Ver|fahren, ver|laufen.*

3 **Zerlege diese Bandwurmwörter in Sinneinheiten:** *Band|wurm|wörter.*
Schreibe sie ab.

Zoowärterkäfigschlüsselbund

Sommerschlussverkaufschnäppchenjäger

Schulhaustürrahmenholzbandwurmloch

______

______

______

4 **a Entscheide, welche dieser Wörter mit der Vorsilbe Ver-/ver- geschrieben werden. Zerlege und trage ein: v oder f.**
b Trage die Wörter passend in die Übersicht ein.

das *V*er|steck die *F*erne das __erkel __ernehmen das __ertrauen __ertig

__erschreiben __ermutlich die __erien der __ernseher __ersorgen der __erteiler

Wörter mit Vorsilbe ver-/Ver-	Wörter mit f-/F-
das Versteck,	*die Ferne,*

5 **Hier ist beim Zerlegen etwas schiefgelaufen!**
●●● **Schreibe das Wort ab und zerlege es richtig.**

Blumento|pferde: *Blumen|topf|erde*

Talent|wässerung ______

Kau|fladen: ______

bein|halten: ______

Hau|stier: ______

Nachteil|zug: ______

Tipp 3: Verwandte Wörter suchen

Methode **Ableitungsprobe (1): Den Wortstamm prüfen**

Wenn du unsicher bist, wie ein Wort geschrieben wird, hilft oft die Suche nach einem verwandten Wort. Du kannst die Schreibweise davon ableiten (Ableitungsprobe).
Der **Wortstamm** (= Grundbaustein) wird in verwandten Wörtern gleich oder ähnlich geschrieben, z. B.: *fahren, Fahrrad, Vorfahrt, du fährst, Fähre.*

1 **Suche zu jedem dieser Wörter jeweils fünf verwandte Wörter. Schreibe den Wortstamm jeweils in den Baumstamm und die übrigen Wortbestandteile links und rechts neben den Baum.**

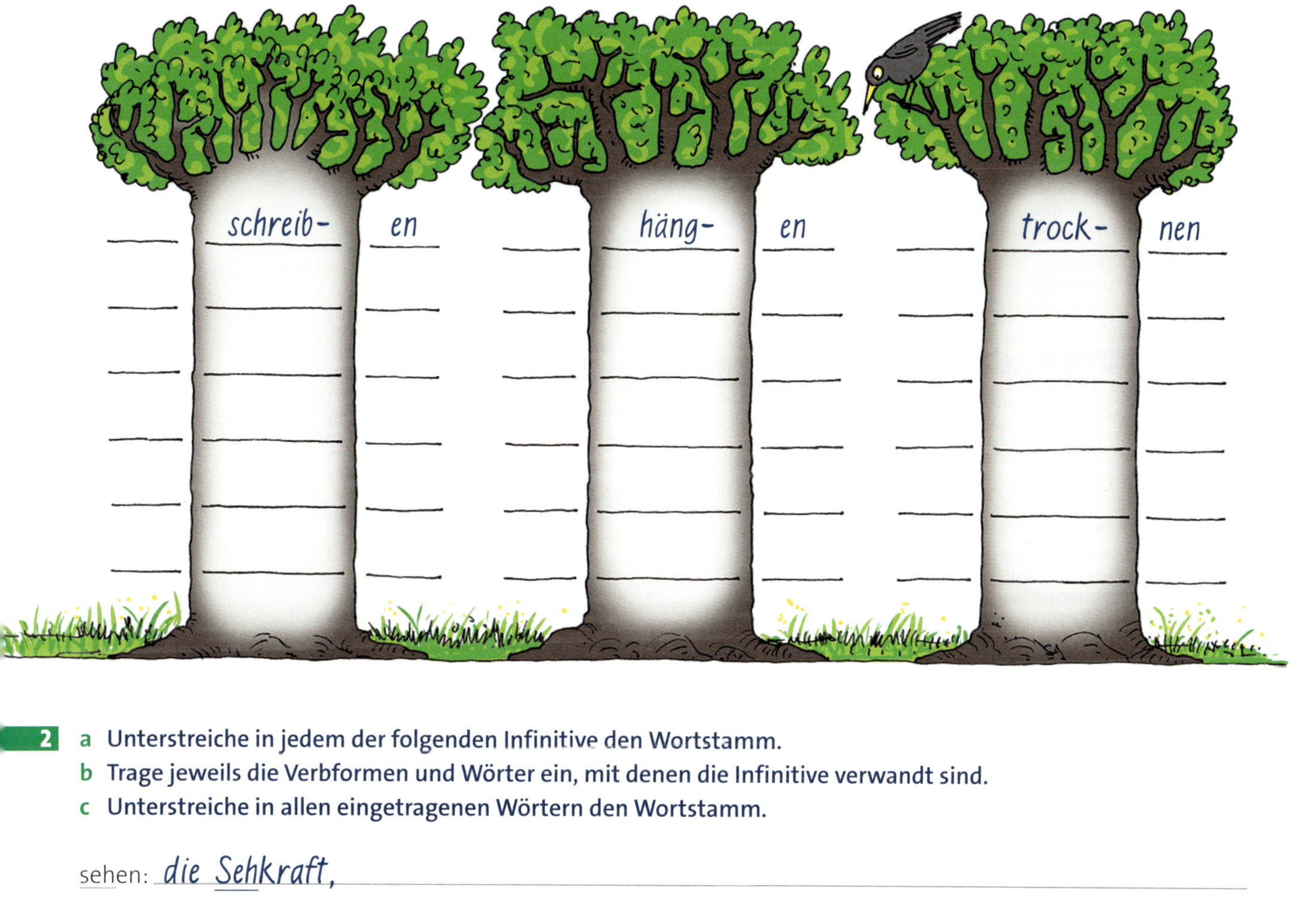

2 **a** **Unterstreiche in jedem der folgenden Infinitive den Wortstamm.**
b **Trage jeweils die Verbformen und Wörter ein, mit denen die Infinitive verwandt sind.**
c **Unterstreiche in allen eingetragenen Wörtern den Wortstamm.**

sehen: *die Sehkraft,* ______________________________

geschehen: ______________________________

gehen: ______________________________

stehen: ______________________________

der Sehtest | das Stehcafé | du siehst | es geschieht | die Herangehensweise

es geht | ihr steht | der Gehweg | das Fernsehprogramm | das Geschehnis

die Stehleiter | was geschah? | die Sehkraft | das Stehaufmännchen | gehst du?

Methode **Ableitungsprobe (2): e oder ä, eu oder äu?**

Wenn du unsicher bist, ob ein Wort mit **ä** oder **e** geschrieben wird oder ob man **äu** oder **eu** schreibt, hilft dir die Ableitungsprobe.
Du schreibst ein Wort mit **ä** oder **äu**, wenn es ein verwandtes Wort mit **a** oder **au** gibt,
z. B.: **e** oder **ä**? → *Träger* → *tragen*   **eu** oder **äu**? → *Gebäude* → *bauen*
Gibt es kein verwandtes Wort mit a oder au, schreibt man das Wort meist mit e oder eu.

3 **Jeweils ein Wort aus dem rechten und dem linken Kasten sind miteinander verwandt. Verbinde diese Wörter und schreibe die Wortpaare ins Heft. Ergänze bei den Nomen die Artikel.**

Linker Kasten: Schädling, Wäsche, häufig, Läuse, aufräumen, färben, Härte, häuslich, wählen

Rechter Kasten: Farbe, Laus, Raum, schaden, Haufen, waschen, hart, Wahl, Haus

(Härte — hart)

4 **Ergänze in der Tabelle die fehlenden Wörter.**

die Gans	*die Gänse*		*der Gänsebraten*
		das Bäumchen	
			das Astloch
das Blatt			

5 **Suche zu diesen Wörtern ein verwandtes Wort der vorgegebenen Wortart, das mit a oder au geschrieben wird.**

Fläche (Adjektiv) → *flach* ______ schädlich (Nomen) → ______ Händler (Verb) → ______

häuslich (Verb) → ______ schäumen (Nomen) → ______ stärken (Adjektiv) → ______

6 **In diesen Schüttelwörtern sind Wörter mit ä oder äu versteckt, die keinen Verwandten mit a oder au haben.**
Schreibe die Wörter auf und unterstreiche das ä oder das äu.
Beachte die Großschreibung, wo nötig.
Tipp: Das erste Wort hilft dir, alle weiteren Schüttelwörter zu knacken.

tsräwkcür ______ räb ______ rednäleg ______ mräl ______

negäs ______ esäk ______ nehcsuät ______ täps ______

nenhäg ______ zräm ______ refäk ______ enärt ______

Tipp 4: Wörter verlängern

Methode **Verlängerungsprobe (1): p oder b? t oder d? k oder g?**

Beim Sprechen klingen am Wortende **b** und **p** fast gleich: *lie* ? . Ebenso ist es mit **d** und **t** (*Hel* ?) und mit **g** und **k** (*Ber* ?).
Erst wenn du die Wörter verlängerst, hörst du, welchen Buchstaben du schreiben musst (Verlängerungsprobe). So kannst du Wörter verlängern:

- Bilde bei Nomen den Plural, z. B.: *der Hel* ? *– die Helden → der Held.*
- Steigere Adjektive, z. B.: *lie* ? *– lieber → lieb,* oder beuge sie mit einem Nomen, z. B.: *die liebe Oma.*
- Bilde bei Verben den Infinitiv oder die Wir-Form, z. B.: *grä* ? *t – (wir) graben → gräbt.*

1 a **Finde zu jedem Bild das passende Wort. Schreibe es im Plural auf.**
b **Unterstreiche, bei welchem Buchstaben dir das Verlängern im Plural hilft, das Wort richtig zu schreiben.**

 die Bänder

 ____________

 ____________

 ____________

 ____________

 ____________

 ____________

 ____________

 ____________

 ____________

 ____________

 ____________

2 **t/d, k/g oder p/b? Suche Steigerungsformen von Adjektiven:**
Ergänze in diesen Steigerungstreppen zuerst die Mitte und dann die anderen Stufen.

k	l	u					
k	l	ü		e	r		
k	l	ü		s	t	e	n

b	u	n						
b								
b								

w	i	l		e	r			

g	r	ö		s	t	e	n

f	l	i	n					

k	a	l						

3 **Schreibe für folgende Adjektive Steigerungstreppen in dein Heft und markiere b/p, d/t, g/k:**

al ? sanf ? schlan ? brei ? jun ? frem ?

4 **Ergänze bei den Verben auf der linken Seite den fehlenden Buchstaben mit Hilfe der Verlängerungsprobe: Setze dazu in jedem Satz Subjekt und Prädikat in den Plural.**

Ein Auto bie___t um die Ecke. — Zwei Autos biegen ________.

Es häl___ und hu___t. — Sie ________.

Eine alte Dame hin___t herbei und stei___t ein. — Zwei ________.

Methode **Verlängerungsprobe (2): Zerlegen und Verlängern**

Manchmal muss man ein Wort erst zerlegen (► S. 78), bevor man es an der fraglichen Stelle verlängern kann, z. B.: *Sau ? napf* → *Sau ? |napf* → *sau**g**en* → *Sau**g**napf.*

5 **Finde den fehlenden Buchstaben durch Zerlegen und Verlängern.
Notiere den Lösungsweg wie beim Beispiel im Merkkasten.**

Kor ? sessel ______________________________

Schwieri ? keiten ______________________________

Strei ? fall ______________________________

Tausen ? füßler ______________________________

Köni ? reich ______________________________

Gesun ? heit ______________________________

Ban ? angestellter ______________________________

Methode **Verlängerungsprobe (3): s oder ß?**

Nach einem langen Vokal oder einem Doppelvokal (Diphthong) kann am Wortende ein stimmloses („scharfes") **s** entweder als **s** (z. B.: *Gras, Maus*) oder als **ß** (z. B.: *Fuß, Fleiß*) geschrieben werden.
Ob **s** oder **ß** richtig ist, hörst du bei der Verlängerungsprobe:

- Klingt der **s-Laut stimmhaft,** schreibst du **s,** z. B.: *das Gra ?* → *die Gräser, die Mau ?* → *die Mäuse.*
- Bleibt der **s-Laut stimmlos,** schreibst du **ß,** z. B.: *der Fu ?* → *die Füße, hei ?* → *heißer.*

6 **a Sortiere diese Wörter zu drei Wortfamilien: Schreibe in jede leere Kiste eine Wortfamilie.**
b Unterstreiche in jeder Wortfamilie die Wörter, die dir bei der Schreibung des s-Lautes helfen.

versü___en fel___ig Ei___ Sü___igkeit sü___ Fel___brocken ei___ig

Fel___en Fel___ verei___en Ei___schicht Sü___stoff

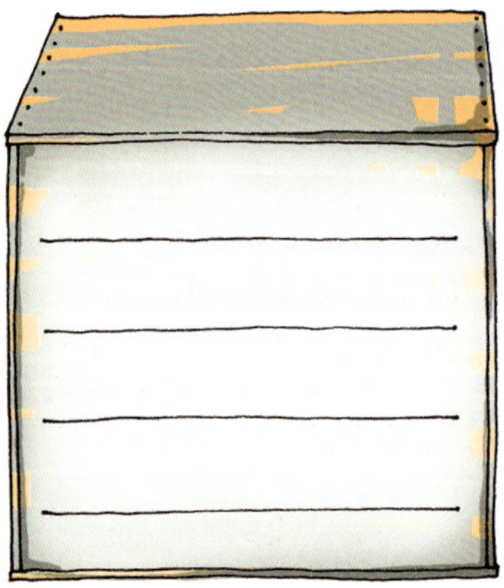

Tipp 5: Im Wörterbuch nachschlagen

Methode **Mit dem Wörterbuch arbeiten**

- In einem Wörterbuch sind die Buchstaben **nach dem Alphabet sortiert.**
  Wenn der erste, zweite ... Buchstabe gleich sind, wird die Reihenfolge nach dem zweiten, dritten ... Buchstaben entschieden, z. B.: *Bibel – Blumenkohl – Bote; Befehl – Bein; Beere – Beet.*
- Die Wörter sind im Wörterbuch in ihrer **Grundform** verzeichnet, also z. B.
  – Verben im Infinitiv, z. B.: *er fraß → fressen,*
  – Nomen im Nominativ Singular, z. B.: *die Hühner → Huhn.*

Tipp: Wenn ein Wort unter der vermuteten Schreibweise nicht zu finden ist, solltest du eine andere Schreibweise suchen und darunter nachschlagen, z. B.: *Yogurt? → Jogurt.*

1 **Die folgenden Wörter sind in einer Geheimschrift verschlüsselt.**
Um die ersten beiden Wörter lesen zu können, musst du im Alphabet immer drei Buchstaben weitergehen.
Beginne nach Z wieder mit A.

MXMOFHXZEFMP: ____________________ GLDROQBFP: ____________________

2 **Ordne die folgenden Wörter nach ihrer alphabetischen Reihenfolge, indem du sie nummerierst.**

☐ Knoblauch	☐ Kürbis	☐ Kohlrabi	☐ Kaviar
☐ Kiwi	☐ Kabeljau	☐ Kirsche	☐ Kartoffel
☐ Kichererbse	☐ Karpfen	☐ Kohl	☐ Kaffee

3 **a** **In dem folgenden Auszug aus einem Wörterbuch sind einige Stellen markiert. Schreibe auf, welche Informationen die unterlegten Flächen geben.**

1 ____________________
____
2 ____________________
4 ____________________
5 ____________________
____
7 ____________________
____

Ka|ra|mel|le, die; -, -n, *meist Plur.* (Bonbon mit Zusatz aus Milch[produkten])
ka|ra|mel|li|sie|ren (Zucker[lösungen] trocken erhitzen; Karamell zusetzen); **Ka|ra|mell|pud|ding**
Ka|ra|o|ke, das; -[s] <jap.> (Veranstaltung, bei der Laien zur Instrumentalmusik eines Schlagers den Text singen)
Ka|ra|see, die; - <nach dem Fluss Kara> (Teil des Nordpolarmeeres)
Ka|rat, das; -[e]s, -e <griech.> (Gewichtseinheit von Edelsteinen; Maß der Feinheit einer Goldlegierung); 24 Karat
Ka|ra|te, das; -[s] <jap.> (eine sportliche Methode der waffenlosen Selbstverteidigung); **Ka|ra|te|ka,** der; -[s], -[s] u. die; -, -[s] (jmd., der Karate betreibt);
Ka|ra|te|kämp|fer; Ka|ra|te|kämp|fe|rin

____
____
3 ____________________
____
6 ____________________
____
____
8 ____________________

●●● **b** **Ergänze in einer anderen Farbe, welche weiteren Informationen du in dem Wörterbuchauszug findest.**

Teste dich!

Tipps zum Rechtschreiben

1 Kreuze an: Welche Probe hilft dir, an den markierten Stellen die richtige Schreibung zu finden? (7 Punkte)

	Rundfunk	schäumend	Augenlid	gräbt	dauernd	Päuschen
Verlängerungsprobe	☐	☐	☐	☐	☐	☐
Ableitungsprobe	☐	☐	☐	☐	☐	☐

2 a Entscheide für jede Aussage, ob sie richtig oder falsch ist. Kreuze an. (5 Punkte)

		richtig	falsch
A	Beim Verlängern kann aus einem stimmlosen **s** ein stimmhaftes **s** werden.	☐	☐
B	Ein Nomen kann man gut verlängern, indem man den Plural bildet.	☐	☐
C	Dieselbe Vorsilbe wird immer mit demselben Anfangsbuchstaben geschrieben.	☐	☐
D	Für viele Wörter mit **ä** und **äu** gibt es eine Ableitungsmöglichkeit.	☐	☐
E	Das Zerlegen von Wörtern dient ausschließlich der richtigen Silbentrennung.	☐	☐

b Ordne die folgenden Beispiele den Aussagen aus Aufgabe 2 a zu. (5 Punkte)

		gehört zu Aussage
1	Wald → Wälder	☐
2	Rächer, belämmert, einbläuen	☐
3	Kleid → Kleider, Fuß → Füße	☐
4	Schmaus → schmausen, Gras → Gräser	☐
5	verbieten, Verkauf, verloren, verstehen, Verneinung	☐

3 Zerlege diese Wörter. Markiere die Stellen, an denen eine Verlängerungsprobe hilfreich ist. (8 Punkte)

Rundwegweiser ____________________ Nachtblindflug ____________________

Flugzeugträger ____________________ Halbzeitpause ____________________

Windhundrennen ____________________ Handstaubsauger ____________________

Heißluftballon ____________________ Bußgeldbescheid ____________________

Vergleiche deine Ergebnisse mit dem Lösungsheft. Für jede richtige Antwort bekommst du einen Punkt.

☺ 25–19 Punkte	😐 18–12 Punkte	☹ 11–0 Punkte
Gut gemacht!	Gar nicht schlecht, aber lies dir die Merkkästen auf den Seiten 76 bis 83 noch einmal genau durch.	Arbeite die Seiten 76 bis 83 noch einmal genau durch.

Üben macht sicher – Regeln zum Rechtschreiben

Kurze Vokale

Information Kurze Vokale – Doppelte Konsonanten

Nach einem betonten kurzen Vokal (Selbstlaut) folgen fast immer **zwei** oder mehr **Konsonanten.** Beim deutlichen Sprechen kannst du sie meist gut unterscheiden, z. B.: *Topf, rund, lernen.* Hörst du nur einen Konsonanten, wird er meistens **verdoppelt,** z. B.: *wenn, Wette, klappern.*

1 a **Lies das Gedicht. Setze in den Versen 1 bis 15 unter alle kurzen betonten Vokale einen Punkt.**

Martin Auer

Zufall

Wenn statt mir jemand anderer
Auf die Welt gekommen wär'.
Vielleicht meine Schwester
oder mein Bruder
oder irgendein fremdes blödes Luder –
wie wär' die Welt dann,
ohne mich?
Und wo wäre denn dann ich?
Und würd' mich irgendwer vermissen?
Es tät' ja keiner von mir wissen.
Statt mir wäre hier ein ganz anderes Kind,
würde bei meinen Eltern leben
und hätte mein ganzes Spielzeug im Spind.
Ja, sie hätten ihm sogar
meinen Namen gegeben!

b **Trage alle passenden Wörter aus dem Gedicht in die folgende Übersicht ein.**

c **Setze bei jedem Wort in der Übersicht einen Punkt unter den betonten kurzen Vokal. Markiere die Konsonanten, die ihm folgen.**

Wörter mit zwei oder mehr verschiedenen Konsonanten nach dem betonten kurzen Vokal

anderer

Wörter mit verdoppeltem Konsonanten nach dem betonten kurzen Vokal

wenn

2 a Forme um: Wie wird aus dem oberen Nomen im Kasten das Nomen unten?
Suche den kürzesten Weg: Von Wort zu Wort darf nur ein Buchstabe verändert werden.
b Wähle zwei der Nomen aus und notiere dazu andere Wörter aus der Wortfamilie und zusammengesetzte Wörter. Markiere die Konsonanten, die auf den betonten kurzen Vokal folgen.

S	U	P	P	E
M	A	P	P	E

R	A	T	T	E
S	I	T	T	E

K	E	L	L	E
F	A	L	L	E

Süppchen, suppig, Suppentasse, Suppenkasper

3 ●●● Hier werden zusammengesetzte Nomen gesucht, in denen drei Konsonanten auf den betonten kurzen Vokal folgen.
a Trenne die Wörter in der Welle ab.

b Die hier gesuchten Wörter werden aus den oben abgetrennten Wörtern zusammengesetzt.

A das benötigen Taucher: S a u e r s t o f f f l a s c h e

B abgerissenes Stück Stoff: _ _ _ _ _ _ _ _ _ _ _

C anderes Wort für Bettlaken: _ _ _ _ _ _ _ _

D tanzt auf den Zehenspitzen: _ _ _ _ _ _ _ _ _ _ _ _ _ i n

E schließt eine Berechnung ab: _ _ _ _ _ _ _ _ _ _ _ _ _

F kleines, gestricktes Wolltuch: _ _ _ _ _ _ _ _ _ _

G „Eine , die ist lustig“: _ _ _ _ _ _ _ _ _ _ _

H Kraut mit Brennhaaren: _ _ _ _ _ _ _ _ _ _ _

4 **Finde Reimwörter zu den folgenden Wörtern mit tz oder ck. Die Anzahl der gesuchten Wörter ist in Klammern angegeben. Achte auf die Groß- und Kleinschreibung. Manchmal hilft dir auch die Imperativform eines Verbs weiter.**

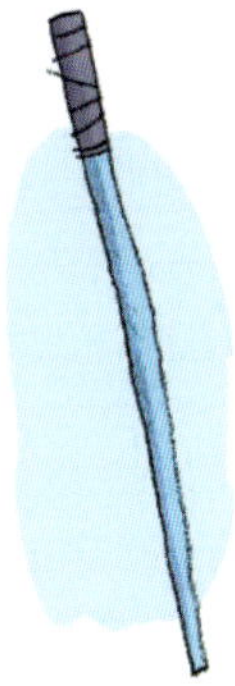

Stecken [8]

schlecken

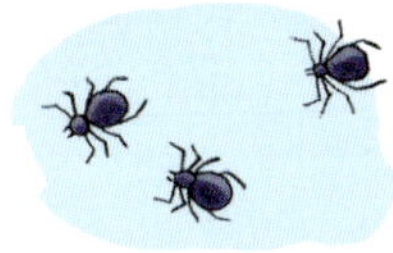

Sack [4]

Satz [5]

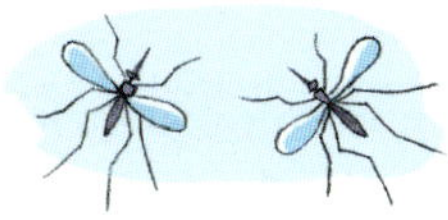

Zitze [5]

bestücken [4]

schmücken

5 **Fülle die Lücken. Entscheide dabei, ob die Konsonanten verdoppelt werden müssen bzw. ob tz oder ck richtig ist.**

Nächtlicher Streit zwischen Fußba___ und Computer

Ein Fußba___ me___ert aus der Wohnzi___ere___e: „Mir sti___kt die Langeweile. Keiner wi___ mehr Ba___ spielen. Das ist o___ensichtlich zu gefährlich geworden. Man ka___ sich beim Spielen schmu___ig machen, die Beine verle___en und ma___chmal schießt man Fensterscheiben kapu___.“ „Fa___ bloß nicht auf das Gerede der Kinder rein. Du hast wohl noch nicht begri___en, dass ich ihnen eine ganz andere We___t erö___nen ka___. Da ko___st du nicht mit. Oder ka___st du armes, zerkra___tes Ding etwa to___e Geräusche machen und spa___ende Spiele durch Verne___ung mit anderen Computern bieten?“

6 ●●● **Setze das Streitgespräch fort. Lege Fußball und Computer überzeugende Begründungen in den Mund. Schreibe in dein Heft. Umkreise in deiner Geschichte die betonten kurzen Vokale und markiere die Doppelkonsonanten dahinter.**

Lange Vokale

Information **Lange Vokale ohne und mit nachfolgendem h**

Auch wenn die Vokale **a, e, o, u** und die Umlaute **ä, ö, ü** lang gesprochen werden, schreibt man sie meistens nur mit einfachem Buchstaben, z. B.: *Frage, legen, mogeln, Schule, Käse, Lösung, Süden.*
Bei einer kleineren Gruppe von Wörtern aber folgt nach dem langen Vokal ein **h,** z. B. bei *Bahn, Mehl, nehmen, hohl, Sohle, Stuhl.*
Das **h** erscheint nach langem Vokal oft vor **l, m, n, r** und bleibt auch in den verwandten Wörtern erhalten, z. B.: *Wahl – wählen, Lehm – lehmig, Sohn – Söhne, Huhn – Hühner.*

1 **Hier fehlen die Reimwörter. Suche Reimwörter mit einem langen Vokal, der als einfacher Buchstabe geschrieben wird.**

Frage	Gruß	Mut	sagen
Plage	F		
S	R		

2 **Bilde mit den Buchstaben aus den Ballons Wörter, die den langen Vokal mit nachfolgendem h enthalten. Schreibe sie auf die Linien.**

1 2 3 4

Deutschbuch

Arbeitsheft

Gymnasium Baden-Württemberg

Lösungen **1**

Richtig lernen – Ordnung halten

Seite 3

1 1: am Fenster
2: neben dem Schreibtisch
3: Nachschlagewerke, Schulbücher und Arbeitshefte nach Fächern geordnet
4: Folgende Störfaktoren solltest du vermeiden:

2 Wichtig ist, dass der Schreibtisch vor dem Fenster steht und das Regal mit den Arbeitsmitteln neben dem Schreibtisch.

Seite 4

1 13:30 – 15:00 Uhr: Erholungspause
15:00 – 17:30 Uhr: ideale Hausaufgabenzeit

2 Beispiel:
13:00 – 13:30 Uhr: Mittagessen
13:30 – 14:00 Uhr: Mittagsschlaf
14:00 – 15:00 Uhr: Fußball spielen
15:00 – 17:00 Uhr: Hausaufgaben machen
17:00 – 18:00 Uhr: Fernsehen

3 kleine Erholungspause – Abendstunden – Schlafen – festen Zeiten

Seite 5

1 in Portionen einteilen – zum Weiterarbeiten – den leichtesten Aufgaben – wächst dein Selbstvertrauen – mit deinem Lieblingsfach

2 Portionen – leichtesten Aufgaben – Lieblingsfach

Seite 6

3 Zuordnung: 1 b), 2 c), 3 a), 4 f), 5 e), 6 d)

4 Beispiel:
1. Englisch: Vokabeln lernen
2. Deutsch: Erzählung schreiben
3. Geschichte: Daten auswendig lernen
4. Erdkunde: Hauptstädte aufschreiben
5. Mathe: S. 5, Aufgaben 3–6

5 Lege Pausen ein, um dich zu erholen. Vermeide anstrengende Tätigkeiten in den Pausen, um nicht zu ermüden.

Seite 7

1 1. Datum, Überschrift, 2. Lineal, 3. Seitenzahl, 4. Heftrand, 5. Absätze, 6. Stift, 7. Arbeitsblätter, 8. Tafelanschriebe, 9. Fehler

2 a) 2 b) 1 c) 4 d) 9 e) 9

Cornelsen

3 Datum
Die unordentliche Heftführung
Man braucht für das Nachlesen viel mehr Zeit. Viele Wörter kann man wegen schlechter Schrift nicht lesen. Außerdem erkennt man nicht, was inhaltlich zusammengehört. Unübersichtliche Hefteinträge erschweren das Lernen.

Ein Erlebnis spannend erzählen

Seite 8

1 Hauptfigur: Ich-Erzähler Paul, Nebenfigur: Mutter
Ort der Handlung: bei Paul zu Hause
Zeit der Handlung: Freitagabend bei Einbruch der Dämmerung

2 Das Wort „eigentlich" am Anfang dieser Erzählung weist darauf hin, dass etwas nicht so ablaufen wird, wie es normalerweise geschieht. Die Vorausdeutung erzeugt Spannung und Neugier auf das weitere Geschehen.

Seite 9

3 Mögliche sinnvolle Reihenfolge: F, G, J, H, E, D, C, A, B, I

Seite 10

4 Ich beobachtete den grauen Schatten, der die Autotür mit einem Werkzeug aufhebelte. Ich schob den Vorhang vorsichtig beiseite. „Wenn ich jetzt das Licht anmache, sieht er mich", dachte ich. Der Dieb zwängte sich durch die Autotür und griff nach dem nagelneuen Navigationsgerät, das an der Windschutzscheibe befestigt war. Mir stockte der Atem vor lauter Aufregung. Plötzlich drehte der Dieb sich in Richtung Fenster. Ich ließ den Vorhang los und duckte mich. Es folgte eine schreckliche Stille.

Seite 11

5 Beispiele:
laufen: rennen, spurten, sprinten, schnell gehen, rasen, die Beine in die Hand nehmen, hasten, hetzen
Angst haben: zitternde Knie, schwitzende Hände, Schweiß auf der Stirn, trockener Mund, Kloß im Hals, sich fürchten
schauen: sehen, beobachten, blicken, nicht aus den Augen lassen, gucken, betrachten, lugen

6 Beispiel:
Ich spurtete in die Garage und schnappte mein Fahrrad. Beim ersten Tritt in die Pedale spürte ich, wie meine Knie zitterten. Ich fuhr dem Dieb hinterher und beobachtete, wie er in die Hauptstraße einbog.

Seite 12

7 Beispiel:
War das ein aufregender Tag! Irgendwie war ich furchtbar stolz auf mich, als ich abends im Bett lag. Ich ließ den Tag noch einmal in Gedanken vorbeiziehen. Wer hätte gedacht, dass ich heute einen Dieb verfolgen würde. Manchmal kommt es eben ganz anders, als man sich das vorgestellt hatte. Am besten stelle ich mir für das Fußballspiel morgen nichts vor. Wer weiß, was sonst passieren würde.

8 Beispiel:

Ein Krimi vor der Haustür

Ich beobachtete den grauen Schatten, der die Autotür mit einem Werkzeug aufhebelte. Ich schob den Vorhang vorsichtig beiseite. „Wenn ich jetzt das Licht anmache, sieht er mich", dachte ich. Der Dieb zwängte sich durch die Autotür und griff nach dem nagelneuen Navigationsgerät, das an der Windschutzscheibe befestigt war. Mir stockte der Atem vor lauter Aufregung. Plötzlich drehte der Dieb sich in Richtung Fenster. Ich ließ den Vorhang los und duckte mich. Es folgte eine schreckliche Stille. Auf den Knien krabbelte ich zur Pinnwand, schnappte das Telefon und wählte die Handynummer meiner Eltern. Ich kauerte in einer Ecke und presste den Hörer ans Ohr. Dreimal klingelte es, es kam mir wie eine Ewigkeit vor, dann meldete sich die Mailbox. „Hallo, Mama", flüsterte ich, „bei uns ist ein Dieb am Auto." In der Hoffnung, dass sich Mama doch noch melden würde, wartete ich noch ein paar Sekunden. Niemand nahm ab. Ganz langsam erhob ich mich und schaute in Richtung Garage. Der Dieb war nicht mehr bei unserem Auto. Ich lief zum Fenster und sah, wie er auf ein Rennrad stieg. Als er losfuhr, spurtete ich in die Garage und schnappte mein Fahrrad. Beim ersten Tritt in die Pedale spürte ich, wie meine Knie zitterten. Ich fuhr dem Dieb hinterher und beobachtete, wie er in die Hauptstraße einbog. Als ich die Ecke erreichte, sah ich den Mann über die Kreuzung fahren. Ich trat noch stärker in die Pedale. „Wenn jetzt die Ampel auf Rot springt, ist er weg", dachte ich und ärgerte mich wahnsinnig. Die Ampel sprang auf Rot, doch ich raste weiter. Den Passanten, der die Fußgängerampel überquerte, hatte ich ganz übersehen. Ich wich ihm gerade noch aus, stürzte dadurch aber und fiel in ein Gebüsch. Der Fußgänger blickte mich vorwurfsvoll an. Ich sah seine grüne Uniform und war sehr erleichtert. „Da vorne fährt ein Dieb!", schrie ich dem Polizisten zu, „schnell, Sie müssen ihn verfolgen." „Du machst wohl Scherze", sagte der Polizist. Ich keuchte so stark, dass ich nicht antworten konnte. Das schien den Polizisten zu überzeugen. „Komm, steig ein", sagte er. Sein Auto parkte gleich neben dem Fußgängerüberweg. Mit Blaulicht nahmen wir die Verfolgung auf. Langsam merkte ich, wie sich mein Atem beruhigte. Aber mein Puls raste immer noch und es wurde auch nicht besser, als der Polizist den Dieb überholte. Er fuhr so rasant, als habe er schon lange auf die Gelegenheit für eine Verfolgungsjagd gewartet. Am Ende der Straße hatte er den Dieb an den Straßenrand gedrängt. Bei der Festnahme durch herbeigerufene Kollegen fand die Polizei im Rucksack des Diebes neun weitere Navis. „Na, da ist dir ja ein Fang gelungen", sagte der Polizist und klopfte mir auf die Schulter, als hätte ich eben die Aufnahmeprüfung für die Polizeischule bestanden.

9 ●●● a + b Beispiel:

Ich radle, so schnell ich kann. Die schwergängigen Pedale quietschen. „Dort vorne, an der Ampel, ist das nicht der Dieb?" Ich sehe, wie er gerade über die Kreuzung rast. Die Ampel springt auf Rot. Ich sprinte trotzdem noch hinterher. Plötzlich sehe ich aus dem Augenwinkel einen Mann auf dem Fußgängerüberweg. Sofort bremse ich scharf. Trotzdem streift mein Rad den Fußgänger und eine Sekunde später krache ich in einen Busch neben der Ampel. „Na, na, Freundchen!", ruft der Mann. Ich erkenne die grüne Uniformjacke. „Ein Polizist", denke ich und spüre, wie ich sofort erleichtert durchatme. „Da vorne!", schreie ich und zeige auf das Fahrrad an der nächsten Straßenecke. „Das ist ein Dieb!" „Du willst wohl ablenken?", sagt der Polizist. „Nein, wirklich, ein Dieb!", keuche ich. Der Polizist steigt in seinen Dienstwagen und macht ein Zeichen mit der Hand, dass ich auch einsteigen soll. „Super", denke ich, „eine Verfolgungsjagd." Wir rasen ganz schnell die Straße entlang und biegen quietschend in die Nebenstraße ein. Ich fühle mich wie James Bond. An der nächsten Kreuzung haben wir den Dieb eingeholt.

Nach Bildern erzählen

Seite 13

1 Einleitung B passt zur Aufgabenstellung von Aufgabe 1.

2 Beispiel: am letzten Sonntag beim Spielen im Baumhaus schmutzig gemacht – wollten Mutter Freude machen – wollten Jeans und einige andere Sachen selber waschen

Seite 14

3 Beispiel:

Bild 2: Ben steckt Jeans in Waschmaschine, Sophie füllt Waschpulver ein – davor: Ben und Sophie gehen vom Spielplatz nach Hause, ziehen Jeans aus – danach: Ben will Trommel schließen

Bild 3: große Spinne krabbelt aus Trommel auf Ben zu – danach: Ben springt zurück, schreit, Sophie bleibt ruhig, guckt sich nach Behälter um

Bild 4: Ben steht ängstlich auf Stuhl, Sophie lässt Spinne in Eimer krabbeln – danach: sie beraten, was zu tun ist, rufen Polizei an, die holt Spinne ab, bringt sie in Zoo

4 a Diese Sätze solltest du eingekreist haben: Ich war starr vor Schreck. Mein Herz schlug bis zum Hals. Ich dachte, mein Herz bleibt stehen. Ich war zur Salzsäule erstarrt. Ich wünschte mich ans andere Ende der Welt!

b Beispiel:

Während das ekelige Tier mir entgegenkrabbelte, jagte eine Schreckensfantasie nach der anderen durch meinen Kopf ... Was, wenn mich dieses Ungetüm anspringen würde und sich direkt auf meine Nase setzte? Ich war starr vor Schreck. In Sekundenschnelle würde ich mit klebrigen Fäden überzogen sein und nie mehr aus diesem Netz herauskommen ... gefangen für immer – leichte Beute. Aber da ... ich dachte, mein Herz bleibt stehen – kamen da nicht noch mehr Spinnen hinterher? ... immer mehr ... Hunderte ... Ich konnte nur noch schreien und schreien.

Seite 15

5 Das könnte Sophie zu Ben sagen:
„Alles wird gut, keine Sorge", beruhigte mich Sophie. „Das haben wir gleich", fügte sie ermunternd hinzu.
„Die Spinne hat wahrscheinlich viel mehr Angst vor dir als du vor ihr", tröstete sie mich.

6 a Am nächsten Tag ~~titelt~~/titelte die Zeitung: „Vogelspinne guckt dumm aus der Wäsche!"
Gut, dass sie nicht ~~berichtet~~/berichtete, wie dumm ich erst ~~dreinblicke~~/dreinblickte.
Aber etwas Gutes ~~gibt~~/gab es – ich ~~lerne~~/lernte viel über Vogelspinnen!

7 Beispiel: Entwurf des Schlussteils passend zum Zeitungstext auf S. 13
- riefen Polizei an
- halbe Stunde später zwei Polizisten und Herr vom Tierschutzverein vor der Tür
- nahmen Spinne mit
- am nächsten Morgen Blick in die Zeitung
- Meldung über uns und die Spinne
- gehen morgen in den Zoo, sehen uns das neue Reptilien- und Spinnenhaus an

Beispiel: Schlussteil zum Bild auf S. 15:
- Wohin mit dem Tier? Polizei? Feuerwehr? Tierschutzverein?
- Idee: Tierhandlung in der Uferstraße
- Händler erkennt Spinne wieder
- hat sie Kunden verkauft
- behält sie, will sie Besitzer zurückgeben

8 Mögliche eigene Überschrift: Unverhoffte Begegnung im Waschkeller

9 Mögliche Ausgestaltung einer vollständigen Erzählung zu den Bildern auf S. 13:

Freitag, der 13.! Pfui Spinne!

Letzten Freitag, es war der 13., spielte ich mit Sophie auf dem Bolzplatz Fußball. Der Boden war regennass, wir rutschten ständig aus, aber das Spiel war klasse! Als wir nach Hause kamen, waren unsere Jeans schwarz vor Dreck. Das gibt oft Ärger mit den Eltern, darum schlug ich vor, die Sachen schnell in die Waschmaschine zu stecken.
Sophie und ich gingen in den Keller, wo die Waschmaschine steht, und zogen unsere Hosen aus. Während Sophie das Waschpulver in den Behälter füllte, stopfte ich die Jeans in die Trommel. Als ich sie gerade schließen wollte, kam mir plötzlich etwas Ekelhaftes entgegen. Ich sah unzählige behaarte Beine und einen furchtbar haarigen Körper. Eine riesenhafte Vogelspinne! Während das ekelige Tier mir entgegenkrabbelte, jagte eine Schreckensfantasie nach der anderen durch meinen Kopf ... Was, wenn mich dieses Ungetüm ansprang und sich direkt auf meine Nase setzte? Ich war starr vor Schreck. In Sekundenschnelle würde ich mit klebrigen Fäden überzogen sein und nie mehr aus diesem Netz herauskommen ... gefangen für immer – leichte Beute. Aber da ... ich dachte, mein Herz bleibt stehen – kamen da nicht noch mehr Spinnen hinterher? ... immer mehr ... Hunderte ... Ich konnte nur noch schreien und schreien. Ich sprang zurück und auf den nächsten Stuhl.
Zum Glück behielt Sophie die Nerven. „Alles wird gut, keine Sorge", beruhigte sie mich. Sie blickte sich suchend um und nahm schnell einen Eimer aus dem Regal. „Das haben wir gleich", fügte sie ermunternd hinzu. „Die Spinne hat wahrscheinlich viel mehr Angst vor dir als du vor ihr", tröstete sie mich. Sie wusste genau, dass ich Spinnen einfach furchtbar fand. Nun hielt sie den Eimer vor die Spinne. Mit einer Pappe half sie etwas nach, sodass das Tier in den Eimer hineinkroch. Obwohl das nur ein paar Sekunden dauerte, kam es mir vor wie eine Ewigkeit. Dann schloss Sophie den Eimer mit der Pappe und die Vogelspinne war gefangen.
„Danke!", keuchte ich erleichtert und stieg noch etwas zittrig vom Stuhl.
Die Spinne saß nun sicher im Eimer, und wir überlegten, was wir tun sollten. Wohin mit dem Tier? Sollten wir die Polizei anrufen, die Feuerwehr oder den Tierschutzverein? Als die Spinne sicher im Eimer saß, riefen wir die Polizei an. Wir hatten ja keine Ahnung, was wir mit dem Tier anstellen sollten. Eine halbe Stunde später standen zwei Polizisten und ein Herr vom Tierschutzverein vor der Tür. Der Mann vom Tierschutzverein nahm den Eimer entgegen, spähte ganz kurz hinein und sagte: „Das ist ja ein Prachtexemplar von Vogelspinne! Für die finden wir bestimmt ein tolles Plätzchen." Ich war einfach nur froh, dass er dieses Prachtexemplar mitnahm.
Als wir am nächsten Morgen einen Blick in die Zeitung warfen, konnte ich es kaum glauben – da stand eine Meldung über uns und die Spinne! Ich war richtig stolz auf Sophie. Und ich schämte mich natürlich ein bisschen, weil ich in Panik geraten war. Da zwinkerte Sophie mir zu und antwortete: „Ich würde gern in den Zoo gehen und mir das neue Reptilien- und Spinnenhaus ansehen."

10 a Mögliche Ausgestaltung der Erzählung aus Sophies Sicht:

Freitag, der 13.! Pfui Spinne!

Letzten Freitag, es war der 13., spielte Sophie mit Ben auf dem Bolzplatz Fußball. Der Boden war regennass, die beiden rutschten ständig aus, aber das Spiel war klasse! Als sie nach Hause kamen, waren ihre Jeans schwarz vor Dreck. Das gab oft Ärger mit den Eltern, darum schlug Sophie vor, die Sachen schnell in die Waschmaschine zu stecken.
Sie ging mit Ben in den Keller, wo die Waschmaschine stand, und sie zogen ihre Hosen aus. Während Sophie das Waschpulver in den Behälter füllte, stopfte ihr Bruder die Jeans in die Trommel. Plötzlich stieß er einen Schrei aus. Mit einem Satz sprang er auf einen Stuhl. Jetzt konnte auch Sophie sehen, was ihn so erschreckt hatte. Eine Vogelspinne krabbelte langsam aus der Waschtrommel. „Alles wird gut, keine Sorge", beruhigte Sophie Ben erst einmal, obwohl ihr selbst auch mulmig zumute war. Dann blickte Sophie sich suchend um. Aus einem Regal nahm sie schnell einen Eimer. „Das haben wir gleich", fügte sie ermunternd hinzu und versuchte, sich von der Angst ihres Bruders nicht anstecken zu lassen. „Die Spinne hat wahrscheinlich viel mehr Angst vor dir als du vor ihr", tröstete sie Ben. Sophie hielt den Eimer vor die Spinne. Mit einer Pappe half sie etwas nach, sodass das Tier hineinkroch. Obwohl das nur ein paar Sekunden dauerte, wurde Ben immer unruhiger. Sophie legte die Pappe darüber und die Vogelspinne war gefangen. „Danke!", keuchte Ben erleichtert und stieg noch etwas zittrig vom Stuhl. Auch Sophie war erleichtert, ließ sich das aber nicht anmerken.
Die Spinne saß nun sicher im Eimer, und beide überlegten, was sie tun sollten. Wohin mit dem Tier? Sollten sie die Polizei anrufen, die Feuerwehr oder den Tierschutzverein? Offenbar beruhigte sich Ben langsam und konnte wieder klare Gedanken fassen, denn er hatte eine gute Idee. „In der Uferstraße ist doch diese Tierhandlung. Ich habe mal durch das Schaufenster geguckt – die verkaufen nicht nur Vögel und Kaninchen, sondern auch außergewöhnliche Tiere wie Echsen und Schlangen. Lass uns hingehen und fragen, ob sie uns helfen können."
Zwanzig Minuten später standen beide in der Tierhandlung und erklärten dem Verkäufer, was geschehen war. Er nahm den Eimer entgegen, lüpfte kurz den Deckel und warf einen Blick auf die Spinne. Sofort begannen seine Augen zu leuchten. „Das ist ja Tarantella, unsere Vogelspinne!", rief er ganz aus dem Häuschen. Sophie schaute Ben fragend an. „Ich hatte sie vor zwei Wochen einem guten Kunden verkauft", fuhr der Verkäufer fort, „aber der rief mich letzte Woche an und erzählte völlig aufgelöst, Tarantella sei aus ihrem Terrarium verschwunden. Einfach weg. Er konnte sie nirgendwo finden."
„Wo wohnt denn dieser Kunde?", wollte Ben wissen.
„In der Friedrichstraße", antwortete der Verkäufer. Da war Sophie alles klar, denn sie wohnten gleich um die Ecke. Tarantella war also ausgebüxt und hatte sich ein nettes, gut riechendes Plätzchen in ihrem Keller gesucht.
„Ihr Kunde wird sich bestimmt sehr freuen, wenn er erfährt, dass Tarantella wieder aufgetaucht ist", sagte Ben. Da warf Sophie ein: „Aber wenn sie noch einmal abhaut und wieder zu uns kommt, behalten wir sie, nicht wahr, Ben?" Sie grinste Ben an, und nach einer Schrecksekunde begann ihr Bruder zu lachen.

b Mögliche Ausgestaltung der Erzählung aus der Sicht der Spinne:

Vor ein paar Tagen hatte mich der Verkäufer meiner Tierhandlung an einen Spinnenfreund verkauft. Allerdings gefiel es mir in meinem neuen Zuhause gar nicht. So schlüpfte ich bei der nächsten Gelegenheit unbemerkt aus dem Terrarium und suchte mir eine gemütlichere Behausung, gleich um die Ecke. In einem Kellerraum fand ich eine wunderbar dunkle Höhle, die geradezu einladend offen stand. Hier machte ich es mir bequem, bis ich plötzlich von Stimmen aufgeschreckt wurde. Ein Kind hätte mich in meiner Höhle fast erdrückt. Ich war starr vor Angst. Dann hielt mir das andere Kind einen Eimer hin und ich krabbelte widerwillig hinein. Schon war ein Deckel drauf und ich im Dunkel gefangen. Die Kinder berieten offenbar, was sie nun mit mir machen sollten. Und als der Deckel das nächste Mal geöffnet wurde, blickte ich ins strahlende Gesicht des Verkäufers aus der Tierhandlung.

Ein Märchen fortsetzen

Seite 17

1 a Der zweite und der fünfte Satz sind korrekt.
b Verbesserung der Sätze 1, 3 und 4:
1. Jorinde weint, weil sie und Joringel sich im Wald verlaufen haben und sie den Rückweg nicht mehr finden.
3. Die Zauberin verwandelt alle Jungfrauen, die sich dem Schloss bis auf hundert Schritte nähern, in Vögel.
4. Joringel weiß, dass das Schloss gefährlich ist, und warnt Jorinde davor, sich dem Schloss zu nähern.

2 Eine böse Zauberin verwandelt Jorinde in eine Nachtigall und Joringel muss nun einen Weg finden, sie zu befreien.

3 a Beispiele: der Tisch aus „Tischlein deck dich" oder der Knüppel aus dem Sack, die tanzenden Schuhe, Aladins Wunderlampe, die Siebenmeilenstiefel b Beispiele: ein Ring, der drei Wünsche erfüllt; eine Halskette, die vor der Zauberkraft der Hexe schützt; ein Beutel mit Kräutern, mit denen die Hexe in Schlaf versetzt werden kann; eine magische Kappe, die unsichtbar macht; ein Wanderstab, der alle Türen öffnet

Seite 18

4 Beispiel: Ein Hirsch kommt und zieht mit seinen Zähnen an einem Fuß von Joringel, sodass dieser außerhalb des magischen 100-Schritte-Kreises steht.

5 Beispiel: Joringel muss der Hexe ihren Zauberhut stehlen, den sie nie abnimmt.

6 Beispiel:

1. Joringel wird durch einen Hirsch befreit. Der Hirsch führt ihn zu einem Adler, der ihm einen magische Halskette gibt.
2. Mit Hilfe der Halskette kann sich Joringel dem Schloss nähern, ohne zu erstarren. Er schleicht sich durch die Küche von hinten in das Schloss und verkleidet sich als Koch.
3. Joringel hat dem Adler versprochen, der Hexe den Zauberhut zu entwenden und ihn im See neben dem Schloss zu versenken. Während die Hexe Joringels Essen isst, singt er langsame Lieder von tiefen Meeren und schönen Inseln, bis die Hexe einschläft. Er nimmt ihren Zauberhut und setzt ihr einen Putzlumpen auf. Die Hexe erwacht und Joringel und die Hexe kämpfen. Da sie aber ihren Zauberhut nicht mehr aufhat, kann sie ihre Zauberkräfte nicht einsetzen. Jorindes Erstarrung ist durch den Raub des Zauberhuts gelöst. Sie kommt in den Saal des Schlosses und sieht Joringel kämpfen. Sie stülpt der Hexe einen Kartoffelsack über und beide sperren die Hexe in das Schlossverlies. Den Hut versenken sie im See.
4. Joringel geht zu dem Adler zurück, aber er findet einen Prinzen. Der Adler war ein verwunschener Prinz und der Hirsch sein Knappe. Als Belohnung für die Befreiung erhalten Jorinde und Joringel einen Sack voll Gold als Hochzeitsgeschenk.

7 Beispiel:

Als Joringel so reglos stand, musste er mit ansehen, wie sich die Nachteule in die Hexe verwandelte, böse lachte und Jorinde als Nachtigall mit sich nahm. „Ich muss sie retten", dachte Joringel verzweifelt, „sonst werde ich im Leben nicht mehr glücklich." Und wie er so vollkommen starr zwischen den Bäumen stand, kam plötzlich ein Hirsch aus dem Buschwerk hervor. Der packte mit seinem Maul Joringels rechtes Bein und zog ihn aus dem Bannkreis, sodass er weiter als hundert Schritte vom Schloss entfernt auf dem Boden stand. Augenblicklich konnte Joringel sich wieder regen. „Ich danke dir, Hirsch", sagte er. Der Hirsch deutete mit dem Kopf zu einer Lichtung hinüber, und Joringel verstand, dass er ihm folgen sollte. Auf der Lichtung, die im Mondenschein bläulich schimmerte, führte der Hirsch Joringel zu einem Baumstumpf. Darauf saß ein stolzer Adler, der Joringel ernst anblickte. „Joringel", sprach der Adler. „Du kennst meinen Namen?" „Ich habe euch beobachtet", sprach der Adler, „um Jorinde zu befreien, musst du den Zauberhut der Hexe im Teich neben dem Schloss versenken." „Warum kannst du das nicht machen?", fragte Joringel, der fürchtete, wieder zu Stein zu erstarren. „Nur ein Liebender kann den Zauber brechen", sagte der Adler und holte mit seinem Schnabel eine Halskette aus dem Baumstamm. „Nimm diese Kette", sagte er, „sie wird dich vor dem Bann der Hexe schützen." So legte Joringel die Kette um und näherte sich dem Schloss. Tatsächlich gelang es ihm, bis zum Schloss zu laufen. Vorsichtig schlich er um das prachtvolle Gebäude herum. Hinten bei der Küche war eine Tür einen Spalt weit offen und Joringel trat lautlos ein. Auf dem Tisch fand er eine Schürze, die er sich umband, und er begann zu kochen. Bald schon rief die Hexe nach dem Essen und Joringel, als Koch verkleidet, brachte es ihr. Während die Hexe aß, begann Joringel langsame und einschläfernde Lieder von tiefen Meeren und schönen Inseln zu singen. Satt und müde von dem reichlichen Essen schlief die Hexe alsbald ein. Joringel näherte sich vorsichtig, nahm der Hexe ihren spitzen Zauberhut ab und legte an seiner Stelle einen Putzlumpen auf ihren Kopf. Da die Zauberin aber noch nicht tief schlief, wachte sie auf und erkannte Joringel. „Du bist es, du hast dich heimlich hier eingeschlichen." Mit ihrem Zauberstab versuchte sie, Joringel zu bannen. Doch da sie keinen Zauberhut mehr trug, vermochte der Zauber nicht zu wirken. Sie griff nach ihrem Besen und versuchte mit dem Besenstiel, Joringel niederzuschlagen. Doch Joringel wich immer wieder geschickt aus, konnte sich aber der Hexe nicht nähern, um sie zu besiegen.

Da kam Jorinde durch die Türe in den Saal des Schlosses. Sie war durch den Diebstahl des Hutes von ihrem Zauber befreit worden. Als sie die Hexe und Joringel kämpfen sah, griff sie einen Kartoffelsack, der neben der Küchentüre lag, und stülpte ihn von hinten über die verblüffte Hexe.

Gemeinsam trugen Jorinde und Joringel die Hexe in das Schlossverlies und ketteten sie dort an die Wand. Dann nahmen sie den Zauberhut und versenkten ihn, mit Steinen beschwert, im See neben dem Schloss. Joringel nahm überglücklich seine Jorinde bei der Hand und führte sie vom Schloss hinweg zur Lichtung. Doch wie erstaunt war Joringel, als er neben dem Baumstamm nicht den Adler und den Hirschen fand, sondern einen Prinzen mit seinem Knappen. „Hab Dank", sagte der Prinz, „du hast uns von unserem Zauber befreit. Nimm diesen Sack voller Goldstücke als unser Hochzeitsgeschenk." So konnten der Prinz und sein Knappe wieder in ihr Schloss einziehen und Jorinde und Joringel heirateten im Schlosssaal und lebten von diesem Tag an glücklich zusammen. Und wenn sie nicht gestorben sind, dann leben sie noch heute.

8 Beispiel:

Joringel stand völlig reglos da. „Ich muss Jorinde retten", dachte er. Die Nachteule hatte sich vor seinen Augen in die Hexe verwandelt und Jorinde als Nachtigall mitgenommen. „Es ist meine Aufgabe, sie zu befreien", dachte er. Jedoch wusste er nicht, wie er das machen sollte. Da kam ein Eichhörnchen angelaufen. Es sah sich ängstlich um, dann sprach es zu Joringel: „Ich habe alles aus dem Busch dort hinten beobachtet und kann dir helfen. Dafür musst du aber meinen Mann retten. Er ist im Schloss gefangen und die Hexe will ihn heute zum Abendessen verspeisen. Du musst ihn befreien, und ich kann dir auch sagen, wie du sie besiegen kannst ..."

Einen Schwank nacherzählen

Seiten 20/21

1 Beispiele: Überschrift: Meerkatzen – eine Affengattung
Z. 3: Anhöhe – Hügel, kleiner Berg
Z. 9: schritt (von schreiten) – (mit großen Schritten) gehen
Z. 14: grollte (von grollen) – wütend sein, sich ärgern
Z. 16: wacker – tüchtig
Z. 16 f.: zupasskommen – gerade recht kommen, wie gerufen kommen
Z. 22: erlangen – bekommen
Z. 31: einfältig – dumm
Z. 38: buk – ältere (unregelmäßige) Vergangenheitsform von backen
Z. 43: Semmeln – regionaler Ausdruck für Brötchen
Z. 67: unterkommen – begegnen
Z. 71: mich deucht – mir scheint

2 Beispiel:
Z. 1 – 24:
Till ist auf Wanderschaft und will ein neues Handwerk ausprobieren. Ein Bäcker sucht einen Gesellen und stellt Till ein.
Z. 25 – 38:
Der Bäcker will, dass Till alleine die Arbeit macht. Till fragt, was er denn backen solle. Der Bäcker ärgert sich über diese dumme Frage und gibt als ironische Antwort: Eulen und Meerkatzen, die Till dann auch aus dem Teig formt.
Z. 39 – 63:
Als der Bäcker am nächsten Morgen die Eulen und Meerkatzen aus Teig sieht, wird er wütend, weil er keine Brötchen für seine Kunden hat. Er verlangt, dass Till den Teig bezahlt. Till tut dies, erhält dafür die Backwaren und geht aus dem Haus.
Z. 63 – 73:
Auf dem Marktplatz verkauft Till die Eulen und Meerkatzen an Kinder, die gerade von der Schule kommen. Die Kinder sind so begeistert, dass Till schnell alles verkauft hat. Somit hat er ein gutes Geschäft gemacht und zieht fröhlich weiter.

3 Die Lösungsbuchstaben lauten: 1) E 2) U 3) L 4) E 5) N Lösungswort: Eulen

Seite 21

4 a Beispiele:
Z. 7, 8: im Schimmer des letzten Abendrots – als die Sonne schon fast ganz untergegangen war
Z. 10: mit finsterer Miene – mit einem verärgerten Gesichtsausdruck
Z. 14, 15: [...] er grollte dem verschwundenen Gesellen. –
Er ärgerte sich über ... /Er war wütend auf den verschwundenen Lehrling.
Z. 16: ein wackerer Handwerker – ein tüchtiger Handwerker
Z. 16, 17: Der kommt mir gerade zupass. – Der kommt mir gerade recht/sehr gelegen.
Z. 19, 20: Da lachte dem Meister das Herz [...]. – Da freute sich der Meister sehr.
b Beispiele:
Z. 25, 26: Als er nun zwei Tage im Dienste des Bäckers gestanden hatte [...]. –
Als er nun zwei Tage für den Bäcker gearbeitet hatte [...].
Z. 27: die Arbeit allein verrichten – die Arbeit allein machen
Z. 33, 34: Was pflegt man denn zu backen? – Was backt man denn normalerweise?
Z. 48, 49: Da geriet der Bäcker in heftigste Wut. – Da wurde der Bäcker sehr wütend/zornig.
Z. 49, 50: Was Ihr mich geheißen habt [...]. – Was Ihr mir befohlen habt.
Z. 54: Narrenkram – unnützes Zeug
Z. 55: nimmt mir kein Kunde ab – kauft kein Kunde/kein Mensch
Z. 60: zum Gespött der Leute – Alle Leute lachen über mich.
Z. 66: ihr sollt's nicht bereuen – es wird euch gefallen
Z. 66, 67: ist euch noch nicht untergekommen – ist euch noch nicht begegnet
Z. 71: mich deucht – mir scheint

5 Beispiel:

Eulen und Meerkatzen

Eulenspiegel wanderte einmal wieder von einem Ort zum anderen und kam eines Abends an das Stadttor von Braunschweig. „Ich sollte mal wieder ein neues Handwerk ausprobieren“, sagte er sich, als er auf einen Bäcker mit einem verärgerten Gesichtsausdruck traf. Dem war sein Lehrling weggelaufen, und da er selbst nicht gerne arbeitete, suchte er raschen Ersatz. Als er Eulenspiegel sah, dachte er bei sich: „Er sieht wie ein tüchtiger Bursche aus.“ Und laut sagte er: „Was ist dein Beruf?“
„Ich bin Bäckergeselle“, behauptete Eulenspiegel verwegen und ging mit dem glücklichen Bäcker in seine Backstube.
Als er nun zwei Tage bei dem Bäcker gearbeitet hatte, sagte dieser: „Du bist nun so weit, alleine zu backen“, und wollte schon die Backstube verlassen. Da fragte Eulenspiegel: „Was soll ich denn backen?“ Der Bäcker ärgerte sich über die dumme Frage und antwortete: „Was backt man denn normalerweise? Eulen und Meerkatzen?“ Kopfschüttelnd ließ er Eulenspiegel allein zurück, der sofort damit begann, aus dem Teig Eulen und Meerkatzen zu formen und sie zu backen.
Als der Bäcker am nächsten Tag in die Backstube kam, lagen überall gebackene Eulen und Meerkatzen herum. „Wo sind die Brote und die Brötchen? Was hast du da gebacken?“, fragte er empört. „Ihr habt mir doch befohlen, Eulen und Meerkatzen zu backen“, antwortete Eulenspiegel. „Was soll ich mit dem komischen Zeug?“, erwiderte der Bäcker, „das kauft doch kein Kunde. Bezahle mir den Teig!“ Eulenspiegel sah ihn an und antwortete: „Dann sollen die Backwaren aber auch mir gehören.“ Er bezahlte, packte seine Eulen und Meerkatzen ein und verließ die Backstube.
Er stellte sich auf den Marktplatz und rief: „Leckere Backwaren! Kommt her, sie werden euch gefallen!“
Die Kinder, die gerade aus der Schule kamen, quengelten so lange, bis ihre Eltern ihnen die Eulen und Meerkatzen kauften. Sehr schnell war Eulenspiegels Gebäck verkauft. „Mir scheint“, sagte er zu sich, „dass ich ein gutes Geschäft gemacht habe.“ Und fröhlich zog er weiter.

6 Beispiel:

„Ich sollte mal wieder etwas Neues erleben“, sagte Till zu sich, als er nach Braunschweig kam. Ein Bäcker sprach ihn auf der Straße an und fragte: „Welchen Beruf hast du?“ „Ich bin Bäckergeselle“, antwortete Till. „Gut“, sagte der Bäcker, „komm doch gleich mit mir mit.“ So folgte Till dem Bäcker in seine Backstube und dachte bei sich: „Dem werde ich einen Streich spielen.“

Ein Tier beschreiben

Seiten 22/23

1 b **Tiersteckbrief**

Rasse	Meerschweinchen (Cavia porcellus), Rosetten-Meerschweinchen
Aussehen	Größe/Gewicht (ungefähr): ca. 25 cm lang, ca. 900 g schwer Farbe/Fell: linke Körperseite: Kopf und vorderer Körper rotbraun, mit einer Rosette im Halsbereich, Körpermitte cremeweiß mit einer großen Rosette, Hinterteil rotbraun/cremeweiß gemischt Körperbau: rundlich, kompakt
Lebensweise/Verhalten	lebt gern zu mehreren, tagaktiv, Nagetier, nagt und frisst gern Heu, braucht immer frisches Wasser, döst gern
Besondere Merkmale	Schlappohren, mehrere Rosetten (Haarwirbel im Fell)

Seite 23

2 1 = C – 2 = A – 3 = D – 4 = B

3 ~~A Paul ist so niedlich, weil er so viele Wirbel im Fell hat.~~
C Hilfe, mein Lieblingsmeerschweinchen Paul ist heute Nachmittag entwischt!
D Eigentlich ist Paul sehr schüchtern, aber wenn man ihn mit Löwenzahn lockt, kommt er meist sofort.
A Besonders auffällig sind die Haarwirbel im Fell und sein ~~süßes~~, weißes Schnäuzchen.
~~D Jeder, den er mit seinen Knopfaugen ansieht, hat ihn sofort gern.~~
A Übrigens hat sein Fell verschiedene Farben.

Seite 24

4 Du könntest A oder C angekreuzt haben. Ilkas Angaben sind zu ungenau, um sicher entscheiden zu können, welches Tier es ist.

5 a Beispiel: Rasse?, Größe?, Körperbau?, genaue Farben und Beschaffenheit des Fells?, Name, Adresse, Telefonnummer?
b Mögliche Adjektive für **Meerschweinchen A:** – **Farbe:** weiß, fuchsrot, dunkelbraun – **Fell:** flauschig, gescheckt, mehrfarbig, verwirbelt – **Besonderheiten:** gut sichtbare, etwas ausgefaserte Ohren, lässt sich mit Löwenzahn locken

6 Mögliche Beschreibung (Paul = **Meerschweinchen A**):

Paul ist ein mehrfarbiges Rosetten-Meerschweinchen. Seine Länge beträgt ca. 25 cm und er wiegt ungefähr 900 g. Sein kurzes Fell ist an der Schnauze weiß, am Kopf und Oberkörper fuchsrot und am Hinterteil dunkelbraun. Es weist acht Haarwirbel auf und fühlt sich sehr flauschig an. Paul hat einen länglichen Körperbau. Er besitzt große, etwas ausgefaserte, fuchsrote Ohren und schwarze Knopfaugen. Wenn man ihn mit Löwenzahn lockt, kommt er sofort. Falls ihr Paul findet, meldet euch bei Ilka (Familie Müller), Nummer 02 21/76 54 32. Wer Paul gesund und munter zurückbringt, erhält natürlich eine Belohnung.

7 ●●● a Möglicher Steckbrief für **Meerschweinchen B:**

Rasse	Meerschweinchen, Kurzhaar-Meerschweinchen
Aussehen	Größe/Gewicht (ungefähr): 25 cm lang, 900 g schwer Farbe/Fell: kurzhaarig, weiß, rötlich und schwarz gescheckt Körperbau: länglich
Lebensweise/Verhalten	lebt gern zu mehreren, tagaktiv, Nagetier, nagt und frisst gern Heu, braucht immer frisches Wasser
Besondere Merkmale	weiße Schnauze, schwarze, runde Ohren, rund um das rechte Auge rötliches Fell, rund um das linke Auge schwarzes Fell, schwarzer Fleck auf rötlichem Hinterteil

b Mögliche Suchmeldung (Meerschweinchen B):

Am 9. 10. 201X ist unser Meerschweinchen Fritzi in der Emilstraße (Heudorf-West) entlaufen.
Fritzi ist ein Kurzhaar-Meerschweinchen. Er ist ca. 25 cm lang und wiegt ungefähr 900 g. Sein Fell ist rund um die Schnauze und an der Stirn weiß, an Kopf und Körper rötlich und schwarz gescheckt. Fritzi ist eher schlank, er verfügt über einen länglichen Körperbau. Er besitzt große, runde, schwarze Ohren. Sein Kopf weist rund um das linke Auge schwarzes Fell und rund um das rechte Auge rötliches Fell auf. Auf seinem ansonsten rötlichen Hinterteil befindet sich ein schwarzer Fleck.
Wenn Sie Fritzi finden, bitte sofort die Nummer 01 75/16 02 78 65 (Familie Ernst) anrufen. Sie bekommen eine Belohnung: Eine selbst gemachte Sahnetorte!

Einen Sachtext lesen und verstehen

Seite 25

1 b Beispiel: Vulkanausbruch, Lavaströme, Feuer, Aschewolke, Lawinen

2 a Beispiel: Der Text informiert über Stratovulkane, deren Ausbrüche und ihre Gefährlichkeit für die Menschen.
b Beispiel:
Bimssteinstaub (Z. 22): Staub aus Bimsstein, Bimsstein: vulkanisches Glas aus Lava
Grubenottern (Z. 25): Grubenottern gehören zu den gefährlichen Schlangen mit tödlichem Gift (vgl. Z. 26–27).
Eruptionsgewitter (Z. 31): Eruptionsgewitter entstehen, wenn beim Ausbruch (= Eruption) eines Vulkans feinste Ascheteilchen durch die Luft gewirbelt werden.
Stratovulkane (Z. 35): steile, spitze Vulkane, die aus abwechselnden Schichten von Lavaströmen und Vulkanstaub aufgebaut sind
Magma (Z. 41): geschmolzenes Gestein (vgl. Z. 38–40)
Vulkanschlot (Z. 42): Schacht in der Erdkruste, Kamin
zerbirst (Z. 45): zerbersten = mit großer Gewalt auseinanderbrechen
pyroklastischer Strom (Z. 48): glühend heiße Wolke aus Gas und Asche (siehe Textzusammenhang Z. 48–50)
Verhängnis (Z. 52): unausweichliches Unheil
Vulkanologe (Z. 52): Vulkanforscher

3 Weitere Schlüsselwörter:
Absatz 2: Ascheregen, Erdbeben, Schlammlawinen, Eruptionsgewitter – **Absatz 3:** gefährlichen Typ der Stratovulkane, Magma verstopft, Vulkanschlot, hoher Druck aus Gasen, Explosion, Magmagase, Vulkanasche, glühend heißen Wolke, pyroklastischer Strom, unglaublicher Geschwindigkeit – **Absatz 4:** Stratovulkane, gut erforscht, hochgefährlich, unberechenbar

Seite 27

4 Beispiel: **Z. 15–32:** Anzeichen für den Vulkanausbruch unterschätzt – **Z. 33–50:** Gefahr durch Stratovulkane – der pyroklastische Strom – **Z. 51–59:** Stratovulkane bis heute unberechenbar

5 Beispiel: **Sinnabschnitt 2:** Die Einwohner hatten die Anzeichen für den Ausbruch nicht beachtet. Ascheregen, Erdbeben, Schlammlawinen, fliehende Schlangen und Gewitter hatten den Ausbruch angekündigt.
Sinnabschnitt 3: Der Vulkan gehört zu den gefährlichen Stratovulkanen. Vor einem Ausbruch baut sich in deren Innerem großer Gasdruck auf. Der Ausbruch gleicht einer Explosion. Dabei mischen sich Magmagase mit Vulkanasche zu einer glühend heißen Wolke, die den Berg hinunterrast und alles auf ihrem Weg zerstört. Diese Wolke nennt man pyroklastischer Strom. **Sinnabschnitt 4:** Stratovulkane sind gut erforscht, bleiben aber bis heute gefährlich. Im Jahr 2010 starben in Indonesien über 100 Menschen beim Ausbruch des Mount Merapi.

6 **Grafik A:** Ereignisse: Ausbrüche des Montagne Pelée vom 8. Mai und vom 30. August 1902; Auswirkungen: durch die Vulkanausbrüche zerstörtes Gebiet – **Grafik B:** Diese Informationen gibt die Grafik über den Text hinaus: Lavakugeln, heiße Lawinen aus Gesteinsbrocken, Lavastrom, Regen von Steinchen

7 **A:** Orts- bzw. Lageangabe – **B:** Vorgang

Einen Erzähltext lesen und verstehen

Seite 29

1 Beispiel:
Z. 1–19: Der Ich-Erzähler als Schüler – zufrieden, unauffällig, mittelmäßig
Z. 20–37: Verliebt in Jana
Z. 38–77: Die entdeckten Liebesbriefe
Z. 77–95: Misslungener Angriff auf Sebbi
Z. 96–106: Die Tage nach dem Vorfall – Reaktion der Mitschüler

2 Einleitung: Z. 1–21 Hauptteil: Z. 22–95 Höhepunkt: Z. 76–91 Schluss: Z. 96–106

3 In der Einleitung der Geschichte erfährt man, dass der Ich-Erzähler ein mittelmäßiger Schüler ist, sich aber in der Schule recht wohl fühlt.
Im Hauptteil wird erzählt, dass der Ich-Erzähler sich in ein Mädchen in seiner Klasse, Jana, verliebt und ihr heimlich Liebesbriefe schreibt, die er ihr aber nicht zu geben wagt. Als eines Tages bei einem Unglück die Liebesbriefe aus dem Ranzen rutschen, versucht ein Mitschüler, Sebbi, den Brief vor allen vorzulesen. Es kommt zu einem Tumult, der damit endet, dass der Ich-Erzähler und Sebbi im Krankenzimmer landen.
Im Schlussteil wundert sich der Ich-Erzähler darüber, dass die Mitschüler ihn wegen der Liebesbriefe nicht auslachen und ärgern, und er fragt sich, was Jana von ihm hält.

Seite 30

4 a + b Beispiel:

Sebbi:	Ich-Erzähler:	Jana:
Z. 14: Mitschüler des Ich-Erzählers, noch schlechterer Sportler als Ich-Erzähler, wird immer als Letzter in die Mannschaft gewählt Z. 74, 75: will sich eventuell am Ich-Erzähler rächen	Z. 1: fühlt sich in der Schule wohl Z. 6, 7: mittelmäßiger Schüler Z. 9, 10: Mitschüler kümmern sich wenig um ihn Z. 11, 12: schlechter Sportler Z. 24: in Jana verliebt Z. 33: schreibt heimlich Liebesbriefe	Z. 24–26: Mitschülerin des Ich-Erzählers, braune Haare, süße Brille auf kleiner Nase, breites Grinsen Z. 97, 98: starrt den Ich-Erzähler in den ersten Tagen nach dem Vorfall vorwurfsvoll an

c Beziehungsfelder zwischen den Figuren:
Sebbi → Ich-Erzähler: will einmal der Überlegene sein, will ihn durch Vorlesen der Briefe ärgern
Ich-Erzähler → Sebbi: dank Sebbi ist er nicht der schlechteste Sportler, wütend, weil Sebbi die Briefe vorlesen will
Ich-Erzähler → Jana: heimlich verliebt, wartete auf den richtigen Moment, ihr die Briefe zu geben
Jana → Ich-Erzähler: wütend auf ihn nach dem Tumult, nicht klar, ob sie ihn mag oder nicht

5 Beispiel:
In dieser Schulgeschichte gibt es eine Hauptfigur und mehrere Nebenfiguren: Der Ich-Erzähler stellt aus seiner Sicht seine Gefühle und seine Handlungen dar. Über die Nebenfiguren erfahren wir nur durch ihn und seine Sicht etwas. Deshalb ist nicht ganz klar, was die Nebenfiguren denken oder fühlen und warum sie so handeln, wie sie handeln. So wissen wir z. B. nicht genau, was Jana vom Ich-Erzähler hält oder warum Sebbi ihn ärgern will.
Über den Ich-Erzähler erfahren wir gleich am Anfang, dass er ein mittelmäßiger Schüler ist, der sich aber ganz wohl in der Schule fühlt. Dadurch, dass er sich in Jana verliebt und das zu verheimlichen versucht, kommt es zu dem Tumult, als Sebbi

seine Liebesbriefe vorlesen will. Der Ich-Erzähler handelt hier entschlossener, als zu vermuten war, um dies zu verhindern. Am Ende hätte der Ich-Erzähler von den Mitschülern erwartet, dass sie ihn verspotten und auslachen, aber im Gegensatz dazu lassen sie ihn alle in Ruhe und sagen nichts mehr über die Liebesbriefe.

Von Jana wissen wir nur, dass sie braune Haare und eine kleine Nase hat und immer wieder einmal breit grinst. Außerdem trägt sie eine Brille, was der Ich-Erzähler süß findet. In den ersten Tagen nach dem Vorfall scheint sie wütend auf den Ich-Erzähler zu sein, jedenfalls nimmt dieser es so wahr. Wie sie darüber hinaus zum Schreiber der Liebesbriefe steht, bleibt offen.

Über Sebbi erfährt man, dass er ein schlechter Sportler ist und dass er den Ich-Erzähler ärgern und vor der Klasse bloßstellen will. Warum er dies tut, bleibt im Dunkeln. Der Ich-Erzähler vermutet, dass Sebbi wegen seiner schlechten Leistungen im Sport in dieser Situation einmal der Überlegene sein will.

6 ●●● a Beispiel:

Mann, war das heute Morgen ein Tumult. Zuerst musste Dustin meinen Ranzen so stark kicken, dass meine Fantaflasche kaputtging. Aber dabei habe ich mir noch nichts gedacht. Erst als ich sah, dass meine Briefe an Jana rausgerutscht waren und Sebbi sich danach bückte, erschrak ich furchtbar. In meinem Kopf schrillten die Alarmglocken, weil ich mir vorstellte, dass mich beim Vorlesen alle auslachen würden. Und ich wollte auf keinen Fall, dass Jana über mich lachte oder, noch schlimmer, wütend auf mich sein würde. Zwar konnte ich durch meinen Angriff auf Sebbi verhindern, dass er die Briefe vorlas, aber irgendwie ist Jana nun trotzdem sauer auf mich. Was sie wohl von mir denkt? Mein Knie schmerzt noch immer, aber das ist halb so wild. Viel schlimmer fände ich es, wenn Jana nun etwas Schlechtes über mich denken würde. Na ja, wenigstens haben die anderen nicht über mich gelacht. Warum, weiß ich auch nicht genau. Vielleicht haben sie ja gesehen, wie mein Kopf geglüht hat, und ich tat ihnen sogar ein bisschen leid. Hoffentlich ist Jana morgen schon nicht mehr so wütend auf mich.

b Beispiel:

Tja, weißt du, irgendwie habe ich mir schon lange gedacht, dass du in Jana verknallt bist. Das ist ja auch nichts Schlimmes. Ich bin ja auch in Tine verknallt. Aber warum hast du es Jana nicht einfach gesagt? Oder sie mal zum Eis eingeladen? Bist halt schüchtern. Aber irgendwie finden dich alle ganz okay, so wie du bist. Du spielst zwar furchtbar schlecht Basketball, aber immerhin machst du bei allem mit. Ich glaube, die anderen haben auch schon gemerkt, dass du Jana magst, und haben dich vor dem Tumult ja auch nicht damit aufgezogen, eben weil sie dich ganz okay finden. Und ich glaube, sie fanden es nicht in Ordnung, dass Sebbi die Briefe vorlesen wollte. Darum haben sie dich nach dem Ereignis auch nicht verspottet. Übrigens: Es sah saukomisch aus, wie ihr da durch die Klasse geflogen seid.

Ein Gedicht gestaltend vortragen

Seite 31

1 b Beispiel:

2. Vers: aufmerksam, konzentriert
3. Vers: angespannt
4. Vers: aufgeregt
6. Vers: schlecht gelaunt, enttäuscht

c + d Bei deinem Gedichtvortrag sollte der Stimmungsunterschied zwischen der ersten und zweiten Strophe gut hörbar sein. Du könntest die erste Strophe leiser lesen, weil sich die Katze darin auch leise verhält, um ihre Beute nicht zu verjagen. Durch eine lange Pause vor „der Igel“ kannst du die Schlusspointe des Gedichts betonen.

Auf der Mauer sitzt die Katze
auf der Lauer, hebt die Tatze |
da | im Gras | bewegt sich was | |

Von der Mauer sprang die Katze
ist jetzt sauer, leckt die Tatze |
da im Gras | | der Igel saß

3 Beispiel: Strophen 1 + 2: Der Dichter beschreibt das aufgeregte Hin und Her, Drunter und Drüber der quicklebendigen Küken auf einem Bauernhof.
Strophe 3: Die Glucke (Hühnermutter) kommt zur Ruhe und die Küken kuscheln sich unter sie.
Die Küken kommen bei der Hühnermutter zur Ruhe.

Seite 32

4 a Sprechtempo Strophen 1 + 2: schnell, sehr bewegt – Sprechtempo Strophe 3: langsamer, ruhig b + c + d Die Reimwörter sind im Folgenden jeweils in derselben Art unterstrichen. In diesem Gedicht werden die Reime nicht so häufig am Versende eingesetzt, sondern eher im Vers bzw. über das Versende hinweg. Oft folgen die Reimwörter ganz dicht aufeinander. Du kannst die Wirkung der Reimwörter verstärken, indem du sie besonders deutlich aussprichst und betonst. Außerdem solltest du darauf achten, dass du die Reimwörter innerhalb eines Sprechbogens sprichst.

Das huschelt und kuschelt
Und trippelt und kippelt
Und kribbelt und wibbelt,
Das pickt und das piept,
Das huselt und wuselt.
Man wird ganz beduselt
Wenn man auf dem Hofe
Die Küken erblickt.

Aufs Picken und Nicken
Der Küken zu blicken
Macht Kinder nicht minder
Wie Große konfus.
Das schlägt sich, verträgt sich,
Das ziept sich, das liebt sich
Und kommt mit Gerenne
Zur Henne am Schluss.

Doch friedlich und niedlich
Hockt schließlich gemütlich
Die flauschige, bauschige,
Lauschige Schar,
Geborgen vor Sorgen,
Im Schutze der Glucke,
Die früher genauso
ein Kükenkind war.

e Beispiel:

Das huschelt und kuschelt Und trippelt und kippelt Und kribbelt und wibbelt, Das pickt und das piept, Das huselt und wuselt.

Versuche, diesen Satz in einem einzigen langen Atemzug, sehr schnell, aber mit ganz deutlich ausgesprochenen Reimwörtern zu lesen.

5 a Beispiel:

Zwischen ein Uhr
und halb zwei
tönt aus dem Garten
groß Geschrei.

Meint der Spargel:
„Ich bin teuer."
Und die Zwiebel:
„Brenn wie Feuer."

„Und was wäre
der Mensch wohl
ohne mich?!",
knurrt der Kohl.

„Uns isst man roh
sowie gesotten",
plappern fröhlich
die Karotten.

„Ich bin würzig!",
ruft die Bohne.
„Und ich auch!",
schreit der Lauch.

Sagt die Gurke
noch genauer:
„Mich genießt man
süß und sauer."

Brummt die Rübe:
„Und von mir
nährt sich der Mensch
und auch das Tier!"

Piept die Erbse:
„Ich schmeck lecker …"

„Schluss mit dem Gemecker!",
schreit
das Radieschen
Lieschen
laut:
„Ob Schote, Knolle, Kraut,
ob oberirdisch,
unterirdisch,
ob mit, ob ohne Kern –
uns alle hat man gern.

In einem sind wir alle gleich:
Wir sind an Vitaminen reich:
Und darum sind wir
nämlich
auch alle gleich
bekömmlich."

Was kann ich schon? – Grammatik

Seite 33

1 **Nomen:** Tasche, Sport – **Verb:** gewinnen, springen – **Adjektiv:** schnell – **Artikel:** das, ein – **Pronomen:** wir, mir — 9 Punkte

2 der Stab, die Stäbe – die Stoppuhr, die Stoppuhren – das Fest, die Feste – das Ergebnis, die Ergebnisse — 4 Punkte

3 a + b Die **interessantere** Frage ist, wer in diesem Jahr die **berühmte** Schulfrisbeescheibe **am weitesten** wirft. — 9 Punkte

Positiv	Komparativ	Superlativ
interessant	interessanter	am interessantesten
berühmt	berühmter	am berühmtesten
weit	weiter	am weitesten

4 Die folgenden Verben im Präteritum gehören in die Lücken: — 8 Punkte
passierte – wollte – nahm – schlenderte – rannte – prallte – war – saß

Seite 34

5 Richtig sind die Antworten B, C, D, E. – Falsch sind die Antworten A, F, G, H, I. 9 Punkte

6 a A Fragesatz (?) – B Aussagesatz (.) – C Ausruf (!) 6 Punkte
b A Komm mit zum Weitsprung! – B Wo ist meine Sporttasche? – C Du machst die Flasche am besten wieder zu.

Wortarten

Seite 35

1 Diese Wörter finden sich im Gitterrätsel: **waagerecht:** Hitze – Windhose – Thermometer – Gewitter – Regenbogen
senkrecht: Sturm – Wärme – Wolke – Nebel – Winter – Schnee

2 der Hagel – das Unwetter – der Frost – die Kälte – das Gewitter

3 **Von Wettermachern (die Wettermacher) und Wetterforschern (die Wetterforscher)**

Schon immer wollten sich die Menschen natürliche Erscheinungen (die Erscheinungen), wie das Wetter, erklären können. Was wir nicht verstehen, macht uns oft Angst (die Angst). Deshalb ordneten früher viele Völker (die Völker) natürlichen Gegebenheiten (die Gegebenheiten) wie der Sonne, dem Mond, dem Donner oder auch dem Blitz Götter (die Götter) zu. Die Griechen glaubten in der Antike, dass das Wetter von den Göttern im Olymp (der Olymp) bestimmt wurde. Für Gewitter (die Gewitter) war der Göttervater Zeus (der Zeus) zuständig. Er schleuderte Blitze (die Blitze) auf die Erde und ließ es mächtig donnern.

4 a + b Je mehr die Menschen sich für naturwissenschaftliche Forschungen interessierten, desto mehr veränderten sich Erklärungen und Wissen in der Wetterkunde, genannt Meteorologie.

Seite 36

5 Folgende Nomen solltest du markiert haben:
Maskulinum (blau): der Mensch – der Strahl – der Körper – der Regen – der Schnee
Femininum (grün): die Streiterei – die Sonne – die Wonne – die Natur – die Nässe – die Zeit – die Hand
Neutrum (gelb): das Wetter (mehrfach) – das Ende

6

Wetter	Neutrum	Wetterleuchten	Neutrum
Wetterfahne	Femininum	Wetterbericht	Maskulinum
Wetterhahn	Maskulinum	Wettervorhersage	Femininum
Wetterkarte	Femininum	Wetterfrosch	Maskulinum
Wetterwechsel	Maskulinum	Sauwetter	Neutrum
Wetterstation	Femininum	Wetterwarte	Femininum

7 ~~das Mädchen~~ – ~~das Kind~~ – ~~das Männchen~~ – ~~das Huhn~~ – ~~das Ferkel~~ – ~~das Reh~~

Seite 37

8 **Nomen im Singular (grün):** Gewitter – Schlossberg – Gewusel – Stadt – Kaufhaus Dronten – Blitz – Schein – Alleebaum – Donner – Kommando – Welt – Platzregen – Stadt – Wasserfall – Sonne
Nomen im Plural (blau): Wolken (mehrfach) – Mäuse – Riesen – Elefanten – Ungeheuern – Tanten – Drachen – Katzen – Stubenecken – Wildbäche – Gassen – Dächer

9 a So lauten die Pluralformen:
die Regentonnen – die Regenschauer – die Blitze – die Unwetter – die Pfützen – die Wasserstände – die Tropfen
b Im Plural lautet der Artikel immer „die". Einige Nomen (Unwetter, Tropfen) ändern sich im Plural nicht.

Seite 38

10 B der kleinen Hexe: Wem? Dativ – C seine Meinung: Wen oder was? Akkusativ – D das Regenmachen: Wen oder was? Akkusativ – E Abraxas: Wer? Nominativ – F Frösche: Wen oder was? Akkusativ – G deines Zauberstabes: Wessen? Genitiv – H dem Raben: Wem? Dativ – I Walpurgisnacht: Wer oder was? Nominativ
Es ergibt sich folgender **Lösungssatz:** Trotz Abraxas' Ermahnungen will die kleine Hexe zum Blocksberg reiten.

Seite 39

1 Professor Taranis unterrichtet Zaubertrankkunde. **Er** ist ein strenger Lehrer. Heute sollen die Schüler einen Gewittertrank

herstellen. „**Ich** ermahne **euch** nur einmal, **ihr** müsst zunächst gründlich eure Kessel reinigen, bevor **ihr** anfangen könnt." Luna schrubbt ihren Kessel voller Hingabe mit einer Bürste, **sie** hat vor lauter Anstrengung schon Schweißperlen auf der Stirn. „**Du** musst noch gründlicher sein!", ermahnt Mr Taranis **sie** streng.

2 Endlich sind alle Schüler fertig. Nun sollen sie die Zutaten richtig abmessen. „**Ihr** benötigt drei Tropfen Krötenschleim, vier Esslöffel Schlangenzähne, fünf Fliegenpilze und eine Prise Spinnenbein. **Ich** erwarte, dass keine Zutaten verschwendet werden, **sie** sind sehr kostbar." Anschließend verkündet Mr Taranis: „Nun wollen **wir** den richtigen Zauberspruch üben, sprecht **mir** nach: Krötenschleim und Schlangenzahn, es gebe Stürme und Orkan, Fliegenpilz und Spinnenbein, schwarz soll jetzt der Himmel sein!"

3 ●●● a + b Leider hat Astor Mr Taranis' Anweisungen nicht befolgt. Statt der Spinnenbeine hat **er** Rattenfüße in den Trank gemischt. Das Gebräu hat den Kessel zur Explosion gebracht. Nun kann man **ihn** zu nichts mehr gebrauchen. Die Zutaten von Astors Trank haben sich im ganzen Klassenraum verteilt, **sie** kleben teilweise sogar unter der Decke. Ein Fliegenpilzhut ist direkt auf dem Kopf von Mr Taranis gelandet. „**Er** steht **ihm** wirklich gut!", flüstert Luna ihrer Nachbarin ins Ohr. Astor muss zur Strafe ein Stundenprotokoll schreiben.

Seite 40

4 a + b Wieder steht „Gewittermachen" auf dem Plan. Vor der Stunde bahnt sich in den hinteren Bänken ein Streit an: „Das ist **mein** Zauberstab, gib ihn zurück!", flüstert Leila. „Da hast du **deinen** blöden Zauberstab!", zischt Luna. „Dann gibst du mir aber auch **mein** Zauberbuch wieder." „Ruhe dahinten!", donnert Mr Taranis. „Wir wiederholen heute den Gewitterzauber. **Eure** kläglichen Versuche in der letzten Stunde haben mich noch nicht überzeugt." Aber o Schreck: Luna hat für **ihren** Trank zu viel Fliegenpilz verwendet, sodass aus **ihrem** Kessel ununterbrochen ein übel riechendes Gebräu schäumt. Pollux hat **seinem** Trank statt der Schlangenzähne Mäusedreck hinzugefügt, mit dem Erfolg, dass der ganze Klassenraum von Mäusen nur so wimmelt. Erst Mr Taranis kann mit Hilfe **seiner** Zauberkunst das Chaos beenden. Was für ein Trubel!

5 a Mr Taranis zeigte den Schülern in der letzten Stunde, wie Schüler ein Gewitter machen können. Zunächst musste jeder Schüler den Kessel des Schülers gründlich säubern. Nachdem Mr Taranis mit dem Ergebnis zufrieden war, erklärte Mr Taranis den Schülern, dass die Schüler die Zauberbücher der Schüler aufschlagen sollten. Die Zutaten für den Gewittertrank standen im Buch, die Zutaten mussten jetzt nur noch richtig abgemessen und in den Kessel gefüllt werden. Mr Taranis forderte anschließend die Klasse auf, Mr Taranis den passenden Zauberspruch nachzusprechen.
Leider hatte ein Schüler das Rezept nicht genau genug gelesen: Der Schüler verwechselte Spinnenbeine mit Rattenfüßen, daher explodierte unglücklicherweise der Kessel des Schülers. Mr Taranis war über diesen Schüler so wütend, dass Mr Taranis dem Schüler auftrug, ein Stundenprotokoll zu verfassen, welches der Protokollant hiermit vorlegt.

b Mr Taranis zeigte den Schülern in der letzten Stunde, wie **sie** ein Gewitter machen können. Zunächst musste jeder Schüler **seinen** Kessel gründlich säubern. Nachdem Mr Taranis mit dem Ergebnis zufrieden war, erklärte **er** den Schülern, dass **sie** **ihre** Zauberbücher aufschlagen sollten. Die Zutaten für den Gewittertrank standen im Buch, **sie** mussten jetzt nur noch richtig abgemessen und in den Kessel gefüllt werden. Mr Taranis forderte anschließend die Klasse auf, **ihm** den passenden Zauberspruch nachzusprechen.
Leider hatte ein Schüler das Rezept nicht genau genug gelesen: **Er** verwechselte Spinnenbeine mit Rattenfüßen, daher explodierte unglücklicherweise **sein** Kessel. Mr Taranis war über diesen Schüler so wütend, dass **er** **ihm** auftrug, ein Stundenprotokoll zu verfassen, welches der Protokollant hiermit vorlegt.

Seite 41

1 kleiner – grüner – gutes – schlechtes – alten – durchsichtigen – kleine – schönem – schmalen – freien – herrlichen – richtige – freundliche – gutem – leckeren – wahren – bessere – armen – enge – süßen – kleinen

2 A In Peru haben Wissenschaftler **eine neue Froschart** entdeckt. – B **Der bräunliche Winzling** passt bequem auf eine Fingerkuppe. – C Man kam **dem zwergenhaften Tier** durch sein Quaken auf die Spur. – D Die „Größe" **des winzigen Frosches** beträgt gerade einmal elf Millimeter.

3 ●●● Der Laubfrosch ist etwa ☐ 3 bis 4,5 cm groß, er wiegt selten mehr als 4 g. Damit gehört er zu den eher ☐ kleinen ☒ Fröschen in Deutschland. Der Laubfrosch hat eine glatte ☒, grasgrüne ☒ Haut, einen weißen ☒ Bauch und an den ☐ Seiten befindet sich jeweils ein dunkler ☒ Streifen. Die Laubfrösche sind gute ☒ Kletterer. Sie leben an einheimischen ☒ Waldrändern, in feuchten ☒ Wiesen oder an pflanzenreichen ☒ Teichen und ernähren sich von Insekten. In der freien ☒ Natur werden die Tiere kaum ☐ mehr als fünf Jahre alt.

Seite 42

4 Beispiele: B Der Laubfrosch ist genauso schwer/leicht wie der Blaue Pfeilgiftfrosch. – C Der Krallenfrosch wird älter/er lebt länger als der Laubfrosch. – D Der Blaue Pfeilgiftfrosch ist leichter als der Goliathfrosch (auch möglich: ... wiegt weniger als ...). – E Der Flugfrosch kann weiter springen als der Ochsenfrosch. – F Der Wasserfrosch wird genauso alt wie der Laubfrosch.

5 Mögliche Formulierungen: **Alter:** Der Krallenfrosch wird am ältesten./... lebt am längsten. – **Größe:** Der Goliathfrosch ist am größten. – **Gewicht:** Der Goliathfrosch ist am schwersten./... wiegt am meisten.

6 ●●● Ein Frosch sah auf einer Wiese einen Ochsen stehen. „Warum bin ich nicht wenigstens so **groß** wie der Ochse? Ich will von allen am **größten** sein", dachte der **kleine** Frosch. „Aber wenn ich mich ordentlich aufblase, kann ich wohl so **groß** werden wie der Ochse!" Gesagt, getan, der **kleine** Frosch begann, sich aufzublähen, so **stark** er nur konnte. Dann rief er den anderen Fröschen zu: „Nun, bin ich jetzt so **groß** wie der Ochse?" „Nein, noch lange nicht, du bist noch viel, viel **kleiner**." Da blies er sich weiter auf und fragte wieder: „Und jetzt?" Die anderen Frösche lachten nur. „Euch werd ich es zeigen", schrie der Frosch erbost, mit aller Kraft blähte er sich noch **stärker** auf, bis er schließlich platzte.

Seite 43

1 Eine Maus sitzt **auf** einem Ast. Die Füchse lagern **am/auf** dem Boden (oder: **vor** dem Baum). Eine Eule hockt **auf** einem Baumstumpf. Eine Spinne krabbelt **über** einen (oder **auf** einem) Baumstamm. Ein Salamander ruht **auf** einem Baumpilz.

2 ●●● Die richtigen Präpositionen sind:
Auf leichten Schwingen (V. 1) – **Zum** Lindenwipfel (V. 2) – **an** dieser hohen Stelle (V. 3) – **im** Grase (V. 5) – **Am** Boden (V. 6) – **am** rauen Stamm (V. 9) – **mit** Erfolg (V. 11) – **aus** vollen Backen (V. 16) – **auf** das steile Kirchendach (V. 19) – **ohne** Säumen (V. 23) – **Mit** mehr als zwanzig Purzelbäumen (V. 24) – **Zur** Erde (V. 25) – **zum** Glück (V. 27) – **auf** seinen Magen (V. 27)

Seite 44

1 a + b Sicher **kennt** ihr alle das lustige Volk der Schlümpfe! Eines Tages in ihrem Dorf: Missmutig **stellt** der Bastelschlumpf nach dem Aufstehen **fest**, dass es draußen schon wieder wie aus Eimern **schüttet.** Auch die anderen Schlümpfe **haben** schlechte Laune wegen des Wetters: „Verschlumpft, es schlumpft schon wieder." Der Bastelschlumpf **denkt** bei sich: „Jeder **schlumpft** über das Wetter, aber keiner schlumpft etwas dagegen. Jetzt **schlumpfe** ich eine Maschine dagegen!" Gesagt, getan, gleich **macht** sich der Bastelschlumpf an die Arbeit. Nachdem er alle Materialien gesammelt **hat, setzt** er die Teile **zusammen**, und nach vielen Stunden ermüdender Arbeit ist das Werk vollendet: „Jetzt **kann** ich die Maschine in Betrieb schlumpfen." Kurz darauf **hört** man einen Jubelschrei im Dorf: „Hurra, sie schlumpft!" Aufgeregt **eilen** die anderen Schlümpfe herbei und **lassen** sich die neue Maschine vorführen. Alle sind ganz beeindruckt. Der große Schlumpf ordnet gleich an: „Zur Einweihung **schlumpfst** du die Maschine auf ‚Schönwetter' und wir **schlumpfen** ein Fest!"

Seite 45

2 schreiben: schreib(e)! schreibt! – essen: iss! esst! – sprechen: sprich! sprecht! – bleiben: bleib(e)! bleibt!

3 Der Große Schlumpf befiehlt: „**Packt** die Picknickkörbe und **vergesst** die Sonnenschirme nicht!" Der Gärtner- und der Dichterschlumpf bleiben im Dorf zurück. „Ich **schreibe** ein Gedicht über die Sonne." Der Gärtnerschlumpf sorgt sich um seinen vertrocknenden Salat. Die Lösung ist schnell gefunden: „Ich **stelle** die Maschine einfach auf Regen." Gesagt, getan: Es regnet. Der Dichterschlumpf tobt und stellt die Maschine jetzt auf ‚pralle Sonne'! Erbost eilt der Gärtnerschlumpf herbei, ein Riesenstreit entbrennt: „Was **machst** du denn hier? **Verschwinde!** Mein Salat **braucht** Wasser!" „**Halt(e)** den Mund. Ich **wünsche** mir Sonne, **beweg(e)** ja nicht den Hebel!" Beide Schlümpfe reißen an den Hebeln: Blitzschnell wechseln Hagel, Schnee, Sturm und sengende Hitze einander ab. Auch auf dem Fest wird es recht ungemütlich, der Große Schlumpf befiehlt: „**Lauft** jetzt sofort ins Dorf zurück und **schaut,** was da vor sich **geht!**" Die Wettermaschine wird zerstört.
Und die Moral von der Geschicht': „Man muss das Wetter nehmen, wie es ist!"

Seite 46

Teste dich! – Wortarten

1 A Präposition – B Pronomen (Personalpronomen) – C Adjektiv – D Nomen – E Artikel – F Verb – G Pronomen (Possessivpronomen) – H Präposition — 8 Punkte

2 **Personalpronomen:** mir, mich – **Possessivpronomen:** seinen, mein — 4 Punkte

3 A: Infinitiv – B: Imperativ Singular — 2 Punkte

4 A: Kasus – B: Genus — 2 Punkte

Insgesamt zu erreichende Punktzahl: — **16 Punkte**

Die Tempora (Zeitformen) des Verbs

Seite 47

1 a betrachtet – verbinden – verwenden – dazugehören – sind – einteilen – kennst
b siehe Bild rechts

2 Im Osten **geht** die Sonne **auf**, im Süden **nimmt** sie ihren Lauf, im Westen **muss** sie untergehen, im Norden **ist** sie nie zu sehen.

Seite 48

1 a + b + c Sätze mit Futurformen in der Reihenfolge des Wegs vom Start bis zum Ziel:
Ich **werde** zum ersten Mal die Erde **betreten**. (Futur I) – In einem der Ozeane **werde** ich **baden**. (Futur I) – Ich habe meinem Sohn versprochen, dass ich einen Seestern **mitbringen werde**. (Futur I) – **Wird** der Himmel wirklich blau **aussehen**, wie es in den Büchern steht? (Futur I) – Meine Kinder **werden** mich dann drei Wochen nicht **gesehen haben**. (Futur II)

2 ●●● Wenn ich zur Erde reise, werde ich auch im farbigen Licht des Sonnenuntergangs am Strand sitzen. Ich werde in türkisblauem Wasser schwimmen und das Meer wird meterhohe Wellen schlagen. Nachts wird der helle Schein unseres Mondes auf der Wasseroberfläche funkeln.

Seite 49

1 In dieser Reihenfolge hat sich Johannes' Erlebnis ereignet: **1:** Johannes liegt im Bett. – **2:** Er klettert mit dem Fernglas auf das Fensterbrett. – **3:** Er sitzt auf dem Fensterbrett. – **4:** Er betrachtet den Mond. – **5:** Der Hund kommt und zieht an Johannes, der erschrickt. – **6:** Johannes fällt aus dem Fenster. – **7:** Er landet im Gebüsch und ruft um Hilfe.

2 Beispiel:

„Ich habe lange in meinem Bett wach gelegen, weil der Vollmond so hell durch mein Fenster geschienen hat. Da ist mir eine Idee gekommen: Ich habe mir mein Fernglas geholt und habe aus dem Fenster geschaut. Dann bin ich auf das Fensterbrett geklettert, um den Mond besser sehen zu können. Und wirklich: Ich habe die Mondkrater genau erkannt. Den Hund habe ich gar nicht bemerkt. Er hat mich plötzlich am Schlafanzug gepackt, er hat wohl versucht, mich zurückzuziehen. Da bin ich erschrocken, habe das Gleichgewicht verloren und bin ins Gebüsch gefallen. Ich habe dann um Hilfe gerufen, was ihr zum Glück gehört habt."

3 Beispiel: Ich bin nachts mit nackten Füßen und dem Fernglas in der Hand auf das Fensterbrett geklettert.

Seite 50

1

Infinitiv	Präsens	Präteritum
nehmen	du nimmst	du nahmst
aufgehen	er/sie/es geht auf	er/sie/es ging auf
begreifen	wir begreifen	wir begriffen
beobachten	ihr beobachtet	ihr beobachtetet
schweigen	sie schweigen	sie schwiegen

2 Die einzutragenden Wörter im Präteritum: betrat – sagte – startete – benötigte – verlief – wechselten – trug – meldete

Seite 51

3 a **Sätze im Präsens:** Das Sternbild Skorpion erkennt man an seinen zwei Scheren und dem lang gezogenen Schwanz. Der hellste Stern in diesem Tierkreiszeichen heißt Antares und ist 600 Lichtjahre von uns entfernt. Das Licht dieses Sterns leuchtet rötlich. Zudem gehören noch 17 weitere Sterne zu diesem Sternbild. Sogar einen Stachel besitzt das astronomische Krabbeltier.
Sätze im Futur I: Am Winterhimmel wird man das Sternbild Stier entdecken. Im Sternbild Stier wird die gut sichtbare Sternengruppe der Plejaden erscheinen. Sie wird wie eine kleine Silberwolke, aufgespießt auf einem Horn des Stieres, aussehen. Der hellste Stern im Stier, der Aldebaran, wird nicht zu übersehen sein. Wenn er einmal erloschen sein wird, dann werden wir sein Licht noch 68 Jahre sehen.
Sätze im Perfekt: Die Jungfrau am Himmel hat die Menschen immer fasziniert. Sie haben ihren hellsten Stern Spica, das heißt Kornähre, genannt. Das Sternbild hat zum Zeitpunkt der Ernte am Himmel geleuchtet. Das Kornmädchen hat seinen Platz zwischen dem Löwen und der Waage gefunden. Das weibliche Sternzeichen haben auch Jungen erhalten, die zwischen dem 24. August und dem 23. September zur Welt gekommen sind.
Sätze im Präteritum: Lea mochte als Kind ihr Sternzeichen nicht besonders. Die himmlischen Tiere gefielen ihr besser. Ihr Sternbild war nicht im Gleichgewicht. In der einen Waagschale lagen zwei, in der anderen dagegen lag ein Stern. Früher wanderte die Sonne vom 24. September bis zum 23. Oktober durch das Sternbild der Waage.

b Skorpion: Präsens – Jungfrau: Perfekt – Stier: Futur I – Waage: Präteritum

●●● c Leas Sternzeichen ist die Waage.

Seite 52

1 Nachdem ein winziger Punkt im Nirgendwo **begonnen hatte,** sich plötzlich auszudehnen, **entstand** das Universum. Bevor dann aber die ersten Sterne als verdichtete Gase **leuchteten, hatte** das Universum wie eine heiße Suppe vor sich hin

gekocht. Nachdem diese ersten Sterne **ausgebrannt waren, schleuderten** sie kleinere Teile ins Weltall. Aus diesen Sternresten **bildeten** sich stabilere Sterne. So **entstand** auch unsere Sonne.

2 ●●●
a B Die Menschen ließen sich von Navigationssystemen leiten.
B Es wurden ausreichend Satelliten ins All geschickt.
C Viele Tierarten waren bereits ausgestorben.
C Es wurden Regelungen zum Artenschutz entwickelt.
D Kirchen wurden teilweise zu Kletterhallen umfunktioniert.
D Viele Europäer traten aus der Kirche aus.

b B Nachdem ausreichend Satelliten ins All geschickt worden waren, ließen sich die Menschen von Navigationssystemen leiten.
C Nachdem viele Tierarten bereits ausgestorben waren, wurden Regelungen zum Artenschutz entwickelt.
D Nachdem viele Europäer aus der Kirche ausgetreten waren, wurden Kirchen teilweise zu Kletterhallen umfunktioniert.

Seite 53

Teste dich – Zeitformen

1 nahmen ... an (Präteritum) – existieren (Präsens) – glaubte (Präteritum) – wissen (Präsens) – beflügelt hat (Perfekt) – hat ... erbracht (Perfekt) – gibt (Präsens) – wussten (Präteritum) – beobachtet hatten (Plusquamperfekt) – wegtauen (Präsens) – bedeckt (Präsens) 11 Punkte

2 seiten → waren – bringten → brachten – sind ... gewesen → werden ... sein – hatten ... berücksichtigt → haben ... berücksichtigt; oder: werden ... berücksichtigen 8 Punkte

Insgesamt zu erreichende Punktzahl: 19 Punkte

Satzglieder

Seite 54

1

Vorfeld	linke Satzklammer	Mittelfeld	rechte Satzklammer	Nachfeld
Die Vereinten Nationen	haben	im Jahr 1946 das internationale Kinderhilfswerk UNICEF	gegründet	in einer Welt voller Krieg und Not.
Im Jahr 1946	haben	die Vereinten Nationen das internationale Kinderhilfswerk UNICEF	gegründet	in einer Welt voller Krieg und Not.
In einer Welt voller Krieg und Not	haben	die Vereinten Nationen im Jahr 1946 das internationale Kinderhilfswerk UNICEF	gegründet.	
Das internationale Kinderhilfswerk UNICEF	haben	die Vereinten Nationen im Jahr 1946	gegründet	in einer Welt voller Krieg und Not.

Seite 55

2

Vorfeld	linke Satzklammer	Mittelfeld	rechte Satzklammer	Nachfeld
Die Welt	soll	ein besserer Ort für Kinder	werden!	
Kinder	geraten	schnell in eine ausweglose Situation	hinein	durch widrige Umstände wie Armut, Krieg oder dem Alltag im Elend.
Millionen von ihnen	werden	weltweit	missbraucht	als billige Arbeitskräfte oder sogar als Kindersoldaten.
Mädchen	machen	häufig besonders viel	durch	unter diesen Umständen.
Das internationale Kinderhilfswerk der Vereinten Nationen	setzt	sich durch Hilfsprogramme in den Bereichen Ernährung, Gesundheit und Bildung weltweit	ein	für eine Verbesserung der Lebensbedingungen von Kindern.

3 ●●●

a UNICEF-Paten können durch Spenden Kindern helfen bei der Bewältigung ihres von Armut und Gewalt geprägten Alltags. Sie setzen sich für ihre Schützlinge ein bis zu deren Erwachsenenalter. UNICEF-Paten bringen für die Kinder monatlich eine Spende von zehn, zwanzig oder mehr Euro auf. Sie machen sich auch für die Familien ihrer Patenkinder stark.

b Im Vorfeld kann grundsätzlich jedes Satzglied stehen. Mögliche Stellungsvarianten:

Vorfeld	linke Satzklammer	Mittelfeld	rechte Satzklammer	Nachfeld
UNICEF-Paten	können	durch Spenden Kindern	helfen	bei der Bewältigung ihres von Armut und Gewalt geprägten Alltags.
Durch Spenden	können	UNICEF-Paten Kindern	helfen	bei der Bewältigung ihres von Armut und Gewalt geprägten Alltags.
Kindern	können	UNICEF-Paten durch Spenden	helfen	bei der Bewältigung ihres von Armut und Gewalt geprägten Alltags.
Bei der Bewältigung ihres von Armut und Gewalt geprägten Alltags	können	UNICEF-Paten Kindern durch Spenden	helfen.	
Sie	setzen	sich für ihre Schützlinge	ein	bis zu deren Erwachsenenalter.
Für ihre Schützlinge	setzen	sie sich	ein	bis zu deren Erwachsenenalter.
Bis zu deren Erwachsenenalter	setzen	sie sich für ihre Schützlinge	ein.	
UNICEF-Paten	bringen	für die Kinder monatlich eine Spende von zehn, zwanzig oder mehr Euro	auf.	
Eine Spende von zehn, zwanzig oder mehr Euro	bringen	UNICEF-Paten monatlich für die Kinder	auf.	
Für die Kinder	bringen	UNICEF-Paten monatlich eine Spende von zehn, zwanzig oder mehr Euro	auf.	
Monatlich	bringen	UNICEF-Paten für die Kinder eine Spende von zehn, zwanzig oder mehr Euro	auf.	
Sie	machen	sich auch für die Familien ihrer Patenkinder	stark.	
Auch für die Familien ihrer Patenkinder	machen	sie sich	stark.	

c Beispiel:
UNICEF-Paten können durch Spenden Kindern helfen bei der Bewältigung ihres von Armut und Gewalt geprägten Alltags. Bis zu deren Erwachsenenalter setzen sie sich für ihre Schützlinge ein. Eine Spende von zehn, zwanzig oder mehr Euro bringen UNICEF-Paten monatlich für die Kinder auf. Auch für die Familien ihrer Patenkinder machen sie sich stark.

Seite 56

1 a + b + c

1. Satz: Viele Kinder reisen zu einem internationalen Fest. – Zu einem internationalen Fest reisen viele Kinder.
2. Satz: Sie erzählen dort begeistert von ihren Ländern. – Dort erzählen sie begeistert von ihren Ländern.
Sie erzählen begeistert von ihren Ländern dort. (Umstellung falsch, da Sinn missverständlich: „dort“ soll sich eindeutig auf das Fest beziehen und nicht auf die Länder.)
Von ihren Ländern erzählen sie begeistert dort. (stilistisch allerdings nicht gut)

2 ●●●

a **1. Satz:** viele Kinder, reisen **2. Satz:** sie, erzählen

b Diese Satzglieder heißen Subjekt (viele Kinder, sie) und Prädikat (reisen, erzählen).

Seite 57

3 B [Dieses Kind] [wohnt] [seit seiner Geburt] [am Nil.]
C [Seit Langem] [begeistert] [der Nil] [Ahmed] [besonders.]
A [Ahmed] [kommt] [aus Ägypten.]

4 a + b Beispiel: Unser größter Schatz ist der Nil. Er ist der längste Fluss der Welt. Aus der Wüste macht der Nil fruchtbaren Boden. Wie ein grünes Band durchzieht er das Land. Fast alle Menschen leben in der Nähe dieses großartigen Flusses. Früher hat der Nil auch die Arbeit der Bauern bestimmt. Während der Überschwemmungen durch den Nil konnten die Bauern nicht arbeiten.

Seite 58

1 a + b Die Satzglieder sind [umrahmt], die Prädikate **fett** gedruckt.
[Elefanten] [**atmen**] [durch den Rüssel]. [Zum Trinken] [**saugen**] [sie] [Wasser] [in den Rüssel]. [Dann] [**spritzen**] [die Tiere] [das Wasser] [in ihr Maul]. [Kein Elefant] [**trinkt**] [durch seinen Rüssel]. [Das auffällige Körperteil] [**dient**] [auch] [zum Riechen und Tasten]. [Nun] [**weißt**] [du] [einiges] [über die besondere Elefantennase].

2 a + b

Uns ist kein größeres lebendes Landsäugetier als der Afrikanische Elefant bekannt.

Durch Wilderei und Zerstörung des Lebensraumes ist der Elefant aus großen Teilen Afrikas verschwunden.

Vor 30 Jahren hat man für 2010 sogar das Aussterben der Art vorhergesagt.

Dank der Einrichtung von Nationalparks hat der Elefantenbestand erfreulich zugenommen.

In der Nähe von Nairobi ist sogar ein Elefanten-Waisenhaus vorhanden.

Dort werden die Elefantenkälber auf ein Leben in der Wildnis vorbereitet.

Seite 59

1 Wer oder was rankt sich um den Uluru? viele Geschichten – Wer oder was wird in diesen Geschichten erklärt? Aussehen und Entstehung des Berges – Wer oder was zählt zu den heiligen Plätzen am Uluru? Felsbecken mit Wasser – Wer oder was darf die heiligen Orte nicht sehen? Touristen – Wer oder was erlaubt den Besuchern den Aufstieg zum Gipfel? die Ureinwohner

2 Die Subjekte sind unterstrichen, die Prädikate **fett** gedruckt.
Felsenzeichnungen in den Höhlen des Uluru **zeigen** Riesenkängurus. (3. Pers. Pl.) – Im Laufe von Jahrtausenden **verblasste** die Farbe. (3. Pers. Sg.) – Heute **bewahren** wir die Bilder mit Hilfe von Computertechnik auf. (1. Pers. Pl.)

Seite 60

1 a + b Akkusativobjekte sind unterstrichen, Dativobjekte unterschlängelt.
Guo Shuang erzählt den anderen Kindern eine spannende Geschichte. – **Wem** erzählt Guo Shuang etwas? den anderen Kindern – **Wen oder was** erzählt er den Kindern? eine spannende Geschichte
In China baute ein Lehrer den Fischerkindern am Hongze-See ein Schulschiff. – **Wem** baute ein Lehrer ein Schulschiff? den Fischerkindern – **Wen oder was** baute ein Lehrer? ein Schulschiff

2 A: Er lädt die Familien in die neue Schule ein.
A: Fischerboote bringen die Schüler zum Schulschiff.
D: Ein Vater liefert den Schülern mit seinem Ruderboot das Mittagessen.
D: Das leichte Schaukeln gefällt den Kindern.
A: Beim Schreiben stört es die Kinder allerdings ein bisschen.
D: Die Schüler sind dem Lehrer dankbar für ihre Schiffsschule.
A: Aber sie fürchten den Lehrer auch, weil er sehr streng ist.

Seite 61

1 **Prädikate,** [Prädikative], Subjekte, auf die sich die Prädikative beziehen
Juanita **erzählt**: Ich **heiße** [Juanita]. Mein Heimatland **ist** [Peru]. Peru **ist** das [drittgrößte südamerikanische Land]. Es **erstreckt** sich von der Küste am Pazifischen Ozean bis in den Urwald des Amazonas. Dazwischen **liegen** die Berge der Anden. Sie **sind** oft [über 4000 Meter hoch]. Es **gibt** auch Seen. Der größte **heißt** [Titicaca-See]. Weil das Land so unterschiedliche Landschaften **hat, gibt** es auch viele unterschiedliche Tiere. Am Meer **leben** Robben und Pinguine, die Berge **sind** [der Lebensraum der Lamas] und im Urwald **kann** man Papageien, Alligatoren und Flamingos **finden.**

2 ●●● Juanita **fährt fort:** In Peru **gibt** es Menschen ganz unterschiedlicher Abstammung, z. B. Nachfahren verschiedener indianischer Völker, Nachkommen der spanischen Eroberer sowie Menschen anderer europäischer oder afrikanischer Abstammung. Die Lebensverhältnisse **sind** [sehr verschieden]. Die Armut **bleibt** [ein großes Problem], vor allem in den Städten. Die Hauptstadt Perus **heißt** [Lima]. Dort **leben** die Armen in Hütten und Blechbaracken am Rande der Stadt, oft ohne Strom und Wasser. In den sehr armen Familien **sind** die Kinder oft [schlecht ernährt]; wenn sie [krank] **sind, können** die Eltern keine ärztliche Behandlung **bezahlen.** Die Jugendlichen **werden** manchmal [kriminell], weil sie keine Aussichten auf ein besseres Leben **haben.**

Seite 62

1 adverbiale Bestimmung der Zeit: 6 Wann brauchen sie besonders viel Körperkontakt? – 7 Wann werden sie zurück in die Savanne gebracht?
adverbiale Bestimmung des Ortes: 2 Wo sind die Tiere zu sehen? – 8 Wohin werden die Elefanten gebracht?
adverbiale Bestimmung des Grundes: 3 Warum haben sie ihre Mutter verloren? – 9 Warum erkennen sie ihre Pfleger wieder?
adverbiale Bestimmung der Art und Weise: 4 Wie leben die kleinen Elefanten? – 5 Wie wollen sie spielen?

Seite 63

2 ●●● **Gelb – adverbiale Bestimmung des Ortes:** vor den vielen Kindern aus aller Welt (2), auf der Insel Sumatra (3), in der ganzen Welt (4), In den Wäldern Sumatras(6), In einem unberührten Regenwald (8), bis auf den Boden (10), In diesem Baumkronendach (13), auf dem Boden (16)
Orange – adverbiale Bestimmung der Zeit: Das ganze Jahr über (12), die meiste Zeit (14), Jetzt (18), Am Ende von Susilos Vortrag (21)
Schwarz – adverbiale Bestimmung des Grundes: Wegen seines Reichtums an Tieren und Pflanzen (5), Auf Grund der dichten Baumkronen (11), Wegen ihrer langen Arme (15)
Braun – adverbiale Bestimmung der Art und Weise: Mit klopfendem Herzen (1), Mit Glück (7), so dicht (9), nur unbeholfen (17), besonders stark (19), mit aller Kraft (20)

Seite 64–65

1 Nominalgruppen und **Adjektivgruppen:**
Die mit Abstand längste Jahreszeit ist in Québec der Winter. **Strahlend weiß und pulvrig** liegt der Schnee auf allem. Das Räumen der oft meterhohen Schneemassen ist eine richtig große Aufgabe. **Eiskalt und oftmals windig** sind die Wintermonate natürlich auch. Deshalb liegt das größte Einkaufszentrum der Großstadt Montréal auch **unterirdisch und somit gut geschützt und warm beheizt**. Auf dem Land haben viele ein Schneemobil. Wenn die Straßen **verschneit oder vereist** sind, kommen sie damit **schnell und sicher** ins nächste Dorf. Die inoffizielle Nationalhymne von Québec ist passenderweise ein Lied mit dem Titel „Mein Land, das ist der Winter" (Mon pays, c'est l'hiver).

3 Präpositionalgruppen: über *den* Gefrierpunkt; aus *ihrem* Winterschlaf; mit *einem* Besuch; in *einer* Zuckerhütte; bei *deftigem* Essen; trotz *der* Kälte; auf *den* Schnee; mit *einem* Holzstiel; Nach *dem* Essen; auf *einem* Baumstamm; an *einem* Seil; von *dem* Stamm / *vom* Stamm; zu *lauter* Musik; ohne *den* Besuch

4 Adjunktorgruppen: wie das gallische Dorf; als einen passenden Vergleich; wie eine Insel; als einen glücklichen Sonderfall

Seite 66

1 a + b In Brasilien gibt es viele Schätze. **In Brasilien** gibt es auch den Kautschukbaum. Ohne **den Kautschukbaum** gäbe es keine Autoreifen. Kautschuk ist ein anderes Wort für Gummi. Es kommt aus dem Indianischen und bedeutet übersetzt „Baumtränen". Die Kautschukbauern ritzen mit einem Messer die Rinde an und fangen die weiße Flüssigkeit mit einem Schälchen auf. Damit ~~aus der weißen Flüssigkeit~~ das Gummi herauskommt, muss man ein wenig Säure **in die weiße Flüssigkeit** geben. Dadurch gerinnt die **Flüssigkeit** und das Gummi kann in Brocken herausgenommen werden. **Die Brocken** werden dann zu dünnen Lappen ausgewalzt oder zu dicken Blöcken gepresst. **Die Lappen** ~~werden getrocknet~~ und **die Blöcke werden getrocknet.** So ist der Kautschuk zwar schon dehnbar und stabil, aber noch nicht sehr haltbar. Deshalb wird **der Kautschuk** vulkanisiert, das heißt, **der Kautschuk** wird mit Schwefel erhitzt. Obwohl es heutzutage viele künstliche Materialien gibt, die auch dehnbar und doch stabil sind, wird das Gummi aus den Bäumen immer noch gebraucht.

c Beispiel:
In Brasilien gibt es viele Schätze. **Dort** gibt es auch den Kautschukbaum. Ohne **ihn** gäbe es keine Autoreifen. Kautschuk ist ein anderes Wort für Gummi. Es kommt aus dem Indianischen und bedeutet übersetzt „Baumtränen". Die Kautschukbauern ritzen mit einem Messer die Rinde an und fangen die weiße Flüssigkeit mit einem kleinen Schälchen auf. Damit das Gummi herauskommt, muss man ein wenig Säure **hineingeben.** Dadurch gerinnt die Flüssigkeit und das Gummi kann in Brocken herausgenommen werden. **Diese** werden zu dünnen Lappen ausgewalzt oder zu dicken Blöcken gepresst und getrocknet. So ist der Kautschuk zwar schon dehnbar und stabil, aber noch nicht sehr haltbar. Deshalb wird er vulkanisiert, das heißt mit Schwefel erhitzt. Obwohl es heutzutage viele künstliche Materialien gibt, die auch dehnbar und doch stabil sind, wird das Gummi aus den Bäumen immer noch gebraucht.

2 ●●● danach, als Nächstes, nun, darauf, daraufhin, später, im Anschluss, zuletzt, am Schluss, am Ende

Seite 67

3 Beispiel: Vor einem Jahr ist Paula von Stuttgart nach Köln umgezogen. Auf ihrem Schulweg kommt sie jetzt täglich am Kölner Dom vorbei. – Inzwischen weiß Paula viele interessante Einzelheiten über den Dom.

4 Diese adverbialen Bestimmungen könntest du dem Cluster entnommen haben:
wo? in Köln – weswegen? wegen des langen, roten Gewandes mit schwarzem Samtbesatz – wie? aufmerksam – wo? im Dom – auf welche Weise? freundlich – wo? hinter dem Hauptaltar – wie? mit über 1000 Edelsteinen und Perlen – welche? der Heiligen Drei Könige – wozu? zur Aufbewahrung der Gebeine der Heiligen Drei Könige – warum? ..., weil die Vorderseite aus reinem Gold gefertigt ist

Seite 68

Teste dich! – Satzglieder

1 Oscar – Subjekt/Wer oder was? – die Bauern; Wegen der großen Hitze – adv. Best. des Grundes/Warum? – aufgrund der tropischen Hitze; werden gebraucht – Prädikat/Was wird getan? – verpacken; nach Deutschland – adv. Best. des Ortes/Wo? Wohin? – in der Rösterei; mit Milch und Zucker – adv. Best. der Art und Weise/Wie? Womit? – als Hase; Oscar – Subjekt/Wer oder was? – Die Kakaobohne — 17 Punkte

2 Richtig sind C, D, F. – Falsch sind A, B, E. — 6 Punkte

Insgesamt zu erreichende Punktzahl: — 23 Punkte

Satzarten unterscheiden

Seite 69

1 a + b Der Kopf ist ein Körperteil. – Rede dich nicht um Kopf und Kragen! – Im Kopf sitzt der Verstand. – Leidest du unter Kopfschmerzen? – Benutze mal deinen Kopf! – Warum hast du nichts als Unsinn im Kopf? – Ich spiele gern Kopfball.

2 ●●● b Mögliche Satzarten zu jeder Verszeile:

sich etwas in den Kopf setzen:
Was hast du dir jetzt wieder in den Kopf gesetzt?
Setz dir das bloß nicht in den Kopf!
Ich habe mir das jetzt in den Kopf gesetzt.

den Kopf hängen lassen
Lass den Kopf nicht hängen! Lässt du etwa den Kopf hängen?
Er lässt heute den Kopf hängen.

jemandem den Kopf verdrehen
Hat dir jemand den Kopf verdreht? Sie hat ihm den Kopf verdreht.
Verdreh ihr bloß nicht den Kopf!

sich den Kopf zerbrechen
Ich habe mir schon den Kopf darüber zerbrochen.
Zerbrich dir nicht den Kopf darüber!
Zerbrichst du dir darüber den Kopf?

Hals über Kopf davonlaufen
Dann bin ich Hals über Kopf davongelaufen.
Lauf nicht Hals über Kopf davon!
Bist du dann Hals über Kopf davongelaufen?

sich etwas aus dem Kopf schlagen
Schlag dir das aus dem Kopf!
Ich habe es mir schon aus dem Kopf geschlagen.
Hast du es dir aus dem Kopf geschlagen?

jemandem den Kopf waschen
Ich habe ihm ordentlich den Kopf gewaschen.
Hast du ihm den Kopf gewaschen?
Wasch ihr mal ordentlich den Kopf!

ein Brett vor dem Kopf haben
Ich hatte ein Brett vor dem Kopf.
Hast du ein Brett vor dem Kopf?
Du hast wohl ein Brett vor dem Kopf!

nicht auf den Kopf gefallen sein
Ich bin nicht auf den Kopf gefallen.
Bist du auf den Kopf gefallen?
Du bist wohl auf den Kopf gefallen!

Seite 70

1 Beispiele: Ein schlauer Kopf benötigt auch ein gutes Frühstück, denn mit leerem Magen kann keiner gut lernen. – Kein Kind sollte mit leerem Magen zur Schule gehen, aber einer Umfrage des Issgut-Instituts zufolge geht jedes siebte Kind ohne Frühstück aus dem Haus. – Mit einem Frühstück sind Kinder im Schulalltag konzentrierter (,) und sie sind auch weniger nervös und reizbar.

2 Es gibt viele Gründe für ein fehlendes Frühstück, **aber/doch** am häufigsten werden Appetitlosigkeit und Zeitmangel genannt. Man kann niemanden zum Essen zwingen, **doch/aber** jeder sollte sich wohl zu einem Glas Milch oder Fruchtsaft bewegen lassen. In den Schulpausen essen manche vor lauter Heißhunger Schokoriegel, **denn** diese Süßigkeiten sind schnell verfügbar, **aber/doch** man hat schon bald erneut Hunger.

3 ●●● Beispiel: Morgens frühstücke ich Müsli mit Milch, denn das schmeckt gut und hält lange vor. In den großen Pausen habe ich

meistens nicht so viel Hunger, aber ich esse mindestens ein Butterbrot mit Käse oder Wurst. In den kleinen Pausen knabbere ich gern rohe Karotten und ich mag auch Äpfel und Pfirsiche.

Seite 71

1 a + b + c Die Personalform des Verbs ist im Hauptsatz unterstrichen und im Nebensatz unterpunktet.
Ein Professor bat seine Zuhörerinnen und Zuhörer, | dass sie die Augen schließen und sich Tiere vorstellen sollten. Als der Saal sozusagen voller Tiere war, | öffnete das Publikum die Augen wieder. Das Publikum erkannte erstaunt, | dass man auch am Tag träumen kann. Wie Tagträume auch beim Lernen helfen, | das erklärte der Professor auch. Manchmal schweift das Gehirn in Tagträume ab, | während es neue Eindrücke ordnet.

2 Träume wirken häufig sehr wirklich, weil sie in Bildern ablaufen. Traumbilder zeigen unterschiedliche Orte und Zeiten, die oft völlig wirr durcheinanderlaufen. In Traumszenen spielt der Träumende, der vielleicht plötzlich etwas ganz Tolles kann, die Hauptrolle.

3 ●●● Träume wirken oft sehr wirklich, weil sie in Bildern ablaufen.
——— Hs ———, Konj. ——— Ns ———.

Traumbilder zeigen unterschiedliche Orte und Zeiten, die oft völlig wirr durcheinanderlaufen.
——— Hs ———, Relativpron. ——— Ns ———.

In Traumszenen spielt der Träumende, der vielleicht plötzlich etwas ganz Tolles kann, die Hauptrolle.
——— Hs ———, Relativpron. ——— Ns ———, ——— Hs ———.

Seite 72

4 A: V – B: E – C: E – D: N

5 Wenn ich meinen Traumberuf ausüben kann, werde ich sehr glücklich sein. Meine Trauminsel, auf der ich gern Urlaub machen würde, ist Rügen. Erst um 10 Uhr fängt meine Traumschule, die direkt am Meer liegt, an. Ich träume davon, dass ich später einmal auf einem Leuchtturm wohnen kann. Im Nebensatz steht die Personalform des Verbs immer **am Ende.**

6 b Als „Leuchtturm" wird in der Seefahrt ein etwa 15 bis 40 Meter hoher Turm bezeichnet, der an wichtigen oder gefährlichen Punkten der Schifffahrt als weithin sichtbares Seezeichen dient. Durch seine Lichtsignale, die man auch Leuchtfeuer nennt, weist er Schiffen den Weg. Sie ermöglichen das Umfahren gefährlicher Stellen, sodass Leuchttürme wahre Lebensretter sind. Weil viele Leuchttürme beeindruckende Bauwerke sind, bilden sie ein beliebtes Fotomotiv für Urlauber.
Da Leuchttürme nachts Licht spenden und die Heimkehr ermöglichen, sind sie ein ermutigendes Symbol.

7 ●●● Beispiel: Leuchttürme sind wichtig für alle Schiffskapitäne, weil sie mit ihrem Leuchtfeuer vor gefährlichen Stellen warnen und den Schiffen den Weg zeigen.

Seite 73

Teste dich! – Satzreihe und Satzgefüge

1
A Ein Satzgefüge besteht aus mindestens einem Hauptsatz und einem Nebensatz. — 3 Punkte
B Zwischen Hauptsatz und Nebensatz muss immer ein Komma gesetzt werden.
C Die Personalform des Verbs steht im Nebensatz immer an letzter Stelle.

2
a Satz A ist ein Hauptsatz. — 1 Punkt
b Die Sätze B und C sind Satzreihen. — 2 Punkte
c **Satz** B: Satzreihe – **Satz** C: Satzreihe + Aufzählung — 3 Punkte
d D **Wenn** jemand beim Spinnen oder Weben den Faden verliert, kann er erst einmal nicht weiterarbeiten.
E Jemand weiß beim Reden den Gedanken nicht mehr, **den** er ausdrücken wollte.
F Dahinter steckt die Vorstellung vom Lebensfaden, **den** die griechischen Schicksalsgöttinnen spinnen.
G **Falls** der Lebensfaden zu dünn ist, könnte er reißen. — 8 Punkte
e Falls der Lebensfaden zu dünn ist, könnte er reißen. — 1 Punkt

Konj. ——— NS ———, ——— HS ———.

Insgesamt zu erreichende Punktzahl: — **18 Punkte**

Was kann ich schon? – Rechtschreibung

Seite 74

1 Zwetschgen | kuchen – Sonnen | aufgang – Mineral | wasser – Bienen | honig — 4 Punkte

2 Richtige Trennung der falsch getrennten Wörter: Durst-lö-scher – Du-sche – Schwimm-be-cken — 3 Punkte

3 Gebäude (**bau**en) – Häute (H**au**t) – ängstlich (**A**ngst) – Plätzchen (Pl**a**tz) – Säugetier (s**au**gen) — 5 Punkte

4 Sand, sandig – Zelt, Zelte – Urlaub, Urlauber – Trab, traben – halb, halbieren – lustig, lustiger – Wink, winken – Spuk, spuken — 8 Punkte

5 Im Sommer ist einfach alles viel besser: Man braucht keinen Pullover und muss sich nicht im Zimmer langweilen. Man kann Fußball spielen und schwimmen gehen. — 16 Punkte

6 Straßenbahnen fahren mit Strom, den sie durch den Stromabnehmer aus der Oberleitung bekommen. Ihre Elektromotoren geben keine Abgase ab. Straßenbahnen sind ein sehr bequemes Verkehrsmittel. Man kann während der Fahrt frühstücken oder lesen. — 20 Punkte

7 Biene – Stier – Igel – Fisch – Spinne – Tiger – Fliege – Ziege — 8 Punkte

Seite 75

8 **Wörter mit ß:** draußen – schießen – Straße – außerdem; **Wörter mit ss:** müssen – Schluss – interessant – Wissen — 8 Punkte

9 **Ein Fehler** findet sich in den Sätzen B, C und D. – **Kein Fehler** findet sich in den Sätzen A, E und F. — 6 Punkte

10 Der Kindersitz gibt kleineren Kindern im Auto mehr Sicherheit. Sie sitzen geschützter, sind angeschnallt und haben auch seitlich einen guten Halt. Das ist wichtig, wenn ein Kind einschläft. Für Größere genügt der Junior-Autositz (auch möglich: Juniorautositz). Ein Kind darf erst ohne Kindersitz mitfahren, wenn es mindestens 12 Jahre alt oder 1,50 Meter groß ist. — 12 Punkte

11 Die meisten Kinder fahren gern Fahrrad, lieben Ballspiele und schauen fern. Manche sitzen zu lange vor dem Fernseher sowie dem Computer und treiben zu wenig Sport. Meist sind Kinder am liebsten draußen im Garten, auf dem Bolzplatz oder auf der Straße. — 3 Punkte

12 „Eigentlich wollte ich heute draußen spielen", seufzt Clemens. – „Und warum", fragt sein Bruder, „machst du es nicht?" – „Dumme Frage!", antwortet Clemens. „Es regnet und meine Gummistiefel haben ein Loch." — 5 Punkte

Fehler vermeiden – Tipps zum Rechtschreiben

Seite 76

1 Ein Poesiealbum ist eine Art **Erinnerungsbuch.** Es gilt als **Freundschaftsbeweis,** sich mit einem lustigen oder **besinnlichen** Spruch oder Gedicht verewigen zu dürfen. Viele **Poesiealbumsprüche** beinhalten einen Treueschwur oder ein **„Vergissmeinnicht"**. Poesiealben gibt es seit mehreren **Jahrhunderten.** Heute sind **Freundschaftsbücher** beliebt, in denen man sich mit seinen Lebensdaten, Vorlieben, Hobbys und einem Foto **präsentiert.**

2 ●●● Tipp: Achte beim Abschreiben besonders auf Doppelkonsonanten, s und ß! Vergleiche anschließend Wort für Wort, Buchstabe für Buchstabe mit der Vorlage.

Seite 77

1 b der Ses-sel, der Ofen, das Bett, der Bett-vor-leger, die Bett-de-cke, die Haus-schu-he, das Kis-sen, die De-cke, der Ted-dy-bär, das Fens-ter, der Blu-men-topf, die Pflan-ze, der Schreib-tisch, der Schreib-tisch-stuhl, der Com-pu-ter, der Klei-der-schrank, die Ta-sche, die Ja-cke, der Ho-cker, der Pa-pier-korb, das Bü-cher-re-gal, die Zeit-schrif-ten, das Aqua-ri-um, die Fi-sche, die Lam-pe, die Zei-tung

2 a bi-tte – Verstoß gegen Tipp A – bit-te; drec-kig – Verstoß gegen Tipp B – dre-ckig; ü-ber – Verstoß gegen Regel Nr. 3 – über (nicht trennbar); Schmu-tz – Verstoß gegen Regel Nr. 2 – Schmutz (nicht trennbar); Fettfing-er – Verstoß gegen Regel Nr. 1 – Fett-fin-ger; umsch-meißen – Verstoß gegen Regel Nr. 1 – um-schmei-ßen; kle-bri-ge – Verstoß gegen Tipp A – kleb-ri-ge

b be-ach-ten – un-be-dingt – Un-ord-nung – will-kom-me-ner – Tisch-de-cke – öli-ge – mat-schi-ge – Es-sens-res-te – ver-streu-en – fest-tre-ten

Seite 78

3 Zoo-wärter-käfig-schlüssel-bund – Sommer-schluss-verkauf-schnäppchen-jäger – Schul-haus-tür-rahmen-holz-band-wurm-loch

4 **Wörter mit Vorsilbe ver-/Ver-:** ver-nehmen – das Ver-trauen – ver-schreiben – ver-mutlich – ver-sorgen – der Ver-teiler
Wörter mit f-/F-: das Ferkel – fertig – die Ferien – der Fernseher

5 ●●● Kaufladen: Kauf | laden – Haustier: Haus | tier – Talentwässerung: Tal | entwässerung – beinhalten: be | inhalten – Nachteilzug: Nacht | eilzug

Seite 79

1 Beispiele: **schreiben:** ab-schreib-en – ver-schreib-en – auf-schreib-en – Schreib-tisch – schreib-faul – Kugel-schreib-er – Schreib-schrift; **hängen:** auf-häng-en – ab-häng-en – zu-häng-en – ver-häng-en – fest-häng-en – Auf-häng-er – an-häng-lich – An-häng-er – Ver-häng-nis; **trocknen:** ab-trock-nen – ver-trock-nen – staub-trock-en – Trock-ner – Trock-enheit

2 a + b + c **sehen:** die Sehkraft, der Sehtest, du siehst, das Fernsehprogramm; **geschehen:** es geschieht, das Geschehnis, was geschah?; **gehen:** die Herangehensweise, es geht, der Gehweg, gehst du?; **stehen:** das Stehcafé, ihr steht, die Stehleiter, das Stehaufmännchen

Seite 80

3 der Schädling, schaden – die Wäsche, waschen – häufig, der Haufen – die Läuse, die Laus – färben, die Farbe – aufräumen, der Raum – häuslich, das Haus – wählen, die Wahl

4 In der vierten Spalte musst du ein zusammengesetztes Wort eintragen. Im Folgenden ist dafür jeweils ein Beispiel genannt: die Gans – die Gänse – das Gänschen – der Gänsebraten; der Baum – die Bäume – das Bäumchen – das Baumhaus; der Ast – die Äste – das Ästchen – das Astloch; das Blatt – die Blätter – das Blättchen – der Blattsalat

5 hausen – Schaden – Schaum – handeln – stark

6 Die richtigen Wörter findet man durch Rückwärtslesen der Buchstaben:
rückwärts – Bär – Geländer – Lärm – sägen – Käse – täuschen – spät – gähnen – März – Käfer – Träne

Seite 81

1 die Pferde, die Hüte, die Räder, die Monde, die Kleider, die Zelte, die Münder, die Zwerge, die Bänke, die Brote, die Siebe

2 klug, klüger, klügsten – grob, gröber, gröbsten – bunt, bunter, buntesten – flink, flinker, flinksten – wild, wilder, wildesten – kalt, kälter, kältesten

3 alt, älter, ältesten – sanft, sanfter, sanftesten – schlank, schlanker, schlanksten – breit, breiter, breitesten – jung, jünger, jüngsten – fremd, fremder, fremdesten

4 biegt – Zwei Autos biegen um die Ecke./hält, hupt – Sie halten und hupen./hinkt, steigt – Zwei alte Damen hinken herbei und steigen ein.

Seite 82

5 Kor?sessel → Kor?|sessel → Körbe → Korbsessel – Schwieri?keiten → Schwieri?|keiten → schwieriger → Schwierigkeiten – Strei?fall → Strei?|fall → streiten → Streitfall – Tausen?füßler → Tausen?|füßler → Tausende → Tausendfüßler – Köni?reich → Köni?|reich → Könige → Königreich – Gesun?heit → Gesun?|heit → gesünder → Gesundheit – Ban?angestellter → Ban?|angestellter → Banken → Bankangestellter

6 a + b versüßen – Süßigkeit – süß – Süßstoff, felsig – Felsbrocken – Felsen – Fels, Eis – eisig – vereisen – Eisschicht

Seite 83

1 MXMOFHXZEFMP: Paprikachips; GLDROQBFP: Jogurteis

2 1 Kabeljau, 2 Kaffee, 3 Karpfen, 4 Kartoffel, 5 Kaviar, 6 Kichererbse, 7 Kirsche, 8 Kiwi, 9 Knoblauch, 10 Kohl, 11 Kohlrabi, 12 Kürbis

3 a Folgende Informationen vermitteln die unterlegten Flächen im Wörterbuchauszug:
1. Pluralendung: die Karamellen – 2. Betonungszeichen: Unterstrich = langer Vokal – 3. Worterklärung – 4. bestimmter Artikel/Geschlecht – 5. Genitivendung (hier: des Karates oder des Karats) – 6. Herkunft des Wortes (hier: griechisch) – 7. mögliche Stellen für Trennungen – 8. zusammengesetzte Wörter

●●● b Weitere Informationen in dem Wörterbuchauszug: Betonungszeichen: kurzer betonter Vokal (Karamelle) – unterschiedliche Pluralendungen möglich (hier: die Karateka/die Karatekas) – Anwendungsbeispiel (hier: 24 Karat)

Seite 84

Teste dich! – Tipps zum Rechtschreiben

1

	Rundfunk	schäumend	Augenlid	gräbt	dauernd	Päuschen	7 Punkte
Verlängerungsprobe	X (funken)		X (Lider)	X (graben)	X (dauernde)		
Ableitungsprobe		X (Schaum)		X (graben)		X (Pause)	

2 a Richtig sind die Antworten A, B, C und D. – Falsch ist Antwort E. 5 Punkte

b 1 Wald → Wälder – gehört zu Aussage B; 2 Rächer, belämmert, einbläuen – gehört zu Aussage D; 3 Kleid → Kleider, Fuß → Füße – gehört zu Aussage B; 4 Schmaus → schmausen, Gras → Gräser – gehört zu Aussage A; 5 verbieten, Verkauf, verloren, verstehen, Verneinung – gehört zu Aussage C 5 Punkte

3 Rund|weg|weiser – Flug|zeug|träger – Wind|hund|rennen – Heiß|luft|ballon – Nacht|blind|flug – Halb|zeit|pause – Hand|staub|sauger – Buß|geld|bescheid 8 Punkte

Insgesamt zu erreichende Punktzahl: **25 Punkte**

Üben macht sicher – Regeln zum Rechtschreiben

Seite 85

1 a Wenn – statt – anderer – Welt – gekommen – Schwester – irgendein – fremdes – Welt – dann – mich – Und – denn – dann – ich – Und – würd – mich – irgendwer – vermissen – wissen – Statt – ganz – anderes – Kind – würde – Eltern – und – hätte – ganzes – Spind – hätten

b + c Wörter mit **zwei oder mehr verschiedenen Konsonanten** nach dem betonten kurzen Vokal: anderer – Welt – Schwester – irgendein – fremdes – Welt – mich – und – ich – und – würd – mich – irgendwer – ganz – anderes – Kind – würde – Eltern – und – ganzes – Spind

Wörter mit **verdoppeltem Konsonanten** nach dem betonten kurzen Vokal: Wenn – statt – gekommen – dann – denn – dann – vermissen – wissen – Statt – hätte – hätten

Seite 86

2 a Suppe → Puppe → Pappe → Mappe – Ratte → Matte → Mitte → Sitte – Kelle → Helle → Felle → Falle

b Mögliche Wörter: **Puppe:** Püppchen, puppenhaft, Puppenmutter – **Pappe:** pappen, pappig, Pappdeckel – **Mappe:** Mäppchen – **Kelle:** Suppenkelle, Kellenstiel – **Helle:** hell, hellauf, Helligkeit, aufhellen – **Falle:** Fallensteller, fallen, verfallen

3 a Sauerstoff – Ballett – Brenn – Schluss – Bett – Flasche – Stoff – Strich – Woll – Fahrt – Schiff –
●●● Lappen – Fetzen – Tuch – Tänzerin – Nessel

b B Stofffetzen – C Betttuch – D Balletttänzerin – E Schlussstrich – F Wolllappen – G Schifffahrt – H Brennnessel

Seite 87

4 Beispiele:

Stecken, Zecken, Decken, wecken, recken, Flecken, necken, schmecken, verdrecken, entdecken
Sack, hack!, back!, Frack, Pack, Lack
Satz, Latz, Schatz, Platz, schmatz!, Spatz
Zitze, Ritze, Hitze, Blitze, Witze, Spitze
bestücken, schmücken, pflücken, drücken, glücken, rücken, Mücken

5 Fußball – Fußball – meckert – Wohnzimmerecke – stinkt – will – Ball – offensichtlich – kann – schmutzig – verletzen – manchmal – kaputt – Fall – begriffen – Welt – eröffnen – kann – kommst – kannst – zerkratztes – tolle – spannende – Vernetzung

6 ●●● Mögliche Fortsetzung: „Natürlich kann ich den Kindern spannende Spiele bieten! Außerdem ist Fußballspielen gesund, weil der Körper trainiert wird und das Spiel an der frischen Luft stattfindet“, entgegnet der Fußball. „Bei dir hocken die Kinder den ganzen Tag still, genau wie vor der Glotze!“ „Motz ruhig“, sagt der Computer, „letzten Endes entscheiden die Kinder.“

Seite 88

Lange Vokale

1 Beispiele für Reimwörter: Frage/Plage/Sage – Gruß/Fuß/Ruß – Mut/Hut/Wut – sagen/fragen/klagen

2 Ballon 1: Bahn – Rahmen – Wahl – Mahl – kahl – Fahne
Ballon 2: Lehm – Fehler – Kehle – Mehl – sehr – mehr
Ballon 3: Lohn – Sohn – Rohr – Mohn – bohren
Ballon 4: Huhn – Stuhl – Zufuhr – Ruhm

Seite 89

3 Wal = Säugetier, Wahl = Stimmabgabe – malen = zeichnen, mahlen = zerkleinern – Ur = Auerochse, Uhr = Zeitmessgerät – Namen = Benennung, nahmen = Präteritum von „nehmen"

4

-hl	-hm	-hn	-hr
Stahl	Rahmen	Sahne	ungefähr
Kohle	nehmen	Zahn	Fähre
Fröhlichkeit	Lehm	Kahn	rühren
Fehlzeit			Verkehr
erzählen			Jahr
			Ehre

Seite 90

5 a + b
sehen: se-hen, vorhersehbar, er sieht, das Ansehen, die Fernsehzeitschrift
ziehen: zie-hen, die Ziehharmonika, die Anziehungskraft, das Abziehbild, es zieht
gehen: ge-hen, die Gehbehinderung, sie geht, der Gehweg, geht ihr?
stehen: ste-hen, das Stehpult, du stehst, die Stehleiter, der Türsteher

6

	Präsens		Präteritum	
Infinitiv	**1. Person Singular**	**3. Person Singular**	**3. Person Singular**	**3. Person Plural**
drehen	ich drehe	er/sie/es dreht	er/sie/es drehte	sie drehten
mähen	ich mähe	er/sie/es mäht	er/sie/es mähte	sie mähten
flehen	ich flehe	er/sie/es fleht	er/sie/es flehte	sie flehten

Seite 91

7 a + b Erdbeere: Erdbeerbeet, Erdbeertorte – Haar: Haarpracht, Haarspange – Paar: Ehepaar, Hochzeitspaar – Boot: Bootssteg, Segelboot – Meer: Meerjungfrau, Meeresstrand – Tee: Teetasse, Früchtetee – Waage: Personenwaage, Küchenwaage – See: Seeungeheuer, Seeufer – Klee: Kleeblatt, Glücksklee

8 Seeräuber, Mittelmeer, Aasgeier, Blumenbeet, Speerspitze, Seelentröster, Zootier, Schneepflug, Moospolster, Stachelbeere

9 waagerecht: die Armee, die Tournee, die Idee, der Kaffee, die Orchidee, die Allee
senkrecht: das (auch: der) Gelee, das Püree, der Tee

Seite 92

10 1 Dieb – 2 Triebe – 3 Schielen – 4 Erfrierung – 5 Verbiegung – 6 Schienen – 7 Fliege – 8 vier

11 Oma Lieselotte liebte ihren Mops. Er **hieß** Moppel und er **trieb** es bunt: **Rief** Oma „Sitz!", dann **lief** er weg. **Schrie** sie: „Gassi gehen!", dann **blieb** er stocksteif stehen. Doch **ließ** er Oma Lieselotte nie allein und **schlief** jede Nacht in ihrem Bett. Und er **liebte** Oma genauso sehr wie sie ihn!

12 kontrol**lieren**, dik**tieren**, protest**ieren**, paus**ieren**, platz**ieren**, fantas**ieren**, nummer**ieren**

Seite 93

13 Ruine – Praline – Rosine – Violine – Benzin – Termin – Kantine – Stativ

14 ●●● Säugetiere, beliebte, dir, Haustier, dir, liest, dir, diese, Verlieben, Kaninchen, prima, spielen, possierliche Tierchen, Tier, kriegt, ruhige, Ferien, Hierbei, niemand, Nie wieder

Seite 94

1 Bastians Sommer
In diesem Jahr verbringt Bastians Familie die Sommerferien an der Nordsee. Mittags in der Ferienwohnung angekommen, findet Familie Hesse einen Riesenschlamassel vor: In seinem Bett entdeckt Bastian Salatschüsseln, in der Badewanne stößt er auf einen Wasserkessel. Ums Sofa herum riecht es leicht säuerlich, Schwester Susi zieht eine Essigflasche darunter hervor. Gemeinsam sucht Familie Hesse alles ab, doch es findet sich nichts Seltsames mehr. Anschließend geht es an den Sandstrand. Zum Essen sind von der Reise Käsebrote übrig, Bastian packt noch Süßigkeiten ein, Nussschokolade und etwas Kuchen. Susi nimmt das Buch mit, in dem sie gerade liest. Vater Hesse will Wattwürmer suchen und Muscheln sammeln. Am Strand ist es heiß, die Hesses verkriechen sich flugs unter dem Sonnenschirm.

2 a Sommer – diesem – Sommerferien – Nordsee – Riesenschlamassel – seinem – Salatschüsseln – Sofa – säuerlich – Susi (2x) – Gemeinsam – sucht – sich – Seltsames – Sandstrand – sind – Reise – Käsebrote – Süßigkeiten – sie – suchen – sammeln – sich – Sonnenschirm

b **Wörter mit ß:** Anschließend – Süßigkeiten – heiß
Wörter mit ss: Hesse(s) (3x) – Riesenschlamassel – Salatschüsseln – Wasserkessel – Essigflasche – Essen – Nussschokolade
Wörter mit s: Bastian(s) (3x) – Mittags – Ums – es – Schwester – heraus – alles – es – nichts – Seltsames – es – etwas – das – liest – ist – es – flugs

Seite 95

3 Hälse → Hals, Ausweise → Ausweis, Kreise → Kreis, Felsen → Felsbrocken, blasen → Blaskapelle, → böse → Bosheit, gläsern → Glaskugel

4 a sausen → sauste, brausen → brauste, beschließen → beschließt, rasen → rast, grasen → grast, fließen → fließt, schießen → schießt, grüßen → grüßt, verspeisen → verspeist, genießen → genießt, dösen → döst

●●● b Opa hat weiße Haare, aber ist er auch durch seine Lebenserfahrung weise geworden? – Ich weiß es nicht.
Er reist nach Rom, fährt Vespa und reißt sich die Jacke auf. Nach der Besichtigung verließ er das Verlies mit Schaudern.

Seite 96

5

Wasser	Ross	Tasse	Ass	
	Boss	Kasse	Fass	
		Masse	Bass	Kuss
			nass	Fluss
			messen	Schuss
		fassen	essen	Schluss
	Sprosse	lassen	fressen	Nuss
müssen	Flosse	passen	pressen	

6 a + b
●●● **Wörter mit ß nach langem Vokal oder Diphthong:** Schweiß – dreißig – draußen – Straße – außerdem
Wörter mit ss nach kurzem Vokal: er lässt – Adresse – ein bisschen – besser – interessant – nass

Seite 97

7

Infinitiv	Präsens	Präteritum	Nomen mit ss/ß
fressen	er frisst	er fraß	der Fressnapf/der Fraß
fließen	es fließt	es floss	der Fluss/das Fließband
reißen	sie reißt	sie riss	der Riss/das Reißbrett
messen	ich messe	ich maß	die Messung/das Maß
schießen	er schießt	er schoss	der Schuss/die Schießübung

8 müssen, einlassen, Gießkannen, Wasser, beißt, Biss, bisschen, Schließlich, schmeißt, Gießkannen, reißt, Wasser, genießen, Genuss, vergessen, lässt, ergossen, blassroten, Füßen, großen

Seite 98

1 A Ersatzprobe nicht möglich → Schreibung „**dass**“
B Ersatzprobe möglich: → Schreibung „**das**“: Das Ferienhaus am Meer, das (*welches*) wir gemietet haben, liegt in der Bretagne.

2 Endlich war es so weit: Frühmorgens am ersten Tag der Ferien stiegen wir ins Auto, **das** schon voll bepackt in der Einfahrt stand. Ich war froh, **dass** ich auf dem Rücksitz noch eine Weile schlafen konnte. Als ich aufwachte, sah ich ein Straßenschild, **das** mir unbekannt vorkam. Da merkte ich, **dass** wir die Grenze schon überquert hatten und in Frankreich waren! Toll war,

dass wir von der Pariser Stadtautobahn aus sogar kurz den Eiffelturm sahen. Am späten Nachmittag erreichten wir dann ein hübsches Dorf, **das** nahe am Meer lag. Da war auch schon unser Ferienhaus, **das** in echt noch schöner aussah. Wir packten aus, doch ich konnte es kaum erwarten, **dass** wir endlich zum Meer hinuntergingen. Als ich das Meer sah, **das** weiße Schaumkronen trug, beschloss ich, **dass** ich spontan hineinspringe. Im Wasser, das gar nicht kalt war, war ich mir sicher, **dass** dieser Urlaub wunderbar werden würde.

Seite 99

1 a Es ist Viertel vor vier. Veronika hat Unterricht im Violinenspiel. Ihr Vater hat Visionen. Er hofft, dass die Tochter vielleicht einmal Violinistin wird. Veronika interessiert sich viel mehr für Viecher, sie hätte vor allem gern einen Vogel, nämlich einen Papagei. Im Unterricht versucht sie, das verflixt schwere Stück vorzuspielen. Die Lehrerin lauscht vergnügt. „Beginne lieber von vorn!", ermutigt sie. „Vielleicht gelingt es dir dann besser!"

b **Wörter mit v/V gesprochen wie f:** Viertel, vor, vier, Vater, viel, vor, versucht, verflixt, vorzuspielen, vergnügt, von, vorn, Vielleicht – **Wörter mit v/V gesprochen wie w:** Veronika, Violinenspiel, Visionen, Violinistin, Veronika

2 Mögliche Verben:
ver-: versehen, verbleiben, verändern, verlaufen, verfallen, vergeben, verbitten, verblühen, verlassen, verbrauchen, verlegen, verbergen, verbringen, verkommen, verärgern, verstellen
vor-: vorsehen, vorlaufen, vorfallen, vorgeben, vorlassen, vorlegen, vorbringen, vorkommen, vorliegen, vorstellen

Seite 100

3 **links:** boxen, Nixe, Fax, Text – **rechts:** Taxi, Hexe, Examen, mixen

4 Fuchs – sechs – wachsen – Lachs – Wachs – Ochse

5 Faxen – wechseln – Sachse – Axt – Flachs – Lexikon – Explosion – Xylophon

6 unterwegs – Wege; du weckst – wecken, der Wecker; Klecks – kleckern; tagsüber – die Tage; du denkst – denken; anfangs – anfangen; links – die linke Seite; zwecks – der Zweck; du lenkst – lenken

Seite 101

Teste dich! – Kurze und lange Vokale, s-Laute und schwierige Laute

1 b A Tieren: Das ist die „normale" Schreibweise. Die meisten aller Wörter mit lang gesprochenem **i** werden mit **ie** geschrieben.
B Löwe: In den meisten Wörtern wird der betonte lange Vokal nur mit einem Buchstaben geschrieben. Danach folgt meist nur ein Konsonant (hier **w**).
C Tsadsee: Wörter mit Doppelvokal sind Merkwörter.
D Künstlermähne: Bei einer kleinen Gruppe von Wörtern folgt nach dem betonten langen Vokal ein **h.** Das h steht häufig vor den Konsonanten **l, m, n** oder **r.** 4 Punkte

2 Die Gi**raffe** st**and** mit gespreizten Beinen am Wa**ss**er **und** tr**ank** in kleinen, h**ast**igen Schl**uck**en.
D**ann** meinte sie: „Schr**eck**liche Leute! **Und** sie k**önn**ten's so h**übsch** haben! Sie tauchen wie die F**isch**e, sie laufen wie wir, sie segeln wie die **Ent**en, sie kl**ett**ern wie die G**äms**en **und** fliegen wie die Adler, **und** was br**ing**en sie mit ihrer T**ücht**igkeit zu St**and**e?" 21 Punkte

3 Re~~f~~/~~w~~/volutionen, Strei~~chs~~/ks/~~gs~~, ~~f~~/~~w~~/vollendete, ~~F~~/W/~~V~~üste, län~~kst~~/~~xt~~/gst 5 Punkte

4 bloß, ließ, müssen, sagen, Großen, alles, es, besser, was 9 Punkte

Insgesamt zu erreichende Punktezahl: **39 Punkte**

Groß- und Kleinschreibung

Seite 102

1 die Sicherheit – die Sicherung – die Bereitschaft – die Tarnung – die Bescheidenheit – die Tapferkeit – die Heiterkeit – die Bitternis – die Bitterkeit – die Versteinerung – die Freundschaft – die Wissenschaft – die Finsternis – die Finsterkeit – die Frechheit – das Geheimnis – das Fürstentum – das Ergebnis – die Landschaft – die Höflichkeit – die Erzählung – die Beleidigung – die Dunkelheit

2 ●●● **Waagerecht:** die Überlegenheit – die Gesellschaft – die Verwandtschaft – die Verpflichtung – die Gemeinheit – die Bemerkung – das Eigentum – der Irrtum – die Ratlosigkeit – die Geschicklichkeit
Senkrecht: das Heiligtum – die Begegnung – die Eitelkeit – das Bildnis – die Erlaubnis

Seite 103

3 a das tintenfisch-orakel paul aus dem sealife-aquarium im ruhrgebiet hat eine niederlage der deutschen nationalmannschaft im halbfinale gegen spanien vorausgesagt. dem tintenfisch wurden zwei gläser mit muschelfleisch jeweils mit der deutschen und der spanischen flagge im wasser aufgestellt. nur wenige minuten später setzte sich paul auf den spanischen behälter, öffnete den deckel und verspeiste genüsslich das muschelfleisch. die anwesenden erstarrten vor schreck, denn damit entschied sich der oktopus gegen die deutsche fußballmannschaft. das ist eine bittere nachricht für die deutschen jungs, denn das tintenfisch-orakel gilt als sehr treffsicher. alle deutschen begegnungen der WM in südafrika hatte paul richtig vorhergeschmeckt.

b Das Tintenfisch-Orakel Paul aus dem Sealife-Aquarium im Ruhrgebiet hat eine Niederlage der deutschen Nationalmannschaft im Halbfinale gegen Spanien vorausgesagt. Dem Tintenfisch wurden zwei Gläser mit Muschelfleisch jeweils mit der deutschen und der spanischen Flagge im Wasser aufgestellt. Nur wenige Minuten später setzte sich Paul auf den spanischen Behälter, öffnete den Deckel und verspeiste genüsslich das Muschelfleisch. Die Anwesenden erstarrten vor Schreck, denn damit entschied sich der Oktopus gegen die deutsche Fußballmannschaft. Das ist eine bittere Nachricht für die deutschen Jungs, denn das Tintenfisch-Orakel gilt als sehr treffsicher. Alle deutschen Begegnungen der WM in Südafrika hatte Paul richtig vorhergeschmeckt.

Seite 104

4 a + b Diese Satzteile solltest du verbunden und aufgeschrieben haben: Trug Tim eine so helle Hose nie mit Gurt? – In Nagold legen Hähne Geld, log Anni. – Nette Rehe retten. – Regal mit Sirup pur ist im Lager. – Nie grub Ramses Marburg ein.

5 ●●● a + b Ein Schellfisch kam herangeschwommen
und machte sich ganz unbesonnen
auf den Weg in die Meerestiefe
und tat dann so, als ob er schliefe,
wie immer, wenn er in Gefahr
und ein Haifisch in der Nähe war.

Der Haifisch drehte seine Runden,
um Appetit auf Fisch zu bekunden.
Er biss dem Tintenfisch vom Leib
zwei Arme, nur zum Zeitvertreib.

Der Tintenfisch, zwei Arme weniger,
begab sich deshalb viel zielstrebiger,
als es seine Art war, nach Oberhausen,
ins Aquarium, ganz ohne Meeresbrausen.
Und dort, im fernen Ruhrpott,
isst er seitdem nur Muschelkompott.

So schwimmt der Tintenfisch nun hin und her
im See-Aquarium, nicht im Meer.
Und dabei denkt das kluge Tier
ohn' Wehmut an sein altes Jagdrevier.

Der Schellfisch aber, im tiefen Meer,
schwimmt weiterhin noch hin und her
und sagt sich ehrlich und offen:
„Zum Glück hat es nicht mich getroffen."

Seite 105

6 Sehr geehrte Damen und Herren bei Sealife,

mit Freunden diskutierte ich über die Fußballprophezeiungen des Tintenfisches Paul. Ich persönlich halte das für einen Scherz. Meine Freunde meinten, dass Sie/~~sie~~ als Mitarbeiter eines Sealife-Aquariums es doch genau wissen müssten. Meine Freunde sagen, dass Tintenfische sehr intelligent seien, da ~~Sie~~/sie neun Gehirne hätten. Ich kann das aber nicht glauben, Sie/~~sie~~ doch sicher auch nicht, oder? Weiterhin behaupten ~~Sie~~/sie, also meine Freunde, dass ~~Sie~~/sie, also die Tintenfische, drei Herzen hätten. Nun bitte ich Sie/~~sie~~, mir mit Ihrem/~~ihrem~~ Wissen diese Behauptungen zu bestätigen. Falls Paul wirklich weissagen kann, empfehle ich Ihnen/~~ihnen~~, ihm ein Weibchen an die Seite zu geben. Dann gäbe es vielleicht bald kleine Tintenfische und ~~Sie~~/sie könnten mit ~~Ihren~~/ihren von den Eltern geerbten Fähigkeiten zum Beispiel die Aktienkurse vorhersagen oder das Wetter oder meine Zeugnisnoten. Das wäre doch ein gutes Geschäft für Sie/~~sie~~, oder?

Mit freundlichen Grüßen
Max Schlaumeier

7 Lieber Max,
gern beantworte ich deine/Deine Fragen: Kraken haben nur ein Herz und ihre acht Arme steuern sie mit einem einzigen Gehirn. Und du/Du hast recht, Paul kann in Wahrheit nicht hellsehen. Aber stell dir/Dir vor: Kraken sind sehr intelligent, sie können den Weg durch ein Labyrinth finden und sogar Gläser öffnen!

Viele Grüße
Martin Wasserfreund

Seite 106

1 das Weiße Haus, die Deutsche Dogge, die Erste Bundesliga, der Atlantische Ozean, die Schwäbische Alb, der Dritte Oktober

2 Jana war in den Ferien beim **Schiefen Turm** von Pisa. Aber schiefe Blicke mag sie nicht.
Als Taya in Istanbul mit ihren Eltern die **Blaue Moschee** besichtigt hat, trug sie ihr blaues Lieblingskleid.

Bruno interessiert sich für den **Zweiten Weltkrieg**. Ich kenne keinen zweiten Fünftklässler, der das tut.
Beren hat einen großen Traum: Sie träumt davon, einmal nach China zur **Großen Mauer** zu reisen.
Am **Tag der Deutschen Einheit** haben wir schulfrei. Darüber freuen sich nicht nur alle deutschen Schülerinnen und Schüler.

Zeichensetzung

Seite 107

1 a + b + c Eisbären leben **entweder** in der Nähe von Küsten **oder** in der Reichweite von Inseln in den Eisregionen der Arktis. Die ausgewachsenen Tiere zeichnen sich durch einen langen Hals, mit Schwimmhäuten versehene Vordertatzen **und** kräftige Hinterbeine aus. Auffällig ist auch ihr **sowohl** langer **als auch** schmaler Kopf. Ihr Fell sieht weiß**,** cremefarben **oder** gelblich aus. Es ist außerdem ölig**,** kaum glänzend **und** wasserabweisend. Eisbären sehen jedoch nur aus der Ferne niedlich**,** kuschelig **sowie** freundlich aus. In Wirklichkeit können sie sehr gefährlich werden – für ihre Artgenossen**,** für andere Tiere **und** für Menschen. Denn Eisbären sind Raubtiere mit einem enormen Fettverzehr. Im Winter harren sie oft stundenlang **entweder** vor Eislöchern **oder** Packeisspalten aus, bis eine Robbe zum Luftholen an die Oberfläche kommt. Mit ihren **sowohl** großen **als auch** kräftigen Pranken ziehen sie ihre Beute dann blitzschnell aus dem Wasser**,** töten sie **und** fressen sie auf.

2 ●●● Die falsch gesetzten Kommas sind unterstrichen:
Die Paarung der Eisbären findet in den Frühlingsmonaten März bis Juni statt. Nach acht Monaten Schwangerschaft bringen die Weibchen dann in einer Schneehöhle meist zwei, oder drei Jungen zur Welt. Die Neugeborenen sind zunächst weder ansehnlich, noch flauschig. Vielmehr ähneln sie nackten Ratten, und wiegen nur knapp 600 Gramm. Erst nach vier bis fünf Wochen sieht man an Augen, Fell, sowie Zähnen einen deutlichen Entwicklungsfortschritt. Nach etwa vier Monaten verlassen die Jungen dann erstmals die Geburtshöhle, erkunden neugierig die Umgebung, und fressen bereits von den gefangenen Robben der Mutter mit.

Seite 108

3 Beispiele:
Der Zoodirektor berichtet den Journalisten: „Unser Eisbärweibchen ist trächtig." – „Ich freue mich schon auf den niedlichen Eisbärennachwuchs", schwärmt Sabrina. – „Eisbären sind Raubtiere", betont Leonie, „auch wenn sie niedlich aussehen."

4 a + b + c „Ich finde Eisbären ja sooo süß", schwärmt Leonie. „O ja, Eisbärbaby Knut hätte ich am liebsten als Haustier genommen", ergänzt Sabrina. Sie fragt nach: „Warst du damals im Berliner Zoo und hast dort Knut gesehen?" „Nein, leider nicht", bedauert Leonie, „aber ich habe anderen Eisbärkindern beim Spielen zugesehen. Das hat echt Laune gemacht." Jonas spitzt die Ohren und gibt zu bedenken: „Habt ihr schon davon gehört, dass eure Lieblingstiere vom Aussterben bedroht sind?" „Erzähl mal Genaueres!", fordert Leonie ihren Mitschüler interessiert auf. Jonas führt aus: „Ich habe neulich gelesen, dass die Klimaerwärmung in der Arktis das Leben der Eisbären bedroht. Nach und nach verschwinden die Eismassen, die Jagdreviere der Tiere werden kleiner und die Kinderstuben der Eisbären verschwinden."

5 a + b Beispiele: **„**Was kann man denn an der schwierigen Situation der Eisbären ändern?**"**, fragt Leonie besorgt. **„**Vielleicht sollte man die Eisbärenjagd verbieten**"**, erwidert Jonas. Corinna wirft ein**: „**Jeder Einzelne kann etwas zur Rettung der Eisbären beitragen, denn der Klimawandel ist eine Angelegenheit, die sich auf die gesamte Erde bezieht.**" „**Ich hoffe**"**, betont Bastian, **„**dass alle mithelfen werden, die Klimakatastrophe zu verhindern.**"**

Seite 109

Teste dich! – Großschreibung und Zeichensetzung

1 A Satzanfänge und Nomen werden **großgeschrieben.** 2 Punkte
B Eine Reihe von Nomen erkennt man an den typischen Endungen: -heit, -keit, -ung, -schaft (-nis, -tum).

2 a in den letzten jahren ist der urlaub auf dem bauernhof für familien mit kindern zum besonderen erlebnis geworden. sie mögen vor allem die freiheit und die natur auf dem land. aber auch spannende unternehmungen wie übernachtungen im heu oder im stroh sind sehr beliebt. (13 + 3 Satzanfänge) 16 Punkte
b In den letzten Jahren ist der Urlaub auf dem Bauernhof für Familien mit Kindern zum besonderen Erlebnis geworden. Sie mögen vor allem die Freiheit und die Natur auf dem Land. Aber auch spannende Unternehmungen wie Übernachtungen im Heu oder im Stroh sind sehr beliebt.

3 Endlich sollte die lang ersehnte Reise für die nächsten großen Ferien geplant werden.
Schon zweimal hatten Sandra und Tim ihre Eltern ermahnt:
„Wann setzen wir uns endlich zusammen und reden über die Reiseplanung?“ (1 P. Anführungszeichen)
„Bisher sind wir ja immer gern nach Italien, Österreich oder in die Schweiz gefahren“, (1 P. Anführungszeichen, 2 P. Kommas)
begann die Mutter das Gespräch. „Ach, nicht schon wieder“, maulte Sandra, (1 P. Anführungszeichen, 2 P. Kommas)
„wir könnten doch mal einen Abenteuerurlaub machen.“ „Ohne mich!“, (2 P. Anführungsz., 1 P. Ausrufez., 1 P. Kommas)
rief der Vater entsetzt. „Ich bevorzuge einen ruhigen Urlaub am Meer.“ (1 P. Anführungszeichen) insgesamt 12 Punkte

Insgesamt zu erreichende Punktzahl: **30 Punkte**

Übungen für einen Abschlusstest

Seite 111

1 Richtig ist Antwort D. 1 Punkt

2 A 3 Hundeberufe im Wandel B 1 Retter auf vier Pfoten 4 Punkte
C 4 Mit der Leine auf den Laufsteg D 2 Freunde und Helfer

3 Richtig ist Antwort A. 1 Punkt

Seite 112

4 A: 4 – B: 1 – C: 5 – D: 2 – E: 3 5 Punkte

5 Richtig ist Antwort C. 1 Punkt

6 Richtig ist Antwort D. 1 Punkt

7 Beispiele: Schlittenhunde wurden durch Motoren ersetzt./Schlitten, die durch Hunde gezogen wurden, wurden durch Motorschlitten ersetzt. 1 Punkt

8 Menschen, die Gebrauchsartikel gestalten, nennt man Designer. 1 Punkt

9 Richtig ist Antwort C. 1 Punkt

Seite 113

10 Der Hundeführer (h hinter langem betonten Vokal) Andreas hat mir erzählt, wie er Leila zum Lawinenhund ausgebildet hat. Zunächst m**uss** (Doppel-s nach kurzem betonten Vokal) man den richtigen Hund aussuchen. Künftige Re**tt**ungshunde (Doppelkonsonant nach kurzem betonten Vokal) müssen mindestens 20 Monate alt sein. Sie müssen gern mit Menschen zusammen (Doppelkonsonant nach kurzem betonten Vokal) sein. Ihren Hundefü**h**rern (h hinter langem betonten Vokal) müssen sie aufs Wort gehorchen, damit sie im **E**rnstfall (Begleitwort Präposition, mit Artikel verschmolzen: *im = in dem*) schne**ll** (Doppelkonsonant nach kurzem betonten Vokal) reagieren können. Andreas hat Leila da**nn** (Doppelkonsonant nach kurzem betonten Vokal) mit Hilfe von **T**estpersonen (Nomen mit Begleitwort Präposition: *von*) darauf trainiert, Menschen im Gelände unter Schneedecken zu erschnüffeln. Zur Belohnung bekam Leila immer einen Keks. Au**ß**erdem (stimmloser s-Laut nach langem Vokal = ß) musste Leila **l**ernen, dass sie sich nicht von anderen Tieren und Geräuschen bei ihrer **A**ufgabe (Nomen mit Begleitwort Personalpronomen: *ihrer*) stören lassen darf. 12 Punkte

11 verfolgte, verlor, zog, blieb, schnüffelte, sprang, bellte 7 Punkte

Seite 114

12 Verstärkung (Akkusativ), die Räuber (Akkusativ), vieler Blaulichter (Genitiv), Die eingetroffenen Polizisten (Nominativ), Handschellen (Akkusativ), sie (Nominativ), dem Holzstoß (Dativ), des Hundes (Genitiv) 8 Punkte

13 16 Punkte

Satzglieder	Nummer	Satzglieder	Nummer
Subjekt	2, 12	adverbiale Bestimmung des Ortes	5, 13
Prädikat	3, 6, 10, 15	adverbiale Bestimmung der Zeit	14
Dativobjekt	7, 16	adverbiale Bestimmung der Art und Weise	9
Akkusativobjekt	4, 8, 11	adverbiale Bestimmung des Grundes	1

Seite 115

14 a Erst als auch der Hund das Essen verweigert, sieht der Vater ein, dass er im Unrecht ist und der Sohn recht hat.

Beispiel: **Papa ist der beste Koch**

Ich heiße Leon und mein Papa Christian. Wir kochen oft zusammen. Auch dann, wenn meine Mama Meri nicht zu Haus ist.
Nicht immer geht beim Kochen alles so glatt, wie wir das gerne möchten. Gestern waren wir wieder allein und wollten uns ein leckeres Mittagessen machen. Eifrig rührte Papa im Reisbrei, ich stand hinter ihm. „Du, Papa, das riecht aber angebrannt!" – „Ach was, man muss nur richtig rühren. Du wirst sehen, das schmeckt schon."
Dann verteilte er den Reisbrei auf zwei Teller, auf einen für mich, auf einen für ihn. Papa fing auch gleich an zu löffeln. Mir wurde fast übel von dem Geruch, und ich rührte meinen Teller nicht an. Da wurde Papa böse und begann zu schimpfen: „Iss endlich den Reis. Der schmeckt!" Nach einer Weile tat mir Papa ein bisschen leid, immerhin hatte er sich Mühe gegeben. Ich dachte: „Tu ihm den Gefallen, probier wenigstens!" Aber es schmeckte wirklich eklig.
In so einer Notsituation muss man sich etwas einfallen lassen und plötzlich hatte ich eine Idee. Ninju, unser Hund, hatte ja auch noch nichts zu fressen bekommen. Und er isst gern vom Menschenessen mit. Also schüttete ich den Inhalt meines Tellers in seinen Napf. Ich hatte ja schon gedacht, dass das Papa nicht gefallen würde, aber er wurde richtig wütend und schrie: „Und dafür mache ich mir die ganze Arbeit! Dann bekommst du heute gar nichts mehr zu essen!" Ich fand es ungerecht, dass er mich so anschrie. Plötzlich hörten wir es klappern und schauten zu Ninju hin. Was sahen wir da? Er hatte den Fressnapf umgestoßen. Wie würde Papa darauf reagieren? Ich hatte Angst, dass er nun noch lauter brüllen würde.
Aber Papa ist ein guter Verlierer. Jetzt sah er wohl ein, dass Ninju und ich recht hatten und er unrecht. Er war auch kein bisschen sauer mehr und schüttete das verdorbene Essen in den Mülleimer. Wir gingen fröhlich in die Stadt, in die Konditorei. Dort aßen wir beide ein schönes Stück Kuchen. Ninju haben wir natürlich mitgenommen und er bekam auch etwas ab.
Als Mama wiederkam, fragte sie: „Na, hattet ihr denn etwas Schönes zum Mittagessen?" Ich nickte eifrig und erzählte schnell eine Geschichte aus der Schule. Papa hatte den Reistopf schon sauber gekratzt und das Fenster aufgerissen.

b **Punkteverteilung Aufgabe 14 b**

Du hast deine Erzählung gut aufgebaut: passende Überschrift (1), kurze Einleitung (1), Hinführung zum Höhepunkt (4), kurzer Schluss als Abrundung (1).	7 Punkte
Du hast durchgängig in der Ich-Form erzählt und an verschiedenen Stellen die Gedanken und Gefühle des Ich-Erzählers (des Sohnes) deutlich gemacht.	3 Punkte
Du hast anschaulich und spannend erzählt: mit abwechslungsreichem Satzbau (2), anschaulichen Verben (2) und Adjektiven (2), mit mehrfachem Gebrauch der wörtlichen Rede (3) und spannungssteigernden Ausdrücken (1).	10 Punkte

Punkteverteilung insgesamt

Nr.	Aufgabenstellung	Punkte
A 1	Art des Textes	1 Punkt für das richtig gesetzte Kreuz
A 2	Gliederung des Textes und Überschriften	4 Punkte (je 1 Punkt für die richtig gesetzte Nummer)
A 3	Thema des Textes	1 Punkt für das richtig gesetzte Kreuz
A 4	Hundeberufe zuordnen	5 Punkte (je 1 Punkt für die richtig gesetzte Ziffer)
A 5	Hunde in Fernsehserien	1 Punkt für das richtig gesetzte Kreuz
A 6	Hundemode und Geld	1 Punkt für das richtig gesetzte Kreuz
A 7	Schlittenhunde	1 Punkt für die richtige Antwort im ganzen Satz
A 8	Designer	1 Punkt für die richtige Antwort
A 9	Wortbedeutung	1 Punkt für das richtig gesetzte Kreuz
B 10	Rechtschreibung	12 (1 Punkt je entdecktem Fehler)
C 11	Lückentext: Verben und Tempus	7 (je 1 Punkt für das passende Verb in der richtigen Tempusform)
C 12	Lückentext: Nomen und Kasus	8 (je 1 Punkt für die richtig gefüllte Lücke und für den richtigen Kasus)
C 13	Satzglieder	16 (je 1 Punkt für jede richtige Zuordnung)
D 14	Erzählen nach Bildern	20 (Verteilung: siehe oben: Punkteverteilung Aufgabe 14 b)
Summe		**79**

Bewertungsschlüssel

79–52 Punkte	51–27 Punkte	26–0 Punkte
Du liegst im guten bis sehr guten Bereich. Vielleicht siehst du dir trotzdem noch einmal die Stellen an, an denen du dich noch verbessern kannst.	**Einiges gelingt dir gut, manches musst du aber noch einmal üben.** Versuche anhand des Testes Fehlerschwerpunkte zu entdecken, damit du gezielt wiederholen kannst.	**Du musst vieles wiederholen und noch einmal gründlich üben.** Vielleicht überlegst du auch gemeinsam mit deinem Lehrer oder deiner Lehrerin, wo besondere Fehlerschwerpunkte liegen und wie du vorgehen kannst, um dich zu verbessern.

3 **Es gibt Wörter mit langem Vokal, die gleich klingen, aber unterschiedlich geschrieben werden und eine unterschiedliche Bedeutung haben. Du kannst dir die richtige Schreibung einprägen, wenn du die Bedeutung kennst. Ergänze die fehlenden Wörter.**

Mal	=	Kennzeichen	*Mahl*	=	Essen/Mahlzeit
______	=	Säugetier	______	=	Stimmabgabe
______	=	zeichnen	______	=	______
Ur	=	Auerochse	______	=	______
______	=	______	*nahmen*	=	______

4 **Schreibe aus dem Wörterversteck Wörter mit hl, hm, hn und hr heraus. Du darfst Buchstaben doppelt verwenden.**

X	S	T	A	H	L	H	E	U	N	G	E	F	Ä	H	R	E
V	A	B	D	G	X	O	I	K	J	R	Ä	W	Q	K	X	S
I	H	U	Y	M	R	A	H	M	E	N	T	H	J	E	T	D
M	N	K	S	G	D	T	W	N	Z	Y	D	B	N	R	Y	G
K	E	X	W	N	B	E	S	G	A	S	J	M	S	E	K	B
P	D	V	B	T	A	R	L	X	H	R	D	Q	J	Q	N	W
Ü	L	E	D	N	E	H	M	E	N	W	R	G	A	Y	M	K
V	E	R	Y	S	J	K	M	K	H	T	B	X	H	R	T	A
B	H	K	U	K	O	H	L	E	M	R	Ü	H	R	E	N	H
A	M	E	B	H	D	H	A	U	S	H	E	Q	Ü	H	P	N
W	D	H	Q	Y	M	V	N	G	T	I	M	R	E	R	L	U
E	F	R	Ö	H	L	I	C	H	K	E	I	T	I	E	I	E
L	B	H	Ä	K	Ü	A	F	R	T	P	S	R	A	N	G	F
F	E	H	L	Z	E	I	T	J	U	K	E	A	Z	M	W	I
U	Z	O	N	K	R	S	G	E	R	Z	Ä	H	L	E	N	X

-hl	-hm	-hn	-hr
Stahl	______	______	______
______	______	______	______
______	______	______	______
______	______	______	______
______	______	______	______

Information **Silbenöffnendes h**

Das silbenöffnende **h** nach einem langen betonten Vokal steht immer am Anfang der zweiten Silbe, z. B.: *Ruhe*, „gehen". Es trennt die Vokale am Ende der ersten und am Beginn der zweiten Silbe und erleichtert dadurch das Lesen.

5 **a** **Trenne die folgenden Verben und unterstreiche das -h im Anlaut der zweiten Silbe.**
b **Ordne jedem Infinitiv die verwandten Verbformen und Wörter aus dem Wortspeicher unten zu. Markiere in allen Wörtern, wo das silbenöffnende h des Verbs wieder auftaucht.**

sehen: *se-hen, vorhersehbar,* ___

ziehen: ___

gehen: ___

stehen: ___

vorhersehbar	das Stehpult	er sieht	die Ziehharmonika
sie geht	das Ansehen	der Gehweg	die Fernsehzeitschrift
die Stehleiter	es zieht	der Türsteher	das Abziehbild
die Gehbehinderung	die Anziehungskraft	du stehst	geht ihr?

6 **Ergänze die folgende Tabelle mit den passenden Verbformen.**

Infinitiv	Präsens		Präteritum	
	1. Person Singular	3. Person Singular	3. Person Singular	3. Person Plural
drehen				
			er/sie/es mähte	
				sie flehten

Information **Doppelvokale**

Bei einigen Wörtern wird der betonte lange Vokal **a, e, o** durch Verdoppelung gekennzeichnet, z. B.: *Saal, ein paar, Speer, leer, Zoo, Moor.*

7 a **Schreibe die Wörter zu den folgenden Bildern auf:**

 Erdbeere ____________

 ____________

 ____________

 ____________

 ____________

 ____________

 ____________

 ____________

 ____________

b **Suche dir aus den Wörtern, die du gefunden hast, fünf aus und bilde dazu Zusammensetzungen, z. B.:** *Erdbeerbeet, Speerspitze.* **Das Wörterbuch kann dir dabei helfen. Schreibe in dein Heft.**

8 **Folgende Wörter sind falsch zusammengesetzt. Verbinde sie richtig miteinander.**

Seepflug	Speerbeet	Mooströster	Seelenräuber	Zoopolster
Stachelgeier	Schneetier	Mittelspitze	Aasbeere	Blumenmeer

Seeräuber, ____

____

9 **In diesem Wortgitter stecken neun Wörter, die auf -ee enden. Findest du sie alle?**
Umkreise die Wörter und schreibe sie heraus.
Ergänze die bestimmten Artikel.

Fremdwörter, die auf -ee enden
Einige Wörter, die ursprünglich aus einer anderen Sprache stammen, schreibt man mit **-ee** am Wortende, z. B.: *Armee, Idee, Kaffee, Tee, Tournee.*

K	W	X	P	V	Q	P	M	T	Y
A	R	M	E	E	L	Ü	T	E	R
B	M	X	T	O	U	R	N	E	E
V	G	I	D	E	E	E	N	L	N
Z	E	K	A	F	F	E	E	Z	T
K	L	I	A	C	H	E	L	B	R
N	E	O	R	C	H	I	D	E	E
T	E	W	A	L	L	E	E	S	Z

____

____

____

____

____

____

____

____

Information **Das lange i**

Das **lang gesprochene i** wird **meistens ie** geschrieben, z. B.: *Kies, Wiese, lieb, hier, siegen.*
Die Verbindung **ih** findet man nur bei **Pronomen,** z. B.: *ihm, ihn, ihr.*
Manche Verben ändern ihren Stammvokal, z. B.: im Präteritum, in **ie,**
z. B.: *schreien → schrie, lassen → ließ, stoßen → stieß.*

10 **Finde die passenden Wörter mit ie.**

Einbrecher 1					i	e				
Teile wachsender Pflanzen 2					i	e				
Sehfehler 3					i	e				
Unterkühlung 4					i	e				
Krümmung 5					i	e				
Bahngleise 6					i	e				
Insekt 7					i	e				
Zahl 8					i	e				

11 **Ergänze die fehlenden Verben im Präteritum, die alle ein ie enthalten.**

Oma Lieselotte liebte ihren Mops. Er h_______ Moppel und er t_______ es bunt:

R _______ Oma „Sitz!“, dann l_______ er weg. Sch_______ sie „Gassi gehen!“, dann b_______ er stocksteif stehen.

Doch l_______ er Oma Lieselotte nie allein und sch_______ jede Nacht in ihrem Bett. Und er l_______ Oma

genauso sehr wie sie ihn!

12 **Ergänze zu folgenden Nomen passende Verben:**

Telefon: telefonieren

Kontrolle: __________

Diktat: __________

Protest: __________

Pause: __________

Platz: __________

Viele von Fremdwörtern abgeleitete Verben enden auf -ieren, z. B.: *subtrahieren, addieren, korrigieren.*

Fantasie: __________

Nummer: __________

Information | **Fremdwörter mit einfachem i**

In Fremdwörtern, also in Wörtern, die ursprünglich aus einer anderen Sprache stammen, wird ein langes **i** oft mit einem einfachen **i** geschrieben, z. B.: *Vitamine, Maschine, Apfelsine, Klima, Motiv.*

13 **Wenn du die Buchstaben richtig zusammensetzt, ergeben sich Nomen mit einfachem i. Es handelt sich dabei um häufig verwendete Fremdwörter. Schreibe sie auf.**

MESCH + INA – Gerät, das Arbeitsgänge selbstständig verrichtet = Maschine

RU + EIN – Reste eines zerstörten oder verfallenen Bauwerks = ___

ERP + LINA – Schokoladenkonfekt mit Füllung = ___

OR + SEIN – getrocknete Weinbeere = ___

LIOV + EIN – Geige = ___

BIZ + NEN – Motorentreibstoff = ___

TIM + REN – festgesetzter Zeitpunkt = ___

KEN + TINA – Speiseraum in Betrieben = ___

VITT + AS – dreibeiniges Gestell für den Fotoapparat = ___

14 **Entscheide, ob die Wörter mit lang gesprochenem i mit ie oder i geschrieben werden. Wenn du unsicher bist, schlage im Wörterbuch nach.**

Kleine Säuget___re als bel___bte Hausgenossen

Wenn du d___r schon lange ein Haust___r wünschst, d___r jedoch noch unsicher bist, welches du auswählen sollst, dann l___st du d___r am besten d___se Tipps durch: Zum Verl___ben sind für Stadtkinder Goldhamster, Mäuse und Kan___nchen, denn man kann mit ihnen pr___ma sp___len. Auch Ratten sollen mitunter ganz poss___rliche T___rchen sein. Du musst dafür Sorge tragen, dass dein T___r regelmäßig etwas zu fressen kr___gt und du für seinen Käfig eine ruh___ge Stelle findest. Kläre immer frühzeitig, dass dein Tier in den Fer___en gut versorgt ist. H___rbei kommt es darauf an, dass n___mand überfordert wird. Keiner sollte am Ende sagen: „N___ w___der!"

Die Schreibung der s-Laute: s, ss oder ß?

Information **Stimmhaftes und stimmloses s**

- **Das stimmhafte s (= weicher, gesummter s-Laut):** Manchmal spricht man im Hochdeutschen das **s** weich und summend wie in *Sonne, Tausend* oder *seltsam*. Dann nennt man das **s** stimmhaft.
- **Das stimmlose s (= harter, gezischter s-Laut):** Manchmal spricht man das **s** hart und zischend wie in *Gras* oder *küssen* oder *schließen*. Dann nennt man das **s** stimmlos.

1 **Lies den Text und unterstreiche alle Wörter mit s-Laut.**

Bastians Sommer

In diesem Jahr verbringt Bastians Familie die Sommerferien an der Nordsee. Mittags in der Ferienwohnung angekommen, findet Familie Hesse einen Riesenschlamassel vor: In seinem Bett entdeckt Bastian Salatschüsseln, in der Badewanne stößt er auf einen Wasserkessel. Ums Sofa herum riecht es leicht säuerlich, Schwester Susi zieht eine Essigflasche darunter hervor. Gemeinsam sucht Familie Hesse alles ab, doch es findet sich nichts Seltsames mehr. Anschließend geht es an den Sandstrand. Zum Essen sind von der Reise Käsebrote übrig, Bastian packt noch Süßigkeiten ein, Nussschokolade und etwas Kuchen. Susi nimmt das Buch mit, in dem sie gerade liest. Vater Hesse will Wattwürmer suchen und Muscheln sammeln. Am Strand ist es heiß, die Hesses verkriechen sich flugs unter dem Sonnenschirm.

2 **a Lies die unterstrichenen Wörter leise und schreibe hier alle Wörter auf, die einen stimmhaften s-Laut haben.**

Sommer, ______________________________

____

____

____

b Trage die Wörter mit einem stimmlosen s-Laut in diese Tabelle ein.

ß	ss	s
stößt	Hesse	Bastians

Methode **Verlängerungsprobe**

Nach einem langen Vokal (Selbstlaut) oder nach einem Diphthong (Doppellaut: ei, ai, au, eu) wird der stimmlose s-Laut als **s** oder **ß** geschrieben. Wende die Verlängerungsprobe an (▶ S. 82), um zu entscheiden, wie du schreiben musst.

- Das **stimmlose s** wird mit einfachem **s** geschrieben, wenn es eine Ableitung oder Verlängerung mit stimmhaftem s-Laut gibt, z. B.: *löst → lösen, Glas → Gläser, Eis → eisig.*
- Bleibt der s-Laut auch in der Ableitung oder Verlängerung stimmlos, wird er mit **ß** geschrieben, z. B.: *Fuß → Füße, heiß → heißer.*

3 **Bilde Ableitungen oder Verlängerungen zu den folgenden Wörtern. Trage dann die richtige s-Schreibung in das vorgegebene Wort ein.**

Häuser → Haus

________ → Hal___

________ → Auswei___

________ → Krei___

________ → Fel___brocken

________ → Bla___kapelle

________ → Bo___heit

________ → Gla___kugel

4 **a** **Entscheide mit Hilfe von Ableitungen oder Verlängerungen, ob in den folgenden Wörtern ß oder einfaches s steht.**

Der Wind saus te und brau___te ums Haus. Es wird Herbst. Doch Opa beschlie___t: Ich fahre nach Italien! Quer über die Alpen: Das Auto ra___t, die Kuh gra___t. Der Wasserfall flie___t und schie___t in die Tiefe. Am Gardasee grü___t ihn eine Palme. Opa verspei___t eine riesige Pizza, genie___t seinen Espresso und dö___t in der Sonne.

●● **b** **Bei manchen Wörtern entscheidet das s oder ß über den Sinn! Setze jedes der Wörter in seiner Zeile mehrmals ein – richtig geschrieben!**

wei ? (e)	Opa hat ________ Haare, aber ist er auch durch seine Lebenserfahrung ________ geworden? – Ich ________ es nicht.
rei ? t	Er ________ nach Rom, fährt Vespa und ________ sich die Jacke auf.
V/verlie ?	Nach der Besichtigung ________ er das ________ mit Schaudern.

Information	Doppel-s nach kurzem Vokal

Folgt auf einen **kurzen betonten Vokal** ein **stimmloser s-Laut,** dann wird meistens **ss** geschrieben, z. B.: *essen, Wasser, müssen.*

5 Trage die richtige s-Schreibung in die folgenden Wörter ein. Schreibe auf die freien Linien jeweils Reimwörter zu dem darüberstehenden Wort.

Ebbe und Flut der Reime

Wa____er Ro____ Ta____e A____

Ku____

me____en

fa____en

Spro____e

mü____en

6 ß oder ss?

●●● **a** Sprich die folgenden Wörter und achte darauf, ob der betonte Vokal lang oder kurz ausgesprochen wird. Unterstreiche die langen Vokale und Diphthonge. Setze einen Punkt unter die kurzen Vokale.

er lä?t Schwei? drei?ig Adre?e drau?en ein bi?chen

be?er Stra?e intere?ant na? au?erdem

b Schreibe jedes Wort in die richtige Spalte der Tabelle.

ß nach langem Vokal oder Diphthong	ss nach kurzem Vokal

Information **s-Laute in Wortfamilien: ss oder ß?**

Bei manchen verwandten Wörtern in einer Wortfamilie und bei manchen Verbformen wechselt die Länge oder Kürze des Vokals vor dem s-Laut. Entsprechend wird nach einem kurzen betonten Vokal **ss**, nach einem langen Vokal und nach einem Diphthong (Doppellaut) **ß** geschrieben, z. B.: *beißen, er biss, der Biss – wissen, sie weiß, das Wissen.*

7 **Ergänze in der Tabelle die fehlenden Wörter. Achte auf den Wechsel von ss + ß.**

Infinitiv	Präsens	Präteritum	Nomen mit ss/ß
fressen	er frisst	er fraß	der Fressnapf / der Fraß
fließen	es	es	
	sie	sie riss	
	ich messe	ich	
	er	er	der Schuss / die Schießübung

8 **Entscheide, wie der s-Laut richtig geschrieben wird. Ergänze ß oder ss.**

Im Garten plantschen

Matthias und Paul haben ein Schwimmbecken im Garten aufgebaut – sie mü___en nur noch das Wasser einla___en. Beide Jungen schnappen sich Gie___kannen und schütten Wa___er in den Pool. Im Becken gibt es jetzt mehrere kleine Pfützen. So wird es ewig dauern, bis sie hineinspringen können. Paul bei___t sich auf die Lippe und denkt nach. Der Bi___ tut ein bi___chen weh. Schlie___lich schmei___t er die Gie___kannen in die Ecke und rei___t den Gartenschlauch herunter, um ihn aufzudrehen. Das Wa___er spritzt sprudelnd ins Becken. Die Jungen genie___en den Anblick des vollen Beckens. Der Genu___ wird noch größer, als sie gemeinsam hineinspringen. Sie haben nur leider verge___en, vorher den Schlauch abzudrehen. Der entsetzte Schrei des Nachbarn lä___t die beiden aufschrecken. Das Wasser hat sich in seine Blumenbeete ergo___en, die bla___roten Rosen stehen mit den Fü___en in einem gro___en Teich.

„das“ oder „dass“?

Information „das“ und „dass“ unterscheiden

Zu Beginn eines Nebensatzes, also **nach** einem **Komma,** werden „das“ und „dass“ oft verwechselt. Prüfe daher am besten mit der **Ersatzprobe,** welche Schreibung richtig ist:

- **Kann „das“ durch „welches“ ersetzt werden,** wird es **mit einem „s“** geschrieben, z. B.: *Das Reiseziel, ~~das~~ welches wir uns ausgesucht haben, gefällt allen in der Familie.*
- **„Dass“ mit zwei „s“** dagegen **kann nicht ersetzt werden,** z. B.: *Ich freue mich darauf, dass wir nach Frankreich fahren.*

1 **Entscheide für die beiden Sätze A und B, ob „das“ oder „dass“ richtig ist. Führe die Ersatzprobe durch. Streiche dann das falsche Wort.**

A Für unseren Urlaub ist es super, *das/dass* mein großer Bruder seit einem Jahr Französisch lernt. Ersatzprobe:

____

B Das Ferienhaus am Meer, *das/dass* wir gemietet haben, liegt in der Bretagne. Ersatzprobe:

____

2 **Trage ein: „das“ oder „dass“?**

Strand von Dinard (Frankeich, Bretagne)

Endlich war es so weit: Frühmorgens am ersten Tag der Ferien stiegen wir ins Auto, __________ schon voll bepackt in der Einfahrt stand. Ich war froh, __________ ich auf dem Rücksitz noch eine Weile schlafen konnte. Als ich aufwachte, sah ich ein Straßenschild, __________ mir unbekannt vorkam. Da merkte ich, __________ wir die Grenze schon überquert hatten und in Frankreich waren! Toll war, __________ wir von der Pariser Stadtautobahn aus sogar kurz den Eiffelturm sahen. Am späten Nachmittag erreichten wir dann ein hübsches Dorf, __________ nahe am Meer lag. Da war auch schon unser Ferienhaus, __________ in echt noch schöner aussah. Wir packten aus, doch ich konnte es kaum erwarten, __________ wir endlich zum Meer hinuntergingen. Als ich das Meer sah, __________ weiße Schaumkronen trug, beschloss ich, __________ ich spontan hineinspringe. Im Wasser, __________ gar nicht kalt war, war ich mir sicher, __________ dieser Urlaub wunderbar werden würde.

Schwierige Laute

Information **V/v: Ein Buchstabe – zwei Laute**

Das **V/v** ist ein außergewöhnlicher Buchstabe:
- Häufig klingt er am Wortanfang wie ein **f**, z. B.: *Vollmond, viel.*
- Manchmal spricht man ihn wie **w**, z. B.: *Ventilator, vegetarisch.*

Im Zweifelsfall musst du deshalb im **Wörterbuch** an drei verschiedenen Stellen nachschlagen: unter **v** und **f** sowie unter **w.**

1 a **Unterstreiche in diesem Text alle Wörter, in denen ein V/v vorkommt.**

Erste Geige spielen

Es ist Viertel vor vier. Veronika hat Unterricht im Violinenspiel. Ihr Vater hat Visionen. Er hofft, dass die Tochter vielleicht einmal Violinistin wird. Veronika interessiert sich viel mehr für Viecher, sie hätte vor allem gern einen Vogel, nämlich einen Papagei. Im Unterricht versucht sie, das verflixt schwere Stück vorzuspielen. Die Lehrerin lauscht vergnügt. „Beginne lieber von vorn!“, ermutigt sie. „Vielleicht gelingt es dir dann besser!“

b **Trage die unterstrichenen Wörter in die Tabelle ein.**
Sprich sie vor dich hin und achte genau darauf, wie das V/v klingt.

v/V gesprochen wie f		v/V gesprochen wie w

2 **Bilde je zehn Verben mit ver- und vor- und schreibe sie in dein Heft.**

ver-
vor-

sehen	bleiben	ändern	laufen	fallen	geben
bitten	blühen	lassen	brauchen	legen	bergen
bringen	kommen	ärgern	liegen	stellen	

Information **ks: Ein Laut – fünf Schreibweisen** (*ks, cks, gs, chs, x*)

Die Buchstabenfolgen *ks, cks, gs, chs, x* werden alle wie **ks** gesprochen.

- Wörter mit **ks, cks** und **gs** kann man oft von einem verwandten Wort ableiten, z. B.: *Volkstanz → die Völker, Glückstreffer → glücken, rings → ringen.*
- Wörter mit **x** und **chs** musst du dir merken, z. B.: *Nixe, Ochse.*

3 **Einige Wörter mit x sind in die Wortmühle gefallen. Setze sie wieder zusammen und schreibe sie auf.**

enbo
tte ein
af

imen
menea ati
ehe

boxen

4 **Kennst du diese Wörter mit chs? Schreibe sie auf.**

 ______

 L______

 ______

 ______

 W______

 O______

5 **x oder chs? Ergänze die fehlenden Buchstaben. Tipp: Es ist fünfmal x und dreimal chs gefragt.**

Wenn du unsicher bist, schlage im Wörterbuch nach!

Fa____en we____eln Sa____e A____t

Fla____ Le____ikon E____plosion ____ylophon

6 **ks, cks oder gs? Wende die Ableitungsprobe (▸ S. 79) oder die Verlängerungsprobe (▸ S. 81) an, um die richtige Schreibweise des ks-Lautes zu klären.**

du flie ? → fliegen = du fliegst

unter|we ? → Wege = ______

du we ? t → ______ = ______

Kle ? → ______ = ______

ta ? über → ______ = ______

du den ? t → ______ = ______

anfan ? → ______ = ______

lin ? → ______ = ______

zwe ? → ______ = ______

du len ? t → ______ = ______

Teste dich!

Kurze und lange Vokale, s-Laute und schwierige Laute

1 a **Lies den Text.**
b **Erkläre die Schreibweise der Wörter mit markierten Buchstaben (A) bis (D). Schreibe ins Heft. (4 Punkte)**

Erich Kästner

Die Konferenz der Tiere

Eines schönen Tages wurde es den Tieren (A) zu dumm. Der Löwe (B) Alois, der sich mit Oskar, dem Elefanten, und dem Giraffenmännchen Leopold wie immer freitags zum Abendschoppen am Tsadsee (C) in Nordafrika traf, sagte, seine Künstlermähne (D) schüttelnd: „O diese Menschen! Wenn ich nicht so blond wäre, könnte ich mich auf der Stelle schwarzärgern!"

2 **Markiere im folgenden Text die Wörter mit zwei oder mehr Konsonanten nach einem kurzen betonten Vokal. (21 Punkte)**

Die Giraffe stand mit gespreizten Beinen am Wasser und trank in kleinen, hastigen Schlucken. Dann meinte sie: „Schreckliche Leute! Und sie könnten's so hübsch haben! Sie tauchen wie die Fische, sie laufen wie wir, sie segeln wie die Enten, sie klettern wie die Gämsen und fliegen wie die Adler, und was bringen sie mit ihrer Tüchtigkeit zu Stande?"

3 **Streiche die falschen Schreibweisen durch. (5 Punkte)**

„Kriege!", knurrte der Löwe Alois. „Kriege bringen sie zu Stande. Und Ref/w/volutionen. Und Streichs/ks/gs. Und Hungersnöte. Und neue Krankheiten. Wenn ich nicht so

blond wäre, könnte ich mich auf der Stelle ..." „Schwarzärgern", f/w/vollendete die Giraffe den Satz. Denn den kannten die Tiere der F/W/Vüste länkst/xt/gst auswendig.

4 **s, ss oder ß? Trage ein. (9 Punkte)**

„Mir tun blo_____ die Kinder leid, die sie haben", meinte der Elefant Oskar und lie_____ die Ohren hängen. „So nette Kinder! Und immer mü_____en sie die Kriege und die Revolutionen und Streiks mitmachen, und dann _____agen die Gro_____en noch: Sie hätten alle_____ nur getan, damit e_____ den Kindern später einmal be_____er ginge. So eine Frechheit, wa_____?"

Vergleiche deine Ergebnisse mit dem Lösungsheft. Für jede richtige Antwort bekommst du einen Punkt.

☺ 39–29 Punkte	☺ 28–19 Punkte	☹ 18–0 Punkte
Gut gemacht!	Gar nicht schlecht, aber lies dir die Merkkästen auf den Seiten 85 bis 100 noch einmal genau durch.	Arbeite die Seiten 85 bis 100 noch einmal genau durch.

Groß- und Kleinschreibung

Information **Nomen an Nachsilben erkennen**

Satzanfänge und **Nomen** werden **großgeschrieben.**
Wörter, die auf *-heit, -keit, -nis, -ung, -tum, -schaft* enden, sind immer **Nomen** und werden deshalb großgeschrieben, z. B.: *Freiheit, Eitelkeit, Zeugnis, Zeichnung, Reichtum, Leidenschaft.*

1 **Bilde aus diesen Wortbestandteilen Nomen und schreibe sie mit den richtigen Artikeln auf.**

Sicher- Bereit- Tarn- Bescheiden- Tapfer-
Heiter- Bitter- Versteiner- Freund- Wissen-
Finster- Frech- Geheim- Fürsten- Ergeb-
Land- Höflich- Erzähl- Beleidig- Dunkel-

-schaft -nis -ung -tum -heit -keit

2 **Im Gitterrätsel sind waagerecht → und senkrecht ↓ 15 Wörter versteckt.**
Markiere sie und schreibe sie mit den Artikeln auf.

H	Ü	B	E	R	L	E	G	E	N	H	E	I	T	Ä	I	C	E	B	E
E	G	E	S	E	L	L	S	C	H	A	F	T	E	L	B	O	I	I	R
I	E	G	A	V	E	R	W	A	N	D	T	S	C	H	A	F	T	L	L
L	V	E	R	P	F	L	I	C	H	T	U	N	G	A	R	U	E	D	A
I	M	G	E	M	E	I	N	H	E	I	T	O	F	U	K	E	L	N	U
G	P	N	Ö	D	F	N	B	E	M	E	R	K	U	N	G	S	K	I	B
T	J	U	E	I	G	E	N	T	U	M	I	R	R	T	U	M	E	S	N
U	R	N	Z	O	W	K	R	A	T	L	O	S	I	G	K	E	I	T	I
M	U	G	E	S	C	H	I	C	K	L	I	C	H	K	E	I	T	V	S

Information **Nomen an Begleitwörtern erkennen**

Nomen kann man meist an ihren Begleitwörtern erkennen: Diese gehen ihnen voraus (▶ S. 37).
Begleitwörter sind:
- **Artikel** (bestimmter/unbestimmter), z. B.: *der Ball, ein Ball,*
- **Pronomen,** z. B.: *unser Ball, dieser Ball,*
- **Präpositionen,** die mit einem Artikel verschmolzen sein können, z. B.: *am (an + dem) Ball, beim (bei + dem) Ball,*
- **Adjektive,** z. B.: *bunte Bälle, neue Bälle.*

Tipp: Im Satz steht nicht immer ein Begleiter vor einem Nomen. Wenn du in Gedanken einen Artikel ergänzen kannst, handelt es sich um ein Nomen, z. B.: *Manchmal fliegen Bälle weit.* → *die Bälle.*

3 **Diese Meldung ist in Kleinschreibung von einer Nachrichtenagentur gekommen, sie soll fehlerfrei in der Tageszeitung erscheinen.**

a **Unterstreiche die Nomen mit ihren Begleitwörtern.
Falls du unsicher bist, prüfe: Kannst du in Gedanken einen Artikel ergänzen?**

b **Schreibe die Meldung mit der richtigen Groß- und Kleinschreibung ab.
Achte auch auf die Großschreibung von Satzanfängen und Namen.**

Fußball-WM in Südafrika: Krake Paul orakelt die Niederlage der DFB-Elf gegen Spanien

das tintenfisch-orakel paul aus dem sealife-aquarium im ruhrgebiet hat eine niederlage der deutschen nationalmannschaft im halbfinale gegen spanien vorausgesagt. dem tintenfisch wurden zwei gläser mit muschelfleisch jeweils mit der deutschen und der spanischen flagge im wasser aufgestellt. nur wenige minuten später setzte sich paul auf den spanischen behälter, öffnete den deckel und verspeiste genüsslich das muschelfleisch. die anwesenden erstarrten vor schreck, denn damit entschied sich der oktopus gegen die deutsche fußballmannschaft. das ist eine bittere nachricht für die deutschen jungs, denn das tinten-fisch-orakel gilt als sehr treffsicher. alle deutschen be-gegnungen der WM in südafrika hatte paul richtig vor-hergeschmeckt.

Das Tintenfisch-Orakel Paul

4 Folgende Sätze lassen sich vorwärts wie rückwärts lesen.

a Verbinde die Satzanfänge der linken Spalte mit den passenden Satzenden in der rechten Spalte.
Tipp: Die hervorgehobenen Buchstaben helfen dir dabei.

b Schreibe die Sätze in der richtigen Groß- und Kleinschreibung auf.

TRUG TIM EINE SO HELLE HOSE	RETTE**N**
IN NAGOLD LEGEN HÄHNE	NIE MIT GUR**T**?
NETTE REHE	MARBURG EI**N**
REGAL MIT SIRUP	GELD, LOG ANN**I**
NIE GRUB RAMSES	PUR IST IM LAGE**R**

5 In diesem Gedicht sind Wortgrenzen und Großbuchstaben falsch.

a Trenne die richtigen Wortgrenzen ab: |.

b Schreibe das Gedicht mit der richtigen Groß- und Kleinschreibung in dein Heft.

Ein Hai-Schell-Tintenfischkompott

Einschell Fisch kamher Angesch Wommen
undmach Tesich Gan Zunbe Sonnen
Auf Denwe Gin Dieme Eresti Efe
Undtat dan Nso, Also Bersch Liefe,
wi Eimmer, wen Neringe Fahr
unde Inha Ifischin Dernä Hewar.

Derhai fischd Reh Tese Iner und En,
u Map petit auff isch Zube Kunden.
Erb issd Emtin Tenfisch vomle Ib
Z Weiar Me, Nurz Umze Itver Treib.

Dert Intenfisch, Zweiar Mewe Niger,
be gabsich des halbviel zielstre biger,
Alsessei near Twar, Nachober hausen,
Insa Quarium, gan Zohnemeer Esbr ausen.
Undd Ort, Imfer Nenruhrp Ott
is Sterse Itdem Nurmus Chelkom Pott.

Sos Chwim Mtdertin Tenfi Schnunhin undher
imSe E-Aqua Rium, nicht immeer.
Un Ddabe Idenk Tda sklu Getier
oh N'weh Mutan Seinal Tesja Gdre Vier.

Derschellf Ischab er, Imti Efenme Er,
Schwimm Tweiter Hinnoch hinu Ndher
undsa gt Sichehr Lichun Dof Fen:
„Zu Mglü CkhatesNi Chtmi Chget Roffen."

Information **Anredepronomen in Briefen und E-Mails**

- Personen, die man siezt, werden mit den Anredepronomen *Sie, Ihnen, Ihre, Ihr* angesprochen, z. B.: *Wie geht es Ihnen?* Diese **höfliche Anrede** wird **großgeschrieben.**
- Bei Personen, die man duzt, werden die Anredepronomen *du, dich, dir, ihr, euch, euer* in der Regel kleingeschrieben. Du kannst sie aber in Briefen auch großschreiben, es ist nicht falsch.

Achtung: Achte in Briefen oder E-Mails genau darauf, ob es sich um eine höfliche Anrede (= großgeschrieben) oder um ein Personalpronomen (= kleingeschrieben) handelt, z. B.:

Eines müssen Sie wissen: Ich mag Tintenfische, weil sie so schlau sind.
höfliche Anrede — Personalpronomen

6 **Höfliche Anrede oder Personalpronomen? Wähle die richtige Form aus und streiche die falsche Form durch.**

Sehr geehrte Damen und Herren bei Sealife,

mit Freunden diskutierte ich über die Fußballprophezeiungen des Tintenfisches Paul. Ich persönlich halte das für einen Scherz. Meine Freunde meinten, dass Sie/sie als Mitarbeiter eines Sealife-Aquariums es doch genau wissen müssten. Meine Freunde sagen, dass Tintenfische sehr intelligent seien, da Sie/sie neun Gehirne hätten. Ich kann das aber nicht glauben, Sie/sie doch sicher auch nicht, oder? Weiterhin behaupten Sie/sie, also meine Freunde, dass Sie/sie, also die Tintenfische, drei Herzen hätten. Nun bitte ich Sie/sie, mir mit Ihrem/ihrem Wissen diese Behauptungen zu bestätigen. Falls Paul wirklich weissagen kann, empfehle ich Ihnen/ihnen, ihm ein Weibchen an die Seite zu geben. Dann gäbe es vielleicht bald kleine Tintenfische und Sie/sie könnten mit Ihren/ihren von den Eltern geerbten Fähigkeiten zum Beispiel die Aktienkurse vorhersagen oder das Wetter oder meine Zeugnisnoten. Das wäre doch ein gutes Geschäft für Sie/sie, oder?

Mit freundlichen Grüßen
Max Schlaumeier

7 **Trage in der folgenden E-Mail die fehlenden Anredepronomen ein.**

Lieber Max,

gern beantworte ich ________ Fragen: Kraken haben nur ein Herz und ihre acht Arme steuern sie mit einem einzigen Gehirn. Und ______ hast recht, Paul kann in Wahrheit nicht hellsehen. Aber stell ______ vor: Kraken sind sehr intelligent, sie können den Weg durch ein Labyrinth finden und sogar Gläser öffnen!

Viele Grüße
Martin Wasserfreund
(Tierpfleger in der Abteilung „Kopffüßler")

Schreibung von Eigennamen

Information **Die Groß- und Kleinschreibung bei Eigennamen**

- **Eigennamen schreibt man groß,** z. B.: *Paul, Jana, Bahira, Mahmoud, Ludwigsburg, Frankreich, Türkei, Europa, Asien, Afrika, Wilhelmstraße, Schillerplatz.*
- In **mehrteiligen Eigennamen** schreibt man **alle Wörter groß, mit Ausnahme der Artikel, Präpositionen und Konjunktionen,** z. B.: *das Kap der Guten Hoffnung, Straße der Menschenrechte.*
  Zu den (mehrteiligen) Eigennamen gehören z. B. auch:
  – Namen von Personen und Organisationen: *Karl der Große, das Rote Kreuz, der Deutsche Bundestag,*
  – geografische und biologische Namen: *die Kanarischen Inseln, die Englische Bulldogge,*
  – besondere Kalendertage, Feiertage und historische Ereignisse: *der Erste Mai, der Heilige Abend, der Erste Weltkrieg.*

1 **Hier fehlt etwas. Ordne die Wörter im Wortspeicher richtig zu, sodass mehrteilige Eigennamen entstehen.**

Atlantische	*Deutsche*	*Dritte*	*Erste*	*Schwäbische*	*Weiße*

das ______________ Haus (US-Präsidentenhaus)

der ______________ Ozean

die ______________ Dogge

die ______________ Alb

die ______________ Bundesliga

der ______________ Oktober (Feiertag)

2 **Entscheide: Handelt es sich um einen Eigennamen oder nicht?**
Tipp: Wenn ja, dann musst du das in Klammer stehende Adjektiv großschreiben.

Jana war in den Ferien beim ______________ Turm von Pisa. Aber ______________ Blicke mag sie nicht. *(schief)*

Als Taya in Istanbul mit ihren Eltern die ______________ Moschee besichtigt hat, trug sie ihr ______________ Lieblingskleid. *(blau)*

Bruno interessiert sich für den ______________ Weltkrieg. Ich kenne keinen ______________ Fünftklässler, der das tut. *(zweiter)*

Beren hat einen ______________ Traum: Sie träumt davon, einmal nach China zur ______________ Mauer zu reisen. *(groß)*

Am Tag der ______________ Einheit haben wir schulfrei. Darüber freuen sich nicht nur alle ______________ Schülerinnen und Schüler. *(deutsch)*

Zeichensetzung

Information **Das Komma bei Aufzählungen**

Aufzählungen können aus Wörtern oder aus Wortgruppen bestehen. Die Bestandteile der Aufzählung werden durch ein Komma voneinander getrennt, z. B.: *Eisbärweibchen sind liebevolle, fürsorgliche, interessante Wesen.* Wenn die Bestandteile einer Aufzählung durch Konjunktionen wie *und, sowie, oder, entweder ... oder, sowohl ... als auch* bzw. *weder ... noch* verbunden sind, entfällt das Komma, z. B.: *Eisbären sind weder kuschelige noch ungefährliche Tiere.*

1 **a Unterstreiche in den folgenden Sätzen die Aufzählungen.**
Tipp: Nur in einem Satz ist keine Aufzählung zu finden, in einem Satz gibt es sogar zwei.
b Setze, wo nötig, die fehlenden Kommas.
c Markiere die Konjunktionen, vor denen kein Komma steht.

Das Leben der Eisbären

VORSICHT FEHLER!

Eisbären leben entweder in der Nähe von Küsten oder in der Reichweite von Inseln in den Eisregionen der Arktis. Die ausgewachsenen Tiere zeichnen sich durch einen langen Hals mit Schwimmhäuten versehene Vordertatzen und kräftige Hinterbeine aus. Auffällig ist auch ihr sowohl langer als auch schmaler Kopf. Ihr Fell sieht weiß cremefarben oder gelblich aus. Es ist außerdem ölig kaum glänzend und wasserabweisend. Eisbären sehen jedoch nur aus der Ferne niedlich kuschelig sowie freundlich aus. In Wirklichkeit können sie sehr gefährlich werden – für ihre Artgenossen für andere Tiere und für Menschen. Denn Eisbären sind Raubtiere mit einem enormen Fettverzehr. Im Winter harren sie oft stundenlang entweder vor Eislöchern oder Packeisspalten aus, bis eine Robbe zum Luftholen an die Oberfläche kommt. Mit ihren sowohl großen als auch kräftigen Pranken ziehen sie ihre Beute dann blitzschnell aus dem Wasser töten sie und fressen sie auf.

2 **In diesem Text ist die Kommasetzung ziemlich durcheinandergeraten.**
Verbessere mit einem roten Stift:
a Setze die fehlenden Kommas in den Aufzählungen.
b Streiche die falsch gesetzten Kommas durch.

VORSICHT FEHLER!

Die Paarung der Eisbären findet in den Frühlingsmonaten März bis Juni statt. Nach acht Monaten Schwangerschaft bringen die Weibchen dann in einer Schneehöhle meist zwei, oder drei Jungen zur Welt. Die Neugeborenen sind zunächst weder ansehnlich, noch flauschig. Vielmehr ähneln sie nackten Ratten, und wiegen nur knapp 600 Gramm. Erst nach vier bis fünf Wochen sieht man an Augen Fell, sowie Zähnen einen deutlichen Entwicklungsfortschritt. Nach etwa vier Monaten verlassen die Jungen dann erstmals die Geburtshöhle erkunden neugierig die Umgebung, und fressen bereits von den gefangenen Robben der Mutter mit.

Information **Zeichensetzung bei der wörtlichen Rede**

Wörtliche Rede steht in **Anführungszeichen** (Redezeichen). Die Zeichensetzung ändert sich, je nachdem, ob der Redebegleitsatz vor, nach oder zwischen der wörtlichen Rede steht.

- Der **Redebegleitsatz vor der wörtlichen Rede** wird durch einen Doppelpunkt von der wörtlichen Rede abgetrennt, z. B.:
  Der Zoodirektor sprach in die laufenden Kameras: „Der Eisbär Knut hatte viele Fans."
- Der **Redebegleitsatz nach der wörtlichen Rede** wird durch ein Komma von der wörtlichen Rede abgetrennt, z. B.: *„Eisbären sind meine Lieblingstiere", schwärmt Sabrina.*
- Der **Redebegleitsatz zwischen der wörtlichen Rede** wird durch Kommas von der wörtlichen Rede abgetrennt, z. B.: *„ Ich hoffe", betont Leonie, „dass die Eisbären überleben."*

3 **Denke dir Sätze für die wörtliche Rede aus und trage sie in die Satzmuster ein.**

Der Zoodirektor berichtet den Journalisten: **„**____**."**

„____**",** schwärmt Sabrina.

„____________________**",** betont Leonie**, „**____________________**."**

4 **a** **Unterstreiche in den folgenden Sätzen die Redebegleitsätze.**
b **Setze, wo nötig, einen Doppelpunkt.**
c **Setze die fehlenden Anführungszeichen.**

VORSICHT FEHLER!

Eisbären vom Aussterben bedroht

Ich finde Eisbären ja sooo süß, schwärmt Leonie. O ja, Eisbärbaby Knut hätte ich am liebsten als Haustier genommen, ergänzt Sabrina. Sie fragt nach: Warst du damals im Berliner Zoo und hast dort Knut gesehen? Nein, leider nicht, bedauert Leonie, aber ich habe anderen Eisbärkindern beim Spielen zugesehen. Das hat echt Laune gemacht. Jonas spitzt die Ohren und gibt zu bedenken Habt ihr schon davon gehört, dass eure Lieblingstiere vom Aussterben bedroht sind? Erzähl mal Genaueres!, fordert Leonie ihren Mitschüler interessiert auf. Jonas führt aus Ich habe neulich gelesen, dass die Klimaerwärmung in der Arktis das Leben der Eisbären bedroht. Nach und nach verschwinden die Eismassen, die Jagdreviere der Tiere werden kleiner und die Kinderstuben der Eisbären verschwinden.

5 **a** **Vervollständige die Redebegleitsätze mit treffenden Verben aus dem Wortfeld sagen.**
b **Füge die Satzzeichen der wörtlichen Rede ein.**

Was kann man denn an der schwierigen Situation der Eisbären ändern? ____________________ Leonie besorgt.

Vielleicht sollte man die Eisbärenjagd verbieten ____________________ Jonas.

Corinna ____________________ Jeder Einzelne kann etwas zur Rettung der Eisbären beitragen, denn der Klimawandel ist eine Angelegenheit, die sich auf die gesamte Erde bezieht.

Ich hoffe ____________________ Bastian, dass alle mithelfen werden, die Klimakatastrophe zu verhindern.

Teste dich!

Groß- und Kleinschreibung und Zeichensetzung

1 Wie lauten diese Regeln vollständig? Trage ein. (2 Punkte)

A Satzanfänge und Nomen werden ______________________ geschrieben.

B Eine Reihe von Nomen erkennt man an den typischen Endungen:

______________, ______________, ______________, ______________,

2 Hier ist alles kleingeschrieben, auch die Satzanfänge. (16 Punkte)
a Unterstreiche alle Nomen und ihre Begleitwörter.
b Schreibe die Sätze verbessert auf.

VORSICHT FEHLER!

in den letzten jahren ist der urlaub auf dem bauernhof für familien mit kindern

Jn ____

____

zum besonderen erlebnis geworden. sie mögen vor allem die freiheit und die natur auf dem land.

____

____

aber auch spannende unternehmungen wie übernachtungen im heu oder im stroh sind sehr beliebt.

____

____

3 Setze die fehlenden Satzzeichen der wörtlichen Rede und der Aufzählung. (12 Punkte)

VORSICHT FEHLER!

Endlich sollte die lang ersehnte Reise für die nächsten großen Ferien geplant werden. Schon zweimal hatten Sandra und Tim ihre Eltern ermahnt: Wann setzen wir uns endlich zusammen und reden über die Reiseplanung? Bisher sind wir ja immer gern nach Italien Österreich oder in die Schweiz gefahren begann die Mutter das Gespräch. Ach, nicht schon wieder maulte Sandra wir könnten doch mal einen Abenteuerurlaub machen. Ohne mich rief der Vater entsetzt. Ich bevorzuge einen ruhigen Urlaub am Meer.

Vergleiche deine Ergebnisse mit dem Lösungsheft. Für jede richtige Antwort bekommst du einen Punkt.

☺ 30–23 Punkte	😐 22–14 Punkte	☹ 13–0 Punkte
Gut gemacht!	Gar nicht schlecht, aber lies dir die Merkkästen auf den Seiten 102 bis 108 noch einmal genau durch.	Arbeite die Seiten 102 bis 108 noch einmal genau durch.

Übungen für einen Abschlusstest

Wie kannst du mit der folgenden Einheit arbeiten?
Der folgende Test (S. 110–115) hilft dir zu erkennen, was du im Fach Deutsch schon alles gelernt hast: Was weiß ich? Was kann ich? Wo bin ich noch unsicher? Wo habe ich Lücken?

Du kannst mit dem Test verschiedene Bereiche prüfen:
- das **Verstehen von Texten** (Aufgaben Teil A),
- **Rechtschreibung** (Aufgaben Teil B),
- **Grammatik** (Aufgaben Teil C) und
- das **Schreiben einer Geschichte** nach Bildern (Aufgaben Teil D).

1 Teile dir vorher **feste Zeiten** für die Aufgaben auf den folgenden Seiten ein. Du kannst dir z. B. vornehmen, die Aufgaben A–C in 60 Minuten zu schaffen, und dir später für Aufgabe D 45 Minuten Zeit nehmen. Halte die Zeit genau ein.

2 Lies die **Aufgabenstellungen** immer sehr aufmerksam und überlege, bevor du z. B. vorschnell ankreuzt, ob du jeweils **genau verstanden** hast, was verlangt wird. Stelle Aufgaben, die du nicht auf Anhieb lösen kannst, zunächst zurück und bearbeite sie zum Schluss.

3 Du kannst deine Antworten mit Hilfe des Lösungsheftes selbst prüfen und anhand der erreichten Punktzahl deine Leistung **bewerten.** Vielleicht kannst du den Test auch zusammen mit einem Partner/einer Partnerin schreiben. Dann achtet ihr gemeinsam darauf, dass ihr die Zeit einhaltet, und ihr wertet den Test mit Hilfe des Lösungsheftes aus. Abschließend könnt ihr eure **Fehlerschwerpunkte** feststellen und beraten, was noch einmal geübt werden sollte.

Hundeberufe – Rettungshund oder Topmodel?

Fabian verdankt sein Leben der guten Nase eines Hundes. Der elfjährige Junge und sein Vater waren beim Skifahren von einer Lawine erfasst und unter einer meterhohen Schneedecke verschüttet worden. Nur mit Hilfe der Lawinenhündin Leila gelang es den Rettungskräften, Vater und Sohn rechtzeitig aufzuspüren und aus ihrem eisigen Gefängnis zu befreien. Leila, die vierjährige Schäferhündin, ist für ihre Aufgabe besonders geschult worden. Ihre Ausbildung zum Rettungshund dauerte ein Jahr. Sie musste täglich trainieren und mehrere Prüfungen ablegen.

Der Mensch verlässt sich nicht nur bei der Suche nach Verschütteten auf seinen „besten Freund“. Hunde helfen uns dabei, Schafherden zu hüten. Sie unterstützen mit ihrem feinen Geruchssinn die Polizei bei der Jagd nach flüchtigen Verbrechern und der Suche nach Vermissten. Wegen ihrer ausgesprochen guten Instinkte dienen die Vierbeiner uns schon seit Jahrtausenden als Wachhunde. Speziell trainierte Hunde verstehen sogar den Straßenverkehr: Sie führen blinde Menschen sicher über Fußgängerüberwege.

Heute werden Hunde kaum noch für harte Arbeit genutzt. Bei den Eskimos hat der Motor schon längst das Schlittengespann aus Huskys ersetzt. Dafür entstehen neue Hundeberufe. Denn Hunde helfen dem Menschen nicht nur, sie tragen auch zu unserer Unterhaltung bei. Schauspieler-Hunde wie z. B. „Kommissar Rex“ sind echte Serienstars im Fernsehen. Der Detektiv-Schäferhund zeigt uns im Film immerhin noch, was Hunde können, wenn er Gangster aufspürt und stellt. Inzwischen gibt es aber auch Berufe für Hunde, die mit den besonderen Fähigkeiten der Vierbeiner kaum noch etwas zu tun haben.

Bei Tribella, der zweijährigen Windhündin, sieht der Arbeitstag ganz anders aus als bei Leila. Er beginnt mit einem parfümierten[1] Schaumbad der Marke „Doggy-Luxus“. Eine spezielle Hundebetreuerin föhnt ihr anschließend das glänzende Fell in Form und legt ihr ein glitzerndes Halsband an. Nun wird das Hunde-Mannequin[2] in ein enges Edelkleid gezwängt, das auf Maß geschneidert ist. Mehr als 1 000 Euro soll dieses Kleid eines exklusiven Hundemode-Designers[3] kosten. Der Kopfschmuck, ein Hütchen aus Seide mit Schleier, sitzt keck zwischen den Ohren der Hündin. Nachdem die Betreuerin schließlich eine Leine aus weißem Krokodilleder am Halsband befestigt hat, fährt sie mit Tribella zu einer Hunde-Modenschau, auf der die neuesten Trends der Hunde-Modewelt vorgestellt werden. Hier soll die Hündin auf dem Laufsteg[4] Werbung für die Hunde-Modemarke machen. Der Designer verspricht sich von der Schau gute Geschäfte: Die Ausgaben für Hunde-Luxusartikel steigen seit Jahren – eine echte Goldgrube.
Ob Tribella ihren Modelberuf mag, können wir sie leider nicht fragen.

1 parfümiert: duftend, Parfüm enthaltend

2 Mannequin: Model, Frau, die Mode vorführt

3 Designer: jemand, der Gebrauchsartikel (wie z. B. Kleider) gestaltet

4 Laufsteg: hoher, schmaler Steg, auf dem Models neue Kleider vorführen; Catwalk

A Den Text verstehen

Lies den Text über die Hundeberufe und löse die folgenden Aufgaben. Beachte, dass immer nur eine Lösung richtig ist.

Aufgabe 1

Kreuze die richtige Antwort an: Bei dem Text handelt es sich um ... **1 Punkt**

A Werbung für den Hundeberuf Model.

B eine spannende Erzählung über Fabians Rettung aus dem Schnee.

C einen Sachtext über einen Arbeitstag von Model-Hunden.

D einen Sachtext über unterschiedliche Berufe für Hunde.

Punkte

Aufgabe 2

Der Text hat vier Absätze. Nummeriere sie und trage die richtige Nummer hier ein. Welche Überschrift passt zu welchem Absatz? **4 Punkte**

A Hundeberufe im Wandel

B Retter auf vier Pfoten

C Mit der Leine auf den Laufsteg

D Freunde und Helfer

Punkte

Aufgabe 3

Kreuze die richtige Antwort an. Worum geht es im Text? **1 Punkt**

A Zwei Hundeberufe werden einander gegenübergestellt.

B Sieben Hundeberufe werden vorgestellt.

C Hunde werden mit Menschen verglichen.

D Hunde werden als Menschen dargestellt.

Punkte

Aufgabe 4

Welche Aufgabe hat welcher Hund? Ordne den Erklärungen die Hundeberufe zu. Trage die Ziffer des Hundeberufs direkt neben der Erklärung ein. **5 Punkte**

A Er vertreibt fremde Menschen. ☐

B Er spürt verschüttete Menschen auf. ☐

C Er hilft Sehbehinderten, sich sicher zu bewegen. ☐

D Er hilft, Schafe beieinanderzuhalten. ☐

E Er jagt und stellt Verbrecher. ☐

1 Rettungshund

2 Hütehund

3 Polizeihund

4 Wachhund

5 Blindenhund

☐ Punkte

Aufgabe 5

Kreuze die richtige Antwort an. **1 Punkt**

A ☐ Hunde spielen in Fernsehserien häufig Wachhunde.

B ☐ Hunde spielen nicht in Fernsehserien mit.

C ☐ Hunde zeigen in Fernsehserien die Fähigkeiten echter Hunde.

D ☐ Hunde zeigen in Fernsehserien, dass sie gut gehorchen können.

☐ Punkte

Aufgabe 6

Kreuze die richtige Antwort an. **1 Punkt**

A ☐ Modeartikel für Hunde sind günstig.

B ☐ Modeartikel für Hunde kann sich niemand leisten.

C ☐ Der Modedesigner für Hunde verdient 1000 Euro mit einer Modenschau.

D ☐ Ein Hundekleid kann um die 1000 Euro kosten.

☐ Punkte

Um folgende Aufgaben zu lösen, musst du die entsprechenden Textstellen noch einmal genau lesen.

Aufgabe 7

Warum gibt es kaum noch Schlittenhunde? Schreibe einen vollständigen Satz mit eigenen Worten. **1 Punkt**

____

______________________________ ☐ Punkte

Aufgabe 8

Wie nennt man Menschen, die Gebrauchsartikel gestalten? **1 Punkt**

______________________________ ☐ Punkte

Aufgabe 9

Kreuze die richtige Antwort an. Das Wort „keck" (Z. 47) bedeutet: **1 Punkt**

A ☐ zart, zierlich

B ☐ unpassend, ungeschickt

C ☐ flott, frech

D ☐ lustig, locker

☐ Punkte

B Rechtschreibung

Aufgabe 10

Nach seiner Rettung aus dem Schnee durfte Fabian die Schule für Lawinenhunde besuchen. Für die Schülerzeitung hat er sein Erlebnis aufgeschrieben. Sein erster Entwurf enthält noch einige Fehler. Unterstreiche die falsch geschriebenen Wörter im Text und verbessere sie in der rechten Spalte. **12 Punkte**

Rettungshund Leila

VORSICHT FEHLER!

Der Hundefürer Andreas hat mir erzählt, wie er Leila zum Lawinenhund ausgebildet hat. Zunächst muß man den richtigen Hund aussuchen. Künftige Retungshunde müssen mindestens 20 Monate alt sein. Sie müssen gern mit Menschen zusamen sein. Ihren Hundefürern müssen sie aufs Wort gehorchen, damit sie im ernstfall schnel reagieren können. Andreas hat Leila dan mit Hilfe von testpersonen darauf trainiert, Menschen im Gelände unter Schneedecken zu erschnüffeln. Zur Belohnung bekam Leila immer einen Keks. Ausserdem musste Leila Lernen, dass sie sich nicht von anderen Tieren und Geräuschen bei ihrer aufgabe stören lassen darf.

Punkte

C Grammatik

Aufgabe 11

Schreibe in die Lücken des folgenden Textanfangs die passenden Verben. Setze den Text dabei ins Präteritum. **7 Punkte**

verfolgen springen bleiben bellen ziehen schnüffeln verlieren

Polizeihund Benno

Die Polizei setzte eine Hundestaffel bei der Suche nach zwei Räubern ein. Spürhund Benno ____________ die Flüchtigen. An einem Bach ____________ der Hund kurzzeitig die Spur. Dann jedoch ____________ er seinen Hundeführer zu einer kleinen Hütte. In einigem Abstand ____________ Benno stehen und ____________ in der Luft. Dann ____________ er mit einem gewaltigen Satz hinter einen Holzstoß und ____________ laut. Hier hatten sich die Gesuchten versteckt.

Punkte

Aufgabe 12

Setze in der Fortsetzung des Textes die folgenden Nomen, Pronomen oder Wortgruppen mit Nomen im richtigen Kasus in die Lücken. Notiere dahinter, um welchen Kasus es sich handelt: N = Nominativ, D = Dativ, A = Akkusativ oder G = Genitiv. **8 Punkte**

der Hund	sie	Verstärkung	die eingetroffenen Polizisten
der Holzstoß	Handschellen	die Räuber	viele Blaulichter

Der Hundeführer rief ______________________ [ ] herbei. Benno hielt ______________________ [ ] durch sein lautes Bellen in Schach. Bald konnte man das Blitzen ______________________ [ ] sehen. ______________________ [ ] legten den Verbrechern ______________________ [ ] an. Die Beute entdeckten ______________________ [ ] schnell hinter ______________________ [ ]. Auch dieser Fund war der guten Nase ______________________ [ ] zu verdanken. Zur Belohnung gab es leckeren Hundekuchen.

[ ] Punkte

Aufgabe 13

Bestimme die unterstrichenen Satzglieder im folgenden Textausschnitt. **16 Punkte**
Trage die Nummern der Satzglieder an der richtigen Stelle in die Tabelle ein.
Achtung: Einige Satzglieder in der Tabelle erhalten mehrere Nummern.

Spürhunde wie Benno sind wegen ihrer guten Nase (1) wichtige Helfer der Polizei. Polizeihunde (2) jagen (3) nicht nur Verbrecher (4). An Flughäfen und Grenzübergängen (5) helfen (6) sie den Beamten (7), Schmuggelware und Drogen (8) aufzuspüren. Voller Neugier (9) erschnüffeln (10) sie jede gesuchte Substanz (11). Dabei finden sie (12) auch in raffinierten Verstecken und Verpackungen (13) verbotene Dinge. Jedes Jahr (14) legen (15) die Polizeihunde eine Prüfung ab (15), um zu zeigen, dass sie den Anforderungen (16) noch gewachsen sind.

Satzglieder	Nummer	Satzglieder	Nummer
Subjekt	________	adverbiale Bestimmung des Ortes	________
Prädikat	________	adverbiale Bestimmung der Zeit	________
Dativobjekt	________	adverbiale Bestimmung der Art und Weise	________
Akkusativobjekt	________	adverbiale Bestimmung des Grundes	________

D Eine Geschichte nach Bildern schreiben

Aufgabe 14

a **Schau dir die Bilder genau an und überlege, was passiert.**
Schreibe in ein oder zwei Sätzen auf, welche Rolle der Hund spielt.

____

____

Gib dem Sohn und dem Hund Namen: Sohn: ____________________ Hund: ____________________

Betrachte die Gesichter von Vater und Sohn und überlege, was sie fühlen, denken und sagen könnten.
Male zu jedem Bild eine große Sprech- und eine große Denkblase in dein Heft und schreibe jeweils auf:
Was sagt der Vater, was sagt und denkt der Sohn?

b **Schreibe zu den Bildern eine zusammenhängende Geschichte.**
Erzähle in der Ich-Form aus der Sicht des Sohnes. Schreibe in dein Heft.
Vergiss nicht, deiner Geschichte eine passende Überschrift zu geben. **20 Punkte**

Du kannst insgesamt 20 Punkte für die Lösung der Aufgabe bekommen:
7 Punkte für einen gelungenen Aufbau deiner Geschichte,
3 Punkte für die Darstellung von Gedanken und Gefühlen des Ich-Erzählers,
10 Punkte für abwechslungsreiche Ausdrucksweise und den Gebrauch von wörtlicher Rede. ☐ Punkte

Autoren- und Quellenverzeichnis

S. 16: Grimm, Jacob und Wilhelm: Jorinde und Joringel. Aus: Grimms Kinder- und Hausmärchen. Eugen Diederichs Verlag, Düsseldorf/Köln 1962. **S. 28:** Fischer, Christoph: Die Liebesbriefe. Originalbeitrag für dieses Arbeitsheft. **S. 31:** Richter, Jutta: Die Katze. Aus: Am Himmel hängt ein Lachen. Mit Bildern der Autorin. Boje Verlag, Köln 2009. **S. 31:** Krüss, James: Küken-Kindergarten. Aus: Remmers, Ursula, und Warmbold, Ursula (Hrsg.): Allerlei Getier. Gedichte für Kinder. Reclam, Stuttgart 2003, S. 38 f. Dort abgedruckt nach: Krüss, James: Tierleben. Hamburg: Carlsen 2003. **S. 32:** Lornsen, Boy: Nachts im Gemüsegarten. Aus: Der Tintenfisch Paul Oktopus. Mit Illustrationen von Manfred Schlüter. Boje Verlag, Köln 2009, S. 63–65. **S. 36:** Stock, Oskar: Übers Wetter. Aus: Wie im richtigen Leben, Attenkofer'sche Buch- u. Kunstdruckerei, Straubing 2006. **S. 37:** Guggenmos, Josef: Das Gewitter. Aus: Sieben kleine Bären. dtv, München 1973. **S. 43:** Busch, Wilhelm: Fink und Frosch. Aus: Hochhuth, Rolf (Hrsg.): Wilhelm Busch. Sämtliche Werke und eine Auswahl der Skizzen und Gemälde in zwei Bänden. Und die Moral von der Geschicht. (Band 1) Was beliebt ist auch erlaubt. (Band 2). C. Bertelsmann Verlag, München 1982. **S. 46:** Stock, Oskar: Der Regenschirm. Aus: Aus dem Poeten-Schubladl von Oskar Stock. Gedichte. Zeichnungen Hannes Riebl. 4. Aufl., Riemerling/Ottobrunn: Hornung 1997. **S. 69:** Ulrich, Winfried: Köpfe Köpfe. Aus: Sprachspiele für jüngere Leser und Verfasser von Texten: Texte und Kommentare. Ein Vorlesebuch, Lesebuch und Sprachbastelbuch für Schule und Elternhaus. Hahner Verlagsges. mbH, Aachen 2004, S. 315. **S. 75:** „Der Kindersitz gibt ...". Aus: Golluch, Norbert: Willi wills wissen. Voll sicher im Straßenverkehr. Baumhaus-Verlag, Frankfurt a. M. 2009, S. 11. **S. 76:** Busch, Wilhelm: Wenn das Rhinozeros ... Aus: Hochhuth (Hrsg.): a.a.O., Band 2, S. 720. **S. 83:** Wörterbuchauszüge nach: Duden. Die deutsche Rechtschreibung. Dudenverlag, Mannheim 25. Auflage 2009. **S. 85:** Auer, Martin: Zufall. Aus: Kliewer, Heinz-Jürgen (Hrsg.): Die Wundertüte. Alte und neue Gedichte für Kinder. Reclam Verlag, Stuttgart 2001, S. 246. **S. 101:** Kästner, Erich: Auszüge aus: Die Konferenz der Tiere. Hamburg, Dressler Verlag 2010, S. 9–11.

Bildquellenverzeichnis

S. 22: dpa Picture-Alliance/imageBROKER; **S. 24** links, rechts: © stock.adobe.com/Magalice. **S. 24** Mitte: © stock.adobe.com/Eric Isselée. **S. 41:** oben: © stock.adobe.com/Angela Köhler, unten: © picture-alliance/dpa/university of california. **S. 42:** oben: © picture-alliance/Hinrich Bäsemann, unten: © stock.adobe.com/Rüdiger Jahnke. **S. 50:** © picture-alliance/dpa. **S. 53:** © Shutterstock.com/Peter Baxter. **S. 54:** © Deutsches Komitee für UNICEF e. V. **S. 55:** © Interfoto/Danita Delimont/Anthony Asael. **S. 57:** © picture-alliance/Herve Champollion/akg-images. **S. 58:** oben: © stock.adobe.com/Richard Carey, unten: © Shutterstock.com/Four Oaks. **S. 59:** © stock.adobe.com/wolfganguphaus. **S. 60:** © mauritius images/xPACIFICA/Alamy. **S. 61:** © picture-alliance/fStop **S. 62:** © stock.adobe.com/Eric Isselée. **S. 64 u. 65:** Shutterstock.com/Marc Bruxelle; **S. 67** oben: © stock.adobe.com/Philophoto, unten: Metropolitankapitel der Hohen Domkirche Köln, Dombauarchiv. **S. 68:** © stock.adobe.com/Norman Chan. **S. 70:** © stock.adobe.com/StefanieB. **S. 72:** © stock.adobe.com/ladywearsblack. **S. 75:** © stock.adobe.com/Gina Sanders. **S. 93:** © stock.adobe.com/fivespots. **S. 96:** Shutterstock.com/Rudchenko Liliia; **S. 98:** stock.adobe.com/Boris Stroujko; **S. 99:** © picture-alliance/ZB/Thomas Schulze. **S. 103:** © picture-alliance/dpa. **S. 106 Mitte rechts:** stock.adobe.com/litti01; **Mitte links:** Imago Stock & People GmbH/agefotostock; **unten rechts**:stock.adobe.com/Li Ding; **S. 107:** © stock.adobe.com/bierchen. **S. 108:** © picture-alliance/dpa/Rainer Jensen. **S. 110:** © picture-alliance/dpa/dpaweb/Peter Kneffel. **S. 111:** © picture-alliance/dpa/dpaweb/Volker Dornberger. **S. 113:** © Christine Steimer/OKAPIA KG, Germany. **S. 114:** © picture-alliance/dpa/Jan Woitas. **S. 115:** e. o. plauen.

Impressum

Redaktion: Christian Köpcke, Hamburg; Thorsten Feldbusch

Illustrationen:
Uta Bettzieche, Leipzig: S. 16, 23, 24, 28–32, 47–52, 88–93, 95, 104, 106
Thomas Binder, Magdeburg: S. 3–6
Nils Fliegner, Hamburg: S. 34–46, 80
Christiane Grauert, Milwaukee (USA): S. 8–21, 85–87
Christine Henkel, Dahmen: S. 26, 56, 63, 69, 71
Susann Hesselbarth, Leipzig: S. 74–79, 81–84
Constanze v. Kitzing, Köln: S. 94, 97, 100–101

Umschlaggestaltung und Layoutkonzept: werkstatt für gebrauchsgrafik, Berlin
Technische Umsetzung: lernsatz.de und graphitecture book & edition

www.cornelsen.de

Alle Drucke dieser Auflage sind inhaltlich unverändert und können im Unterricht nebeneinander verwendet werden.

Druck: AZ Druck und Datentechnik GmbH, Kempten

1. Auflage, 1. Druck 2024
Arbeitsheft 1 mit Lösungen
978-3-464-61788-5

1. Auflage, 1. Druck 2024
Arbeitsheft 1 mit Lösungen und interaktiven Übungen
978-3-464-61789-2

PEFC-zertifiziert
Dieses Produkt stammt aus nachhaltig bewirtschafteten Wäldern und kontrollierten Quellen
PEFC
PEFC/04-31-2260
www.pefc.de